望海潮
原创系列（第二辑）

水球

陈毅达 著

海峡出版发行集团 | 海峡文艺出版社

图书在版编目(CIP)数据

水球/陈毅达著. —福州:海峡文艺出版社,2023.8
("望海潮"原创小说系列.第二辑)
ISBN 978-7-5550-3375-2

Ⅰ.①水… Ⅱ.①陈… Ⅲ.①中篇小说—小说集—中国—当代 Ⅳ.①I247.5

中国国家版本馆 CIP 数据核字(2023)第 138799 号

水球

陈毅达 著

出 版 人	林 滨
责任编辑	邱戊琴
出版发行	海峡文艺出版社
经 销	福建新华发行(集团)有限责任公司
社 址	福州市东水路 76 号 14 层
发 行 部	0591-87536797
印 刷	福建新华联合印务集团有限公司
厂 址	福州市晋安区福兴大道 42 号
开 本	880 毫米×1230 毫米 1/32
字 数	215 千字
印 张	9.25
版 次	2023 年 8 月第 1 版
印 次	2023 年 8 月第 1 次印刷
书 号	ISBN 978-7-5550-3375-2
定 价	68.00 元

如发现印装质量问题,请寄承印厂调换

序

杨少衡

富商赵天雨决定到建州投资，建州是他的故园，位于青山绿水之间。赵天雨有一个特别要求，就是让当地官员为他举办一场球赛，为此开出一份名单，所列名字多令官员陌生。为了拉住这位富商和他的投资，官员们全力搜寻名单中人，这才知道均出自数十年前曾经辉煌而后蒙受耻辱的一支球队，所有人员早都无声无息，其中数人已经作古，十分遗憾。这些人从昔时到今日的命运以及他们所承担的这场赛事，是陈毅达小说《水球》所讲述的故事。这里的"水球"与游泳池里的运动项目无涉，它属于篮球，只是"水"一些，也就是假一些，用通俗语言描述叫作"假球"。

这篇小说发表于1996年。此前13年的1983年夏天，福建厦门鼓浪屿一家宾馆住进了一伙人，其中有七八个同居于一大房间，内里床床相邻，类似东北大车店那种统铺。拥挤其间的这些人恰如日后陈毅达《水球》里那份名单里的人物，其时正当早年的辉煌或将近辉煌，只是他们不打篮球，不玩水球，他们写小说。时福建省有关部门假鼓浪海滨召集小说作者会议，当时流行语汇称为"学习班"，本省小说创作初露头角者几被该班一网打尽，以至此后多年，福建小说界起起落落者的身上，常隐约可见鼓浪屿之波。陈毅达当时跟我们一起睡通铺，是我们中最年轻的一位，仅二十出头，有一新作在与会众人手中传递，几乎所有同伴看完小说后都要再看看他，大家嘀嘀咕咕："这年轻人搞什么名堂？"陈毅达不太在乎他人观点，照搞其名堂。

20 世纪 80 年代初，新时期文学发展迅猛，福建小说亦呈现勃兴状态，尽管本省小说土壤略薄，热闹程度与他省有异，毕竟自比之下，大有见长。我们许多文友汇集鼓浪屿时，眼睛都热烈注视着国内文坛的亮点，该亮点正从"伤痕"转向"寻根"。陈毅达当时的小说让我们忽然一惊，里边有着许多我们不熟悉的意象和表述，迷蒙而新鲜，属"现代派"，那时我们也是刚刚才知道这一名词。

后来我一直关注陈毅达以及他的小说。我比他虚长十余岁，对他却有许多认同感。我们都长期生活在相对比较边远的城市，都当过教员，并在基层机关从小公务员干起，逐级而行，都因写作与文学以及与文学有关的机构结下不解之缘。十年前我在闽南干的活,与他眼下在闽北做的事基本相当。于是我读陈毅达的小说,情不自禁总在字里行间读陈毅达,某种程度上也在读自己。

陈毅达这部小说集里,收入中篇小说八部,基本为20世纪90年代后的作品,我对作品中的几个方面特别有感,套用公文表述方式,叫作三个"关键词"。首先感觉他的场景。这是一种现代和现实的场景。如《水球》,如《亚战》,如《机遇》,陈毅达给我们讲述了一个又一个故事,我们立刻就能发现他对某一类故事特别敏感,这些故事大都发生在他的身边,在相对边远的一个城市,为经济发展相对落后所苦因之特别急切地试图加以改变的一片地域和一群人中。招商引资,其中的人物命运和欲求,这本小说集里涉及颇多。陈毅达的故事让我们许多人有一种现场感和亲切感,因为推而广之,我们会发觉这些故事不仅仅发生在陈毅达身边,它们其实就发生在你我的近侧,同时为我们不断所闻所见所感所痛。我注意到陈毅达小说的现代场景往往有一条深深的历史划痕,小说《发现》牵连唐氏三代,溯及清末被历史误钉于耻辱柱上的一位和尚。小说《背叛》上越十年,以往日一次商战的背叛历史诠释今日的又一次背叛。《机遇》里两个为合作而交锋的人恰是旧日恋人,他们因此挺麻烦,也挺复杂。等等。陈毅达为自己的故事拉开时空,为什么?他想告诉我们什么?大家读吧。我们总会在感慨小说人物命运演变之余忽然有感,发觉陈毅达别有所图,他要告诉我们他的一个见解，让我们思索并与之共鸣。我觉得陈毅达小说颇涉"险"，敢为背叛者正名，为"卖国"者翻案，不只谋求小说的起落奇诡，更有其用意，以一句行话说，他有想法。做小说最重要的当然就是要有想法。这是我的关键词之二，想法。第三是情致，用咬文嚼字的方式，或称"美"。陈毅达小说读来有一种愉悦，其笔下人物情调之细腻，感情纠葛之委婉，都让人喜欢。特别是陈毅达小说中的女性，让我忍不住想起蒲松龄《聊斋志异》里的狐女，清晰细致，飘逸动人。

我一直记着二十多年前于鼓浪海滨初识陈毅达的情形。所谓"弹指一挥间"，这么多年过去，我还能在他的小说里读到当年的感觉。随着年龄增长，阅历增多和职位变迁，当年最年轻的小说家如今坐在主席台上，名字后边必须冠以"部长"或者"主席"的后缀，为人办事沉着老道，但是这仅是事物的一个方面，你还得看到陈毅达小说跳动的那一颗青春之心，那当然只属于文学。我觉得他的小说不时会蹦出一副笑脸，带着一丝嘲讽，几分坏笑，如《我在岩庄做的唯一一件事情》里那个下乡扶贫，使歪招办正事的年轻机关干部。与此相当，他的小说不时会跳出些妙想怪语，例如《亚战》，故事发生于乌有县与焕想县，有个县长叫贾设，两县相争，为了两千年前一个虚无子。小说《发现》里一位考古学专家到一家从未涉足的四星级酒店，该同志自嘲"这种酒店不需要考古"。《机遇》里，两位旧日恋人一朝重聚，情感火山爆发,无力自制,完事之后主人公才痛感不对。哪里不对呢?"违反外事纪律了"。陈毅达在这类细节里发笑,让你不能不跟着笑。这本集子里还有两篇小说挺特别,《人猿之恋》略含科幻意味,想象力丰富;《一念之差》可归入推理小说,描述了一个案子的侦破。陈毅达作小说之兴致跳跃和变幻可见一斑。陈毅达似乎早已不写当年被我们呼之为"现代派"的小说,他的才气却依然流淌在笔端。

我想他该是能写很多小说的,他完全应当多写一些。当年他以一种与众不同、一种独特进入福建小说界,时至今日,福建小说似乎还特别需要寻找独特,他显然天生更具备这种素质,还可以更充分地展现。

目 录

发现 / 1

亚战 / 51

背叛 / 81

机遇 / 112

水球 / 140

我在岩庄做的唯一一件事 / 175

人猿之恋 / 222

一念之差 / 250

后记 / 285

发　现

春末的阳光已变得有些热燥，明晃晃的光亮照在绿木花丛之上，折出来的反光显得有些刺眼，不论是绿叶或是红花，在光照下都展现出了一种过剩的盎然，让人觉得分泌出的色泽过分耀目。

省博物馆这幢老式的灰色建筑，被浸泡在绿荫红花之中，就特别孤寂了。阳光透过树叶枝桠，胡乱地在被岁月侵蚀留下斑斑痕迹的建筑上涂上不规则图案，使原本还算雄伟挺拔的建筑，变得如一个高大的老汉努力地穿上花枝招展的戏装，不伦不类。

摩托一人坐在楼上办公室里，因为今天轮到他值班。这个时节是淡季，没有人会来馆里参观，将仍然是一个春末冷清的下午。所以，摩托很放肆又无聊地把腿架在桌上，目光对着窗外的景色发呆。

不一会儿，有渐渐传近的汽车声，摩托立刻转移注意。一辆黑色锃亮的汽车停到了馆门口。那是一辆 6.0 型的奔驰豪华小车。在这个省会城市里，有这种座驾，绝不是一般的人物。摩托看到一个年轻的女人下了汽车，然后汽车驶向门右边的停车场。

那女人手拎着一个红色的小坤包，抬头环顾了一下，抬脚走进了馆内，清脆、有力的皮鞋声立即打破了宁静，她上楼来了。

摩托只好放下架在桌上的腿，点燃一支劣质香烟，吸上一口，等着那个女人的到来。今天所有的办公室都关着门，馆里的头头又都到文化厅开会去了。那个女人一定会到他办公室来的。他无意识地用手拢了拢头发，毕竟那女人给他的第一感觉还是蛮有点气质的，有气质的女人会让男人不知不觉注意自己的形象。

女人真的走进了摩托的办公室，摩托情不自禁地站了起来。他看到的是一个绝非一般的女人。这个女人盘着头，施着淡妆，眉毛肯定修过并描过，细细长长的，眉角处的弧度充满着一种女性的秀美，挺诱人的。女人的肤色很白，光洁细润，涂着淡淡的口红，穿着一套墨绿色的套裙，像是大公司里高级职员的上班制服。这套着装让她年龄显得大些，但却多了一种庄重和严肃，使人猜不出她真实的年龄。女人的身材很好，修长、挺拔，金色的厚跟鞋撑起她的身体，使她更加亭亭玉立。摩托心里有点莫名的紧张，他不是个正人君子，但他真的还没谈过女朋友，还没有从真正意义上接触过女人。大学四年和读学位的两年里，考古专业是被爱情遗忘的角落，这使他得以专心致志地学习和思考；工作四年，博物馆也基本上是不被现代女性纳入视野范围的，这又使他能致力于研究与探索。他对女人的实际感觉是来自书本和媒体。

女人站在门口，轻轻地敲了一下办公室陈旧的木门，木门发出了轻微而又沉闷的声音。女人敲了门后就站在门口，双手抓住坤包，放在了裙摆前，造型很有点模特的味道，绝对是训练有素。

女人的眼睛有些疑惑地看着摩托。这双眼睛黑白分明，使人感到她对什么事或什么人都分得十分清晰，有着十分坚定的分界线，矜持、冷静、得体又不着痕迹。这多少有点破坏了她的温柔。

摩托尽量用平稳从容的声调说了声："请进！"

女人眼睛亮闪了一下，转瞬即逝。她看出了面对的是一个与异性接触毫无经验的男孩。男孩的感觉使女人完全放松下来了，她迈着轻盈的步伐，走进办公室，主动地在摩托对面的一张椅上坐下，把坤包架在双膝上，声调很温柔："我想找摩托先生，他在吗？"

"我就是！"摩托很奇怪，找我干吗？出乎意料的感觉让他一下除去了心中的紧张，陡然大方起来，眼睛也敢直视女人。

好一张迷人的脸！细润如玉，质感很强，像明清的上品瓷器。

"你？"女人睁大眼睛，有些吃惊，神态仍然很美，黑眉高挑，红唇微开，有如玫瑰乍绽。

摩托有些不高兴，身子往后一仰说："正是在下，如假包换！劣次品包赔！"

女人莞尔，洁白细密的牙齿让人一览无遗。女人放下矜持，有点抱歉地说："我还以为摩托是个老先生！"

女人的随和给了摩托一点轻松："我们这里是有不少老先生，你的事如果只有老先生才能办，只好事先约好明天再来！"

摩托心中推断，面前这个女人有可能是个文物贩子，至少与此有关，是不是手头有什么珍品需要咨询鉴定？他突然感到一种失望，也感到一种可惜，谁让金钱也是一个重要的价值尺度呢？

"不，我只想找摩托。如果你就是，我只想找你！"女人说。

3

摩托困惑了。

女人又笑了,灿如春风:"摩托先生,你是否写过一篇叫《虚灵山壁画论》的文章?"

确实写过。那是硕士毕业论文。摩托花费了半个多月的时间,到虚灵山考察,被虚灵山的壁画艺术陶醉了。这篇文章被评为优秀毕业论文。只是没地方发表。一直到一年前,为了评职称,摩托想起了一个分到一家国家级的考古杂志社工作的同学,去信说是否可以利用职便帮忙一下,才找了出来,重新改写成了万字左右的论文,刚发出来没几个月,自然也就没赶上评职称。那种杂志只在专业圈里发行,这个女人居然看到了。他小心地问:"小姐是同行吧?难道我那篇文章有什么不妥?"

女人的眼睛顿然明亮起来,光芒四射,溢彩流香。摩托这时才感到女人的美妙,世上如果都是这样的女人笑脸,男人的生活确实将充满阳光。

"摩托先生,我想今晚请你吃饭,不知你是否能够同意?"女人的表情十分真诚。

与佳人共餐,这可是一生中没有体验过的呀,但是,为什么她要请我吃饭?

"是单独吗?"摩托不知不觉地问出他自己也觉得十分不妥的话。平常过于玩世不恭了,习惯成自然。

女人没有生气,老于世故地温柔一笑。这一笑笑得十分成熟和善解人意,笑得一下没有了拘谨和距离感。

"晚上六点整,我在罗布斯金酒店等你,请你不要对一个女性失约。"女人保持灿烂的笑脸,站起身来,伸出了手。

摩托完全是被动地伸出手,他握住了一块盛唐的软玉,充满明清的风情。那种腻滑和温软,使他突然觉得这个世界有比那些远古的石器和陶制品更神秘、更吸引人、更让他感到无穷魅力的东西。人的伟大在于能够比自己创造出的任何伟大的东西更伟大。

"你到底找我什么事？"摩托纳闷不已。

"晚上见了再说！"女人抽回了手，"我也是临时决定！"转身就走了，如一缕花香，一阵清风。

摩托看到那辆车很准确、及时地开到馆门口。那女人正好一步也没多余地打开了车门，上了汽车。然后就带着一车的诱人的神秘和悬念驶走了。

摩托恍然如梦。还临时决定？这个女人有点幽默感。摩托决定准六点整赴约。至少能吃上一顿好饭，这对城市里的单身汉来说也是件幸事。

罗布斯金酒店是这座城市唯一的一家四星级酒店，以摩托的身份、地位和经济实力，他是不可能问津于此的。这种酒店不需要考古，所以，犹如一般人难以涉足各种考古遗址一样，摩托难以涉足现代的消费场所。但与一般人都能从发达的传媒中知道许多风景名胜和人文景观相同，摩托从现代的传媒中知道酒店的确切方位。这就是现代传媒的独到和伟大之处，只要你留心，没去过的地方和不知道的东西，你都能说上或清楚那么一二，那么什么神秘感或无知感都没有了。

春末的黄昏对繁华的城市来说，是一种可怕的诱惑。街上是熙攘的人流，川流不息的各种车辆，正奔涌向各处的灯红酒绿之处。渐渐昏暗的天幕，恰好成为各种样式别致、诱人和灯火闪烁的背景，车如同提早换上了鲜艳的多姿多彩的夏装的女人，有意制造出一种温暖、潇洒人生的生活气息。这种气息随着窈窕身影的晃动，在高楼林立的街道流动翻滚，扑面而来，让人觉得世俗生活的一种暖意，让人挺想也放纵那么一下。

摩托是很少出来走动的，特别是黄昏或是晚上，出来怕经不住都市夜生活的诱惑，让每月几百元的工资付诸潇洒，水漂漂地没了。他只是一个出身贫寒家庭的国家干部，是拿工资吃饭的人。偶有出来逛逛书市或办什么事，他骑的是一辆刚分到单位时，一位退休干部送的已骑了二十年的破自行车。当然，今天所去的地方是不能骑那实在没档次的自行车的，摩托担心进不了那个酒店。所以，他转了几路公共汽车，然后步行来到罗布斯金酒店。到门口时，正好六点整。他看到那辆黑色的奔驰从他身后驶进，侍应生立即上前打开了车门，那女人从车上走下，面带微笑地向他走过来。

"你非常的准时！"女人显得很满意。

"彼此彼此。"摩托答道。他发现女人换上了一套紧身的便装，把盘着的头发放了下来，已洗尽铅华，恢复了本色的脸，没有佩戴任何的饰物，清水出芙蓉，天然去雕饰。披肩的长发，细柔的腰肢，高耸的胸脯，清纯中有着一份成熟，成熟里溢着一股朝气，举手投足都散发出一种特别的风韵。

"请上楼吧！"女人发出了邀请，走在前面风姿绰约。

摩托跟着走进了酒店，金碧辉煌的大堂两旁站着两排小姐，齐声同说："欢迎小姐、先生光临！"

两人上了电梯，于是距离也就靠得很近。摩托的个头不高，身材总长大约不会超过一米七一，女人的个头正好齐他的眼睛。电梯到了中途上来了不少人，摩托与女人靠得更近，挨得很紧，他闻到了女人身上散发出的体香，突然有种难以自持的心动。好在电梯里人多，人多就有这样的好处，每个人都会懂得克制。摩托同时不由为自己身上的烟臭担心而难过。为此，他对电视中的各种香喷喷的化妆品广告有了好感，果然是男人与女人相处，需要那么点香味。

万幸，他们很快被送上了最高层。

一个礼仪小姐上前，对女人微微一笑说："唐总，请跟我来，这边请！"

摩托这时才知道，女人姓唐，还是个老总角色。

两人被带进了一间装饰豪华的包厢。包厢外的两位服务小姐跟了进来，移动椅子引他们坐下，并为他们展开了餐巾。

摩托从未出入过这种场合，也没见过这种场面，浑身不自在地坐下，不自觉地掏出衣袋里的香烟，那是本地的烟草，一包仅一块多钱。他抽出一支叼在嘴上，顺手把烟放在桌上，但还未点燃，他就后悔了，这种烟怎么能上场面？他看到了小姐不屑地瞥了他一眼。这是一个崇尚富有的时代。摩托到这种场合也穿得过分寒碜了，衣着总造价仅为百元左右。

女人看出摩托的不自在，对服务小姐说："今天我有事要谈，除上菜以外，你们不必在场服务。"把两个小姐打发走了。

摩托放松下来。

"怎么，不太自在？"女人问。她实在善于洞察。

"其实，决定来这里之后，我感到犯了一个错误。你不会喜欢来这里的，但是已约好了，不便更改，请你原谅！"女人接着说。

"不是我不喜欢，能天天来此地一游，我想我还是会乐意的。只是这地方不该是我这种阶层来的。人活着最重要的是懂得对自己的生活进行明智地定位，定位准确，心理才能平衡，心情才能舒坦，过得就会不错。"摩托说道，"不过，仍然很感谢你，刚才为我想得十分周到。"

女人望了摩托一眼说:"你这个人有点特别,似乎对生活对世界想得很清楚,活得也很超然和本色,就是有点玩世不恭。可是你年纪很轻呀!"

摩托淡淡一笑说:"自然社会人是用自己的心灵体验来积累经验,而现代社会人可以用心灵来学习经验。这如同人类的进化经历了漫长的岁月,但现在从胚形成到婴儿出生在母体里只需要十月怀胎一样;现在人的心路历程在人类如此丰厚的精神母体里,只需要一点时间他就能上通远古,下达未来。年轻只证实了肉体的成长不能违背人的物质规律,精神活动则可以超越这个规律。我大概是个证明!"

女人目光又亮闪起来,她发出了轻敲细瓷一样的笑声,这是摩托听到她出声的第一声笑。

女人说:"你很有思想,很自信,也很有意思。"

这时,小姐轻敲着门送进了鲜榨果汁,同时送上了几道精致的菜——清蒸龙虾、生吃象皮蚌、虫草炖鲍鱼等,并上了一瓶蓝带马爹尼,还为他们斟上酒。

女人往酒里放些冰块,举起了酒杯说:"来,先敬你一杯。"说完就举杯一仰,喝了进去。

摩托能喝些酒,所以也一仰喝完,他今天才知道洋酒是这么一种怪味,喝进去口味好像不太对路,但余味却让人感觉挺好的。

摩托边吃着菜,边说:"我已按照你的要求赴宴喝酒吃菜。那么,现在是否可以满足我的好奇心,请告诉我,花上这么一笔钱,为什么?"他觉得必须直奔主题了。

女人端起了酒杯,脸上展现出忧郁,有如夜幕下寒霜中的花朵。

"是因为虚灵山的唐大和尚！"女人轻叹一声，"你知道他，在你的《虚灵山壁画论》里，你谈到了他。"

唐大和尚？！

摩托惊讶不已，那个令后世褒贬不一的虚灵山老和尚居然阴魂不散地使这个女人主动来找他，并使他有机会与这个美妙的女人单独共餐！世事难料，世事难测。

女人又喝干了一杯酒，神态变得十分凝重，目光也黯淡下来，说道："不怕你见笑，他是我的太祖，算下来我是他第四代亲孙女。"

摩托脑中灵光突现，他似乎有那么点明白了。

虚灵山地处边陲，十分偏远，在中国古代一直毫不起眼，平凡如博大的版图上的任何一座山。事实上，它至今也只是算座山，山上无任何秀美的自然风景。据今人考证，大约在东晋时代，一位叫虚灵的高僧云游至此，发现这一带因过于闭塞而仍然未受佛光照耀，强烈的责任感和救世意识，使他决定留了下来，在此布施传道。因其掌握了当时中原文化的许多自然和科学知识，并精通医理药道，所以十分受欢迎和爱戴，于是追随他的善男信女一下多起来。

由于这一带经济十分落后，生活极为困难，虚灵无力建造高大宏伟的庙宇供奉佛祖，便选择此山筑屋开关。他让信民们用泥土塑起了一座大佛，这座大佛至今仍是国内最大的泥塑佛身。虚灵发现此地气候十分干燥，日照时间长，因陋就简，凿石开洞，采用当地矿石原料和一些植物，经至今仍无法破译的特殊制作，调成颜料，在石壁上绘出了佛教经典中的许多重要故事，让大多不识文字的信民在佛事中，从可感的形象里理解教义，也借此诠释教义。在当时的条件下，这个创造过程极为耗时耗力，但由此形成了一个传统，比较富有的信民，不是捐资修建建庙堂，而是凿石开洞来表示自己的善缘。虚灵圆寂之后，为纪念这位高僧，人们将此山称为虚灵山，而其做法就一直延续下来，石洞历经多代越开越多，在某些时期所有大户人家，一户一洞，尽管大小不一，但其数量变得十分可观，洞内所描绘的内容也越来越丰富，渐渐超出了佛教经典中的人和事，所用的原料也越来越贵重，为示心诚，不少户主后来都用上了金粉。虚灵山成了中国佛教文化的一个壮丽景观，并相当完整地保留下了历代的人文变迁，为后世的宗教、历史研究和考古、语言、民俗等文化研究提供了价值难以估量的宝贵资料。因地处僻远，加上当时交通不便，虚灵山一直没有为世人所发现，在文字记载中也没有得到应有的体现。然而它因此被完好地保留下来，且历代都有发展。

到了明朝，一位国外旅行家踏进了中国这块圣地，为这里壮观的人类文化遗产惊叹不已，他在他的中国游记中进行了详细描述，但那时还没有引起外国人的太大兴趣，毕竟东方圣地太过遥远。一直到晚清，一些国家的探险家来到中国，找到了此地，带走了不少珍品，引起了轰动，虚灵山才声名远播。虚灵山的交通不便，使它也侥幸也躲过了历史的劫难和世人的惊扰。随着中国的开放、交通的发达、对文化遗产的发掘，虚灵山所蕴含的价值终于震惊国内外，被世人称为世界级的古代文化景观。虚灵山被世人越来越重视起来，加强了保护措施，加强了研究，并在考古、史学、文化研究和旅游等领域，兴起一股虚灵山热潮。人类文化的深厚积淀，造就了化腐朽为神奇的力量。

虚灵山的唐大和尚，原本不是佛道中人。据可考证的资料来看，他一直到了年近半百才半路出家，一出家不久就成了虚灵寺的住持。他为何出家，又为何当上住持，至今是个谜，也没多少人给予注意。但使他声名传响的,是虚灵山热出现之后,所有了解和研究虚灵山的人都发现了一个无可辩驳的事实:大量流到国外的虚灵山经书文卷、彩陶、壁画珍品与他有着直接的关系,都是他担任住持期间,卖给外国探险家的。在留下的资料记载中,他卖出的一些古品有些至今已是无法估价的国宝极品。他将这些东西换成了成千上万两的白银,除留下部分用来修复已破败的洞窟之外,绝大部分不知所终。一般人都认为被他个人所占有。唐大和尚从此臭名远扬,遗臭万年。在写作《虚灵山壁画论》的过程中,摩托论及此事,不愿人云亦云,提出了一个有些反叛的观点,认为唐大和尚出卖民族文化瑰宝,从个人行为来说绝对是有如卖国一般的可耻,无法否认他是千古罪人;可从另一个角度来说,一个民族所造出的精神财富,虽是这个民族的自豪和贡献,然而一旦成为人类的文化遗产就是世人所共有的,掠夺者只能抢走占有权,而无法掠走发明权和所有权,在当时的那种列强欺凌、国力衰败的情况之下,靠唐大和尚一人之力难道可以回天?应该从更高角度来认识那是一个穷国的国耻,落后就永远要受人欺凌。如果是在今天,唐大和尚即便想将整个虚灵山拱手相让,能发生和实现吗?再说唐大和尚当时所进行的修复工作,为我们至今仍能保留这份遗产,也算做了一件好事,否则,这一块都可能随着岁月流逝而灰飞烟灭,到时我们将评判谁是历史罪人呢?这种观点摩托当时并没有做很深的思考,仅是随意而发,兴之所至,想说说与人不同的看法罢了。

"不管唐大和尚是你什么人,我还是不明白你找我是为什么?"摩托仍然感到不解。

女人轻叹一声:"看了你的文章,我感到你可能会比较客观地来看待我的先祖。"女人的幽幽之情,展现了她心中一直掩盖着的痛苦。"其实我也不知道我到底想干吗,我只是想彻底地弄清楚,我的先祖他到底是什么样的一个人?他所做的这一切为了什么?"

摩托看到女人的眼里蒙着一层水雾,如寒月之下凄清的水塘,孤林中的哀鸿。

"过去的就让它过去,人不必为先祖的所作所为背上沉重的包袱!也不可能为祖上的行为负责!"摩托感到他有一种想安慰女人的冲动和责任,"当然,如果你是想替你的先祖忏悔,我不妨当一回精神的牧师。你就听我的,忘了过去。"

女人的泪水从眼眶中落了下来,如花瓣上的露珠晃动。

"不,你一定要帮助我。我家几代人都为此背上了沉重的精神负担。你知道我父亲去世时对我说了什么话?他说,静静,不许回到虚灵山。这是我们家的祖训,以后你也要这样告诉你的孩子。"女人抽泣起来,许久说不出话。

过了一会,女人接着说:"父亲在病重时,找我谈过一次,他告诉过我,他说也是爷爷告诉他,太祖当时在出家之前,同他的两个儿子有过一次密谈。当时,太祖是那一带最富有的人家,他变卖了全部的家产,共近一百万两银子。他给两个儿子一人准备了十万两银子,令大儿子出洋深造,一定要学好先进科学,精忠报国。令二儿子携母远迁来到这个地方,繁衍后代。并规定所有子孙今后不许回到虚灵山来,可以改去姓氏。他要求两个儿子对天起誓。后来,大儿子学成回国,参加了康梁变法,变法失败后被斩首。我家就只留下我这一脉。父亲在世时,虚灵山热已经兴起,唐大和尚也臭名昭著。父亲虽然事业有成,万分顺利,但为此多年闷闷不乐,我很少见他笑过,他终于患癌症而死。他生前也对这件事秘密地探寻过。他告诉了我几个他一直不明白的问题。一是太祖当时为何突然出家；二是如何一出家就当上了虚灵山的住持；三是太祖当时十分富有，产业极大，生意如日中天，不可能再起贪心，卖宝求财；四是太祖在当地是大家风范，为人处世以圣贤之训为准，口碑极佳，有大善人的善称，如何行为一下子如此无耻；五是当时遣儿送亲之时，变卖家资近百万，除分给两个儿子二十万，还有近八十万，既已出家，看破红尘，留财何用，如此数额巨大的银两他又用来做什么，据他了解，太祖出家后生活极为清苦；六是太祖遣儿送亲时，显然经过深思熟虑，无非是怕以后亲人在当地日子难过，所以还准以改姓。也就是说，他是有备而为，这是为什么？父亲让我以后有机会一定要弄清个中原因，特别是有个无聊之人，不知如何探知我父亲与唐大和尚的亲缘关系，以《唐大和尚还有后人在世》为题，写了一篇文章在报纸上刊出，又为一些报刊转载，使我父亲当时经营的公司声誉大受影响。从此，他把公司全部交给了我，不再理事，不久就患病而去。我后来偷偷地去过虚灵山，看到了当地为开发旅游，已把我太祖的坟修复，并立碑，还塑了个像，如杭州西湖秦桧，我感到非常的耻辱和痛苦。我觉得如果不弄清这些，我这辈子也许会像父亲一样，心里永远有一种负担，蒙上一层阴影。后来，我花了很多时间和精力来了解与此有关的东西，但也同时明白，这不是靠我的能力所能完成的。直到读了你的文章，我感到太想与你一谈，才有了今天下午去找你的行动。与你交谈之后，我感到你可能是个能帮助我的人。"

这时，女人平静下来了，她带着万分期盼的眼神，望着摩托。

弱者呀，你的名字叫女人！摩托突然想到了这句话，这个外表看去如此美丽和有主见的女人，其实她的内心柔弱如一只受伤的羊羔。她和她的家人如此强烈的原罪意识，震撼了摩托。她所说的一些事情，也使摩托突然有了兴趣。对待历史问题，人们通常是看这个人或这件事所造成的结果，从结果评判是非，做出结论，而不去认真探讨结果形成之前的东西。因为那是无法探讨的，你不能和当事者或目击者交谈，也没有可供参考的事件过程的详细资料，从最后的结果和影响来做出结论，是比较有说服力和不易出现错误的。历史是不可逆转的，因为时间是不可逆转的，正是由于发生过并造成了影响，才成为历史。

摩托认为在这个时候应该同意帮忙，不然枉为一介男子。他说："我如果能为你做些什么，你只管说。但是，我必须事先告诉你，我个人能力实在有限，再伟大的人都不能去改变已过去的历史，这是人和世界一直不能突破的局限。我如此渺小之人，更是不能免俗了。不管怎么说，唐大和尚的行为已造成了不可改变的结果，这正如法律只认定人的行为是否构成了犯罪而不便再去考虑其原因一样，法律无情！历史是人类行为的法律，更是无情的。我只怕最后的努力，不能让你如愿！那时该怎么办？"

女人眉头舒展开来了，雨后晴空，格外清澈、明朗。

"我首先谢谢你！我不是要你去改变什么，我的这一切纯粹是个人行为，我个人希望把情况弄清楚，然后能够坦然地接受一切。不能让这个重负一直延续下去了。我既然已把我们祖辈的隐秘告诉你，不妨再告诉你，为了这个重负，我至今独身，不是没有爱我的人和我爱的人，而是我不愿让我的孩子再背上这个沉重的东西，而这一切我又不愿说出，所以，我曾经的丈夫不能理解我不要孩子的苦衷，不能理解我的怪异。因此我们只过了短暂的半年，就离婚了，他远渡重洋，去国外定居了。我感到再这样下去会毁掉我的一生，我必须弄清楚，许多事情理清楚了，不管是什么结果，人总会好受许多。不明不白是最难受的！"

摩托想，如果不是女人告诉了他这一切，如此真实和坦诚地同他这么交谈，如果不是他今天亲身经历，他也不可能理解和想象，这是真实地发生的一件事情。人对无关于自身的东西，哪怕再严重，也不会有切身的感受。一个没有失去亲人经历的人，虽然他知道失去亲人是多么痛苦，但那只是知道而已，不会感到什么。只有自己最爱的亲人走了，那时才感觉到痛楚是难以言喻的。正如知道死的恐惧和知道自己即将要死的恐惧绝不相同一样。

摩托能理解这女人的痛苦，既然她有这么一种表态，那么不妨就尽力而为吧。减轻别人的痛苦，这是一件高尚的事情。高尚的事情，人应该努力去做，应该多做。更何况面对的是一个楚楚动人的女人的恳求！

"好吧，这对我来说也是一次业务考验。我一直对虚灵山的文化有着浓厚的兴趣，现在对唐大和尚也有了浓厚的兴趣。但你要我怎么去做？"摩托点了点头。

"所有的一切我都会为你安排好！"女人十分兴奋，脸涨着潮红，如海棠带露，牡丹含春。她接着说："这件事情全部委托你办，不管是什么结果，或是出现什么情况，我都支付你一万元的劳务费。你的机票、住宿及与此有关的一切费用，我都实报实销。今天下午，我已派人在银行为你办了一张卡，卡上已存进了两万元，同时为你买好了一部手机，便于联系。今晚的交谈，使我对你充满信心，如果有一个令我信服的结论，我另外再给你支付酬金。这件事我们可以签订合同进行公证。如何？"

一万元的酬金。摩托终于明白，他所面对的女人是个非常有实力的女人。这笔钱对他不能说没有诱惑，他是个靠拿工资吃饭的人，实在不好意思，至今还没见过属于自己的一万元人民币。他整天面对上至远古、下至明清的各种古董，对这些充满神秘、充分体现人类智慧的文明创造物，徜徉其间，总会油然而生一种超越时空的苍凉感，这使他能够参透许多东西，安贫乐道，不求荣华富贵。但是，不能说他就不喜欢金钱。钱仍然是可爱的东西，谁不希望自己日子过得好点，要过得好点就必须有钱。摩托感到自己也是食人间烟火的凡夫俗子，只不过他想得多点想得开点而已。女人开给他的条件实在太优厚了，不答应不就成了蠢猪一头？他没必要故作清高。

"行，谢谢你的信任！"摩托说道，"君子爱财，取之有道。我付出劳动，应该得到报酬。当然，这个报酬太高，你尽管再压点，我不会反对。至于签合同之类的事，我不是生意人，我也信任你，这个可以免了。目前最棘手的是我是个国家干部，每天都得上班，单位虽然没安排我干什么事，但这么一走，怎么交代呢？"

女人一笑："这个细节我已考虑到了。我会同你们单位商量，你不要低估了我的能量。这是我考虑的问题，你现在只要考虑什么时候进入状态？"

"明天！"摩托说道。女人不是说很有能量吗？他想难难她。

"可以！就明天！"女人回答得十分干脆。

摩托再次觉得不可思议，他不由问："现在应该可以问一问芳名了吧？"

"当然可以！"女人递过了一张十分精致的名片，"这上面有我公司和家里的电话号码及手机号，不管我在世界的哪个地方，你随时可以找到我。"摩托看了一下名片，上面写着唐静两个字，头衔如下：华唐集团公司董事长。华唐集团公司？摩托终于明白了,面前这个女人是这座省城的风云人物,她所拥有的华唐公司是该城最大的私营企业集团,只要打开电视就可以看到华唐公司的广告,其所经营的范围已发展至海外许多国家,特别是所开发的电脑,已成为本省最大的电子支柱产业,年产值超过5个亿。鼎鼎大名唐静就是这个女人!

摩托突然感到自己信心不足起来,与这个拥有辉煌事业的女人相比,沧海一粟而已。他不觉地脱口而出:"你为什么不早告诉我?"

女人焦急和担心起来:"我早告诉你,你就不会来应约了是吗?我向你道歉!但这事不能全怪我,你也才刚刚问我。你没问我,我就递上自己的名片,自我介绍,你不会把我看得太无聊了吗?"

好厉害的一个女人!摩托无语。

"摩托,这件事我是以一个普通的当事者身份请求你!纯属我个人私事!难道在你眼里我首先不是一个普通的女人吗?"唐静(我们现在必须这样称呼她了)接着说,花枝在风雨中摇晃,她显得烦乱。

摩托感到自己确实失态了,他自我解嘲地一笑:"我是有眼不识泰山,不过已与你订下'卖身契'了,这是个违约就要受罚的时代,我遵守我们之间的游戏规则,你放心,一切仍然有效!"

摩托举起了酒杯:"来,我敬你一杯,为了刚才和将来!"

唐静举起了杯子,一饮而尽。

告别之时,摩托谢绝了唐静的相送。他漫步街头,如果没有这种经历,连他自己都无法相信,世上居然会有这样离奇的事情,这样事情会发生在他的生活之中。大千世界,无奇不有,果不其然,信哉信哉。

城市生活中没有真正意义的星空，随处可见的是人间灯火。走在街头的摩托，大脑一直闪回的是唐静那张不断变幻着各种神情的如花之脸。他最后不能不做出结论，唐静是真实的，事情也是真实的，真实的存在之物只能并且必须接受。

第二天，摩托一到单位，老馆长就来找他，然后带他到馆长办公室，请他坐并为他沏了杯茶（这是从未有过的）。老馆长说："小摩，馆里研究过了，有一项非常非常重要的工作必须你去做，所以现在要与你商量。"

非常重要的工作？摩托心里暗笑。博物馆这种单位，是处于改革春风还没吹绿的地方，一切都还是按部就班，安排工作论资排辈。有非常非常重要的工作会轮到他，还不是因为唐静，她果然神通广大。

"是宁关的，华唐集团公司已决定捐资两百万元设立我省文物保护基金，并另外赞助我们馆五十万元用于馆内文物保护和改善馆藏设施。今天一早分管的毛副省长就打电话给了厅里领导，林厅长立即就挂电话给我。这可是件大得不得了、好得难以令人置信的事。今天上午华唐集团公司就在与有关方面进行细节协商了，只是他们提出了一个条件，指名要借用你一年时间帮助他们完成一件有关文化旅游的调研工作，是什么工作我也弄不清楚，现在都是商业机密。林厅长说此事毛副省长已表态过全力支持，他也向毛副省长表示一定照办，我也只好说绝对服从。现在找你谈这个事，希望你服从大局。设立这个基金，对我们省的文物工作来说意义太重大了，我不说你也想得到。同时给我们馆五十万元，我在这馆里工作了三十多年都从未敢想过这事。你想想，你将为馆为省里文物事业，做出多大的贡献。所以今天你必须到华唐集团公司报到。不论干什么，你都要认真去做，这是为文物事业和我馆做奉献。"老馆长说道。

两百五十万元！摩托心里一阵感动。他当然知道两百万元对可怜的全省文物经费有多么重要，也清楚五十万元对年经费含人员工资等各种费用在内仅有百来万元的博物馆是多大的支持。说真心话，他热爱自己所从事的行当，热爱这份文物事业。虽然感到自己所做的事和所爱的东西，并不被许多人看得上眼和真正重视。人们对这些宝贵东西居然仅是一种可恨的态度，偶然一来，或满足一下对过去人类生活和创造的好奇，或是仅仅肤浅地感受一下不可逆留的时光的足迹，大多人可能是一生仅到此一游，不会再来。这使他常会想一个问题，现代人是真实地需要历史吗？历史又会给个人带来什么参照？但不管怎么说，在困惑之后，他不能对历史的价值做出任何否定。这成为他的一种信念，一个支柱，他还真安心在此工作，为自己所从事的事业感到充实和自豪。如今，有人给自己所爱的事业这般的支持，不管出于什么动机和原因，都让他感到难能可贵。这可是家私营公司，不是国家的财政拨款！

"既然如此重要，我当然服从安排！"摩托说道。

"好，好，好！"老馆长十分高兴，"小摩，大家还怕你不去，林厅长还说不行由他来做你的工作。我说小摩同志应该懂大局。馆里决定，你去那边工作一年，工资照发，福利照给。其实那也是一种锻炼。"

摩托心里有些悲哀，可怜的老馆长，馆里一年几百元的福利奖金，摩托如今怎会在意呢！

摩托从馆长那里出来，就接到了唐静的电话："我已派车在楼下等你，你是否就过来？"

摩托说："敢不从命？我真服你，你果然神通广大！"

电话那边又传来了唐静那轻敲细瓷般的笑。

摩托来到了华唐集团公司的总部。这是一幢现代化的大楼，楼高近百米，直指蓝天，显得十分气派。外墙是封闭式的，全部用墨绿色的玻璃，在阳光的照耀下，光芒四射。

摩托一下车，就被保安迎进大厅，然后被引进电梯，直上最高层。一出电梯，保安就将摩托引交给一位站在楼道口的小姐说："这是唐总的客人！"

小姐深弯下腰说："欢迎光临本公司！"然后说道："先生请跟我来！"把摩托引向楼道最里边的一个房间。

小姐轻叩房门，房门即被打开，唐静迎了出来，笑盈盈地说："摩托，进来吧！"

走进唐静的办公室，如进入一个华丽的现代世界，完全是与考古现场不同的感觉。摩托在名贵的意大利真皮沙发上坐下，唐静离开了宽大的办公桌，坐到了他的旁边，有意不造成一种距离感。

摩托又习惯性地掏出身上的香烟，唐静起身道："我这里已给你备了两条，这算我送你的，行吗？"说完，她从办公桌后的橱柜里，拿出了两条价格昂贵的中华香烟，放到了摩托面前。

摩托推辞说："这两条烟可值我一个月的工资，我抽不起！"

唐静道："你又来了，我没有别的意思，在你面前显示我的富有，这不是件无聊之极的事？"

摩托解嘲地一笑："行，我知道我在你心中的身价，是两百五十万。这是我做梦都没想到的，我居然成了一件珍宝。"

唐静用很柔和的目光看着摩托："你看来还不懂生意，可能还是贱卖呢！"

摩托回避了唐静的目光，笑道："好了，受人钱财，不能无功受禄。我遵守合同，明天我就想去虚灵山。"

唐静起身从办公桌抽屉里拿出一个很大的文件袋说："机票已准备好了，还有银行卡和手机都在里面，另外，还有我收集的一些资料，可能没多大用，供你参考。你到虚灵山住灵山大酒店，房间已替你订下了，用餐也做了安排，费用记公司的账，你自己签单。"

到这份上了，摩托不再推辞，他对面前的这位女人，一下产生了很好的印象。

"为了使你的调查顺利，我已先期派人到虚灵市，与虚灵市有关方面开始商谈关于投资虚灵山旅游开发的问题。那边正在加大招商引资的力度，对我们前往非常重视和欢迎，你作为考察小组的高级顾问，名单已传真过去，这对你到了虚灵市展开调查，会有许多的便利。"唐静接着说道。

摩托历来自视甚高，但现在完全被面前这个女人折服了。她考虑问题果然万分周密，而且不着痕迹，体现出一种男人才有的果断、干脆和雄才大略。难怪她能够一人独自撑起一个这么大的集团公司，没有如此非凡的才能和气概，是做不到的。

前往虚灵市，很容易，但若没有正当的理由，要查找历史资料，取得当地有关专家和部门的积极配合，却是比较困难的。特别是虚灵山已列入全国文物重点保护单位，不少资料没有经过严格的批准手续是不得阅看的。既然受人之托，便要忠人之事。摩托本想自己解决这个问题，正在考虑寻找一个合适的课题和借口，没想到唐静已全部考虑在先。

唐静说："虚灵山是我的故乡，在那里做点事，是我正在考虑的问题，目前旅游业正出现一个新动向，人们对人文景观比自然景观更为热衷。虚灵山有着很广泛的投资前景和投资价值，这么良好的一个商机,我怎么会错过?!只是我还在考虑一个问题,那就是你的调查和研究。"

"我的调查和研究与你的投资有关系?"摩托很惊讶。

"是的。它对我的决策重要性表现在两个方面:第一,它将让我认真考虑投资的收益走向;第二,我还将考虑是否附带一个条款。"见摩托显出不解的表情,唐静接着说,"就是说,如果我的先祖真是不可饶恕,那么我将决定公司在虚灵山所有的投资的收益,将一分不少地投入到虚灵市的公益事业中去,为我的先祖赎罪;另外,虚灵市目前非常努力地做好有关工作争取公司的投资,我在考虑是否要求他们移掉那个带有耻辱性的先祖的塑像。不管怎么说,他是我的祖辈,情感上我不能接受。"

最后的结果居然有这等重要!摩托被吓了一大跳,眼睛愣愣地盯着唐静。

"有点后悔?"唐静看出了摩托的心思。

"是的。"摩托点了点头。

"现在还来得及。"唐静叹了口气,"我不会勉强你。"

"不,我说过我严守游戏规则。"摩托说道,"我现在感到更有意思,没有意义的事情我还不太爱做。"

"什么意思?"唐静反而不能理解了。

"你可能要花钱买一次教训。"摩托说,"我不喜欢人家怀疑历史!历史比任何东西在我眼中都更有价值和值得信赖,不容怀疑!这可能是我的职业病。我想我将证实,历史是不能随意改变的。"

真是个太有个性的女人!摩托心里说道。他站了起来说:"好吧,如果没有其他的事,我想就告辞了。"

唐静想说什么,但没说出来。摩托走到门口时,唐静终于轻声地喊道:"摩托,晚上我想再请你吃饭,想为你饯行。"

摩托转身看到了一双黑漆漆的眼,如深春的潭水,心头一阵颤抖和慌乱:"不,不必了。"

"那好,我送你下楼。"唐静没有坚持。

走到楼下,坐进车里,摩托心中有点后悔,为什么要拒绝?

飞机是上午九点钟的班次。唐静准八点时,自己驾车接摩托前往机场。一路上两人都没说什么。到达机场后,摩托因从未坐过飞机,只好任由唐静帮助办好了一切手续。在进候机室时,唐静才告诉摩托说:"到达虚灵山机场,公司的林子小姐会到机场接你。我考虑再三,你这种人多少有点文化人的清高,可能会不好意思接受我对你做出的安排,所以我临时决定让林子小姐做你的助手,配合你的工作。她是我派去的洽谈组的主要负责人,对那里的情况非常了解,有关投资的事情你可以让她应付处理。"

"你不是怕我偷懒,派她监督我的工作吧!"摩托开了个玩笑。

"随你怎么想,因涉及我个人隐私,我想你能理解!"唐静说道。

"我会尽心的,你放心!"临别之际,摩托心中突然涌动着几许莫名的温情,想给唐静一点安慰。

唐静浅浅地一笑:"你自己多保重!我走了。"

摩托望着唐静的背影,直至唐静的身影从机场大厅消失,他才有些怅然地检票进入候机室。

摩托的座位是临窗的A位,坐在飞机上透过机窗,他看到外面的蓝天和白云。今天的飞行气候很好,壮丽无比的云中之景,使摩托有了另一种从未有过的感叹,自然比人类更伟大,宇宙比历史更雄奇。

乘机前往虚灵山仅需1个小时。所以，摩托还未从最新的感叹里悟出更多的东西来，飞机已经在虚灵山机场的跑道上停下了。

下了飞机，走出机场。在接机处，一位小姐笑盈盈地迎了上来:"摩托先生，欢迎你！我是林子！"

林子很年轻，看上去最多二十来岁，剪着一头同男人一样的短发，穿着一件紧身的粉红色真丝内衣，外罩一件苹果绿马夹，下着黑色长摆裙，披着一件白色的短风衣，整个衣着鲜艳亮丽。施着浓妆，红唇白齿，身姿苗条挺拔，站立在那里有如柳枝迎春，十分飘逸，属于那种一眼就令人过目难忘的现代女性。

摩托伸出手同林子边握手边问:"你怎么能确定我就是摩托?"他心中同时惊叹，又是个美丽的小姐。现代生活似乎对女性格外有利，漂亮的女人越来越多。

林子哈哈笑起来，说:"我已收到你身份证照片的传真，唐姐的贵客，她为你的到来先后来过几次电话，细致得让人觉得她变了个人似的，我还敢不牢牢记住你的光辉形象！走吧，车在前面。"

摩托明白了，唐静曾派人来要过他的身份证复印件，说是购买机票用的。只是打了个埋伏，是为了传真给林子。

上了汽车，林子把车开得飞快。边开边说:"我就是爱开快车，你不会介意吧?"

"这个应该属于魏晋时代的艺术品，充满活力，自由奔放。"摩托想。

摩托觉得自己还挺喜欢林子这种性格，她爽朗、活泼，对人没什么防线。不过，这种女人也是很可怕的，你一不小心自己有什么不妥的想法陷进去，那没准就完了。所以摩托告诫自己，还是谨慎点为好。

"我无所谓，方向盘是掌握在你手上。只是人的生命比良好的感觉重要，还是珍惜一点为好。"摩托说道。

"看身份证，你还没几岁，没想到还很保命。"林子说着，放慢了车速。

摩托走进宾馆房间，才知道是个豪华套房，推托着不愿住下。林子说："什么都替你交代好了，你不住不行，你是高级顾问，公司里的高级顾问至少享受副总的待遇，这点是有严格规定的。"摩托这时才知道，高级顾问的头衔看来不是随便挂的，也就不再说什么了。

到里间卧室把行李放好，摩托来到了外面的大会客室。林子说："现在还有点时间，是否我向你通报一下关于虚灵山投资项目的工作？"

摩托忙说："不，不，投资的事情我不介入，仍然以你为主，这是同唐静说好的。"

"你不是为投资项目而来的？"林子一时愣了，但话一出口，她似乎觉得自己问了不该问的事情，一时沉默下来。过了一会才说："你的日程需要我帮助什么？"。

摩托想了想："我下午就想开始工作，先查阅一下有关资料，想到市档案馆和方志办，因这些资料涉及虚灵山文物瑰宝，现在对此有着十分严格的规定，你能否让他们提供一切方便？"

林子惊奇地看着摩托，许久才说："我想只要是在市里权限之内的事情，应该没有太大的问题。"

"还有，我还想单独找几个对虚灵山整个历史情况比较熟悉的人谈谈，是否也请他们提供一份名单和电话，到时我一一去走访。"摩托接着说。

"这个也容易，我知道怎么做。"林子点点头。

摩托说："好，目前先这样吧，还需要帮助，我会找你的。"

林子转身出去了。

摩托点上一支烟，坐在宽大的沙发上沉思起来。

一支烟的工夫，林子就进来了。她在摩托右面的沙发上坐下，说道："已经全部联系好了，他们非常重视你的到来，下午准两点会派市委宣传部的一位副部长来陪同前去，你要的有关人员名单他们下午会带来的。"

派出一位宣传部副部长陪同？摩托在省博物馆也下过几次基层，陪同人员一般是基层博物馆的工作人员。他连忙说："不必，只需要他们打个电话或出具有关证明，准许我查阅想查看的一切资料就行了。"

林子摇了摇头说："这可能办不到。对我们公司的投资，他们十分看重，这是他们招商引资以来最大的一个项目，对虚灵市今后的经济发展举足轻重，所以他们志在必得，配合得非常之好，也给我们提供了许多优惠条件。对你的到来，他们似乎已得到了消息。刚才我给分管的李副市长挂电话，我感觉到了这一点。本来，我也考虑你自行活动，但是想了想不能拒绝，因为你是公司的高级顾问，这种身份拒绝市里的陪同和安排，是不妥当的。同时，你的活动有他们主管官员的陪同，会有许多方便。"

"他们事先已经知道我的到来？"摩托感到不能理解。

"这并不奇怪。商场如战场，要打有准备之战，必须知己知彼。他们如此重视我们公司的投资，自然会想尽一切办法。如果你此行需要保密，那么唐姐的安排在这里就有个疏忽，不能把你作为高级顾问列入名单，同时不能以公司名义在这里登记住宿。这家宾馆是市里直接管辖的宾馆，因为地处旅游区，市里为招商引资，采取了一个特殊措施，专门规定对任何来虚灵山参观、游览或公务的重要客人，必须立即上报，以便市里掌握情况。我昨日就为你预订了房间，而你的名字是列在投资洽谈组人员名单上的。目前，我们与他们的洽谈基本结束，就等最后董事会的正式决定，这是一个关键时刻，你以高级顾问的身份来此，当然算是非常非常重要的客人。"林子分析得十分有理。这一番话一说出来，摩托就感到刚才对她的外在感觉是很错误的，这也是一个不能小看的女人。

"你的唐姐如何会疏忽这么重要的问题？"摩托同意林子的分析。他还一直佩服唐静所做出的安排，到现在才知道这个安排理论上是严密的，到了具体实施过程中，却有致命的失误，无奈地摇了摇头。

林子很有意味地说："是的，打完电话我就考虑这个问题，唐姐不该出现这种疏忽。但想了想也就有点明白，一是她不知道虚灵市有如此规定，这太重要了；二是她没有对我交代你的到来需要保密；这第三嘛，看来她怕委屈了你。不过，这也不是个大问题。"

摩托眼睛盯着林子，等待她的下文。但林子不说什么了，只是一脸的不在意。

摩托见林子没有什么反应，叹了口气说："好吧，既来之，则安之，顺其自然吧！"

林子噗地笑了一声："我发现你跟唐姐很有相同之处，就是把什么问题都想得很周密，看得很严重。这对决策人来说，也不能说是什么毛病，但对我们这些具体的操作者来说，其实有些问题，可以暂不管它，走一步看一步，需要灵活处置，随机应变，遇上了再行解决。"

这个小女子还果然不同寻常！难怪小小年纪，唐静会委以重任。商场还真是个地方，挺能磨炼人的。

摩托想想也是，目前没必要为其他事情分心，他只要做好自己要做的事就行了。

下午准两点，市里宣传部马副部长来了。他还带来了文化局张局长、文博处刘处长和博物馆的方馆长。后两人摩托同他们挺熟悉的，因为来虚灵山写毕业论文时，就得到过这两人的大力支持，后来在工作中有过接触。

刘处长和方馆长对摩托显出了十二分的热情，就差点没有拥抱了。

几个人就在摩托的套间里小坐。马副部长说："摩托先生对我们虚灵山文化有着很深的研究，也有成果发表，是虚灵山文化研究的行家，这次来指导工作，我们市委和市政府都非常欢迎。上午接到林子小姐的电话，市里专门召开有关会议进行研究，决定指派我们来负责配合有关工作，我可以先表个态，这次我们将全力配合，需要我们提供些什么材料和有什么事需要我们做，尽管提出来，只要我们能够做到，一定全力配合。"

摩托对场面上的应酬知之甚少，仅知道在这样的场合不能再胡说八道，所以只能说："谢谢！谢谢！"

有这样的官方阵容陪同，摩托到市档案馆等调看资料就十分顺利了，他所需的材料，经刘处长和方馆长审看，认为可以复印的，马副部长立即指示复印下来，确定无法复印或不能复印的，有的由马副部长签字借出来，有的不能借出的，由马副部长和张局长共同签名，在有关手续上批准同意阅看。从档案馆出来后，马副部长就说先回单位有事，林子立即偷偷地告诉摩托说准是直接去向李副市长报告下午的有关情况。

摩托在张局长、刘处长和方馆长陪同下回到了宾馆。

回到宾馆不久,就到了晚饭时间了。马副部长果然陪同李副市长来到摩托的房间,说李副市长今晚宴请摩托。摩托看了看一旁的林子,林子对摩托使了个眼色,摩托便客气地说:"不必了吧!"李副市长说:"应该应该,已安排好了,摩托先生就不必客气了!"摩托也就没推辞。

晚饭时,李副市长一直把话题往虚灵山文化引,侃侃而谈,现在的基层领导口才、学问都不错,有些东西还有点儿见地。摩托兴头被调了起来,也就同他们大谈起了虚灵山文化。李副市长说:"虚灵山文化是虚灵市的一个丰富的宝藏,我们现在讲文化搭台、经济唱戏,工作还没做到家。近来我们已有所考虑,准备在这方面进一步加强。摩托先生是这方面的专家,这次真是个好机会,给我们多提些建设性意见。"

摩托兴致很高,加上喝了点酒,有些晕乎,忘乎所以,便又大谈了一通。

晚饭吃到近九点,李副市长问摩托是否要潇洒一下,卡拉OK或桑拿都可以,摩托忙推托说自己从来没去过,也没兴趣。市里一班子才走了。

送走了市里的人,摩托有些清醒过来。就对一直在一边陪着的林子说:"时间不早了,回房休息去吧。"

林子说:"刚吃完饭,我陪你走走吧!"

摩托觉得林子似乎有话要说,也就同意了。

两人顺着小道漫步。

摩托说:"你今晚吃饭话很少。"

林子说:"这是公司的规矩,与公司高级人员在公众场合时,我们下级人员是不能多话的。我能保住今天这个饭碗,就是因为我知道什么时候可以说,什么时候不能说。"

摩托说:"你们公司怎么这样多规矩,管理还真严。"

林子说:"不严怎么行。摩顾问,我能问个问题吗?"

摩托说:"不要叫我摩顾问,就叫我小摩。什么问题你尽管问!"

林子说:"你到公司之前,是在哪里高就?我看刘处长和方馆长同你挺熟的。"

摩托想想,对林子隐瞒什么,没有多大意义,可能还对今后工作不利。所以就说:"我不是贵公司的人员,我在省博物馆工作。"

林子若有所思,点点头说:"难怪总是你们公司,一听就让人知道什么意思。我有些明白你此次来的目的了。"

"哦,你不妨说说。"摩托停下了脚步。

林子叹了口气:"本来,对你的到来我不应多话。但是,我熟悉的是你不熟悉的,你内行的不是我内行的,要配合你,我也只好说了。你此行的目的,根本不是为了投资的事,而是为了唐姐的一桩心事。我早几年是唐姐的私人秘书,我陪她偷偷来过一次虚灵山,当时她在一座塑像前落泪了。那时我对虚灵山的情况还不了解,也很奇怪,但记忆十分深刻,因为我从未见过唐姐流过泪。这次唐姐对投资问题迟迟不做出决定,我就万分纳闷,因为这边对我们的投资条件十分优惠,没有更多的理由不做出决定,但是唐姐一反常态地不予答复,我十分不解。而后她又突然来电话,说要派你前来,待你完成工作回去之后再做决定。你是我从未听过的人,为了能配合你,我打电话到公司人事部那里问你的情况,结果人事部对你一无所知。我是当唐姐秘书出身的人,知道这是十分反常的,所以更加不解。所以,唐姐通知我你在虚灵山的费用从她个人账户上支出，我明白你是她突然决定的人选，是来办她个人的事情。她在虚灵山有何事需要专门请人来办？我就想到了上次她的落泪。当然，我不愿去多想，也没往深处去想。你来后，我当时想向你通报投资洽谈情况，结果你说你不是为此而来，我心里更有数了。我同市里通过电话之后，市里对你到来的了解让我感到其中更有意味。今天下午我注意观察了你所需要查阅的资料，全都是些有关虚灵山文化的历史典故、地方史志和重要资料，我进一步证实了我的判断。后来，晚上李副市长来到，宴席上他同你谈的都是虚灵山文化的事情，他是分管经济的，不同你谈有关经济和投资项目的问题，说明他们心中也是有数的了。我想，唐姐请你来，一定是同那座塑像有关，她迟迟不做决定，也是与此有关。"

"你果然不简单。"摩托点点头，接着说，"按你这么说，他们已完全清楚了我此行的目的？"

"是的。这点可以肯定，不然他们不会派马副部长、张局长、刘处长和方馆长来陪同，并允许你查阅那些十分珍贵的资料。说明他们已通过一定的渠道摸清了你的有关情况，并在进一步证实，以便采取相应的对策。这些领导，现在都不是糊涂虫，他们会有办法的。"林子说道。

摩托不再说什么了，想想这是能理解的，华唐公司的投资对市里经济发展既然是举足轻重，对本市领导来说自然是了不起的政绩。时代在变化，现在领导的意识也在变化，不想做出政绩的领导不是好领导。虚灵市的领导为促进经济发展能如此劳心费神，不管怎样说总是百姓之福。

时间不早了，摩托回到了自己的房间，他开始翻阅下午查找来的有关资料。

一个多月的时间过去了。在这段时间里，摩托除吃饭、睡觉就是没日没夜地阅看资料，他也走访了当地的有关人士，这些人士似乎都事先得到过交代，对摩托十分热情，对所了解和掌握的情况没有任何保留，全盘托出。

有关唐大和尚的资料，摩托基本理出个大概来：唐大和尚真名唐邈，原是当地的大户，在出家之前，乐善好施，扶贫济困，远近闻名，是个仁厚长者，有口皆碑。这点在地方典籍中有着许多丰富的记载。关于他出家和出家之后的材料，就少之又少。在《虚灵寺纪略》中，仅说某年某月某日，唐邈就任本寺住持，法号寂德。还有就是在某年某月某日，寂德大师坐化。有关他将虚灵山文化的宝藏售予数国洋人一事，源出《虚灵府志》中记载，讲得也十分简单，仅说清末某年，虚灵一带发生严重旱灾，前后持续三年。当时虚灵山洞窟也受到影响，且因年代久远，不少洞窟已被毁弃，唐大和尚为赈灾和修复壁洞工作，将几千件经文遗书及古品售予数国洋人。似乎当时撰志之人，并没有把虚灵山文化的宝藏看得如现在这般珍贵。出卖国宝之事，是后人之说，是在此记载基础上的历史追究。

摩托还看到了其他一些引人深思的资料：一是在清道光年间，虚灵山意外发现了一处不知何个年代的秘密藏经洞，洞中所藏十分丰富，当时报到了虚灵县衙。县令亲自前来察看，惊叹不已，带走了许多经文、写卷、绢画等，分赠了有关官员，并自己私藏部分。此官的老师是位文献金石专家，六十大寿之时，此官挑选了私藏的部分佳品派人送去祝寿，这位行家见后大为赞叹，并深知其重要价值，连忙修书询问学生。得知具体情况后，他又修书要求学生应向上呈报。县令向上呈报，引起了上司藩台的重视，下令将有关文物送省妥藏。但因所需费用要近万两银子，县令筹措不到，最后此事不了了之。二是至光绪年间，因藏经洞许多重要文物保管不善，年代久远，损坏比较严重，当时虚灵寺住持圆德和尚深为忧虑，曾修书上报县令，县令还有头脑，即上奏建议拨款修缮或上收送京。当时虚灵山珍藏已小有名气，结果朝廷下令先送部分入京。县令为送京费用一事一筹莫展，是圆德和尚出面说服唐邈捐资三万两白银，才得以成行。谁知在去京的近万里途中，官场黑暗，层层截留，送至京都之时，已无上上佳品，为此没有获得应有重视，没了下文。

针对唐静所说的几个疑问，摩托也专门进行了解和研究，却如大海捞针，一无所获。

其间，一想到唐静，摩托也并不是没有困惑：为什么有关记载唐邈出家之前较多，而后就非常之少？这在史志上是很少有的情况。虚灵寺是此地极为重要的寺庙，其住持按理在当地也是十分重要的人物，唐邈出家之后的身份按说应比其作为一个当地的富绅和大户更为突出，何以前细后疏，前重后轻？再说，唐邈既然是当地的人物，他突然变卖家产，遣妻送儿，立地成佛，这也不会是件小事，何以又无任何记载保留？特别是《虚灵寺纪略》中居然不予记录。

这里面不能说没有名堂，但这些名堂究竟是什么，也是可感而不可知。纵观所了解的资料，唐大和尚不会是个不知轻重之人。他能出资三万两支持将藏经洞宝藏远送京城，说明他是个识货之人，也是个知义之人。是朝廷不予重视的态度使他改变了自己的认识？似乎也不像。唐静的几点疑问，摩托越往深想，越感到值得考虑。即便没有唐静所提出的几个疑问，他自己深入了解和研究下去，也会产生这些疑惑。

然而，疑惑归疑惑。历史上众多的事件中，存在着太多的偶然，也可能存在着不可思议的动因。但没有史籍记载佐证，事实是不容乱改的。只要想到了历史，唐静就不那么重要，摩托又觉得情况可能就是如此，历史是行为结果的客观存在，在深究不到背后的深层原因时，原因是可以不予考虑的，人们更愿意也应该尊重前人所留下的凭证。

时而现实，时而历史。一条是切实可感的喧闹的奔涌之流，一条是遥远寂静的幽冥之河。摩托一时在此岸徘徊，一时又到彼岸巡走。

这天晚上，摩托吃完晚饭后突然感到一种无端的烦躁，便决定出去散散步。近些日子，林子已被唐静召回，估计林子已将有关情况报告给了唐静。

一边走着，摩托一边思考：历史不管留下什么谜底，既然无法解开，那么只能尊重事实了。现在没有材料能够为唐大和尚的千古之罪开脱，不能证实他"无罪"，那么反过来就说明他"有罪"。有罪是写在史料上的，疑惑却找不到充分的证据。不如就此打住，回去向唐静交差。这个想法让摩托感到一下轻松下来。

回到宾馆，走进大门，摩托看到了李副市长、马副部长、张局长三人坐在大堂的椅子上。见到摩托，三人都站起来。摩托原以为他们在等待什么贵客到来，就客气地同他们招呼。不想，李副市长说："摩托先生，我们晚上想同你谈谈。"摩托见李副市长神情很凝重，便把他们领进了房间。

到房间后，李副市长说："摩托先生，这一个多月时间，我们都没有来打扰你，是为了你能安心工作。但是，现在时间不等人了，我也只好来请求你帮我们一点忙。"

"我能为贵市做点什么？请李市长尽管说吧！"摩托不解地看着李副市长。

李副市长说："再过两个月，市里决定举办一个招商引资洽谈会，市里希望能在会上同华唐公司签下投资合同。这对我市是十分重要的。该项目我们在去年就作为重大经济建设项目上报给了地区，地委和行署领导对这个项目也十分重视，专门在有关会议上听取我市的这方面工作汇报，并做出具体指示，多次过问有关进展情况，要求我们一定要做好有关工作。所以，从几方面来看，这个项目不能再拖下去了，这会带来负面影响。考虑再三，我决定今晚来同你进行一次坦诚的私人交谈。"

摩托一听，心虚无比，忙说："李副市长，关于投资的问题，这个需要公司最高决策层决定。"

李副市长微微一笑接着说："不，如果是谈投资问题，我们也不敢同你个别的这样来谈。我们想证实一下，摩托先生此次前来，是否是为了唐大和尚的事？如果是，我们想就这个问题同摩托先生交换一下意见。"

此话一出，摩托就想到了林子。林子确实有着不同凡响的洞察和分析能力。现在李副市长已经把话说开了，摩托想不妨听听市里是怎么考虑，他点点头说："我一到贵市，你们似乎就知道了我的来意，这些日子里我也有感觉。"

李副市长苦笑一下："作为基层领导，我们也有许多苦衷。对一些事情，不得不采取一些超常规的办法。关于华唐公司投资一事，是我们找上门去主动联系的。我们市方志办的一个同志，在整理有关本地历史人物的材料时，偶然看到了一篇讲唐大和尚还有后人在世的文章，几经周折打听到了现在赫赫有名的华唐公司是唐大和尚后人所办，为此向市里有关领导说起此事。我们市底子薄、基础弱，地处偏远，本届班子在招商引资发展当地经济方面做出过许多努力，包括筹资修建机场和公路，改善通讯设施等，加强了投资环境的软硬件建设，但都是落花有意，流水无情。当时正好有几个大项目一直找不到投资者。我们想利用故乡之情，促进虚灵山度假区开发项目上马。该项目主体投资近亿元，加上附属投入，总投资额有1亿多元，是我市改革开放以来最大的引资项目，将带动整个以旅游为龙头的我市经济的发展。我们事先慎重研究，曾考虑到唐大和尚是位特殊的历史人物的因素，最后决定先暂从纯商业角度同华唐公司联系洽谈。在后来的联系过程中，我们发现唐总从不表示自己是虚灵山人，她内心似乎有一个奇怪的情结，所以我们也就一直回避这个敏感问题。华唐公司对此事有浓厚的投资兴趣，经过努力，一切似乎都谈差不多了，但是华唐公司却迟迟不做出最后决策。我们多次研究，感到一定是唐大和尚因素在起重要作用，然而我们又一直不能确定。直到你来之后，我们通过在省城的有关关系和渠道迅速了解到了你的全部情况，并对你来之后所查阅的资料情况进行分析，我们相信所做出的判断是正确的。只是，我们一直不清楚你受唐静所托到底来了解唐大和尚什么。鉴于目前情况，我们感到无法绕过这个问题，因此只好请求你能否为虚灵市今后经济发展着想，如实以告，以便于我们做出最后的考虑。我们也没有太多其他的目的，完全是从当地工作和发展大局出发。相信摩托先生能充分理解，给予必要的帮助，这可是造福虚灵百姓的大事。"

李副市长说得十分诚恳。

摩托犹豫了一会，李副市长的一席话，不能说对他没有触动。这确实是件很特殊很特殊的事情。在具体投资合作过程中，如果有情感的因素，有时情感的因素会起决定的作用。改革开放以来，在引进外资过程中，许多地方都是先从当地的海外乡亲里找到投资或引资的对象，这就是情感主导的因素起了至关重要的作用。虚灵市与华唐公司的合作事宜，也是唐静的情感因素起了重要作用。时至今日，摩托比谁都明白，作为最高投资决策人，唐静的个人情感在这个项目中占据了什么样的地位。市里的思路是正确，由此可见为了促成这个合作项目，这些地方领导真是耗尽心思，绞尽脑汁，这里面不好说没有政绩的考虑，但确实有想做好工作的因素。摩托由此从心中对这些当地领导表示好感，也是乐意帮忙的。只是此事又关系到唐静个人的隐私，隐私权同样应受到保护和尊重。再说，他是受唐静的个人之托而来的。

沉吟许久，摩托终于开口了："李市长，我只能说，这一段时间对唐大和尚的研究，我感到没有确凿的史料表明，唐大和尚可以不必对他出卖虚灵山珍宝的行为负责，虚灵山珍藏从他手上流向国外，这是历史事实，可以说难以翻案。当然，在这一历史事实背后，可能隐藏着一些令人费解的东西，我至今仍没有找到线索和有力的证据。但是对历史来说，这些可能并不重要，重要的是结果。结果是行为造成的存在，不管原因如何同样是没有人能够去改变。人有时会有一些特殊的想法，不是每个人都会有，但不是说人不可能有。有的人在达到一定的层次时，会出现一种不是常人所有的心理需求，也可以说是精神和自尊的需求。可以说，你们所面对的就是这特殊中的特殊，不可能中的可能。所幸的是你们的有些考虑是十分正确的。"

"摩托先生，谢谢你，我明白你话中的意思了！"虽然摩托的话说得很晦涩，但李副市长的反应非常之快，他听明白了什么意思。他接着说："对唐大和尚这个人，开头因考虑华唐公司投资问题，市里曾专门组织人员进行过全面的认真研究，关于他的情况，我们市领导班子都能说上一些，我也可以说至少是个普通研究者的水平。你的到来促成我们再次组织力量对唐大和尚情况进行过更深入的研究,但是,老实说,所有的研究结果并没有给我们带来什么新的结论。这件事情让我们十分苦恼,特别是上届领导从旅游的角度出发,又修建了唐大和尚的塑像,这个塑像我们也考虑过可能对唐静小姐是个很大的情感和自尊的伤害。我们分析,这个亿元的投资项目对华唐公司来说并不是无足轻重,但是作为最高决策人唐静小姐却从不亲自到本市,一定是与那座塑像有关。我们曾考虑清除掉它,但是因涉及方方面面,而不敢轻举妄动。现在我们感到走投无路,只好选择同你这样坦诚一谈。希望摩托先生能给我们一些有益的建议。"

摩托心中对李副市长有了更深的好感,望着李副市长焦虑而充满期盼的脸,心里更受感动。这些基层领导,看得出来他们是真心实意的,为此切切实实万分苦恼。如今地方搞建设,表面看没有刀光血火,没有硝烟战场,但是里面同样隐藏着斗智斗勇,同样于无声处听惊雷。如果说,人类的发展是一个为生存、为利益、为理想而抗争的过程,那么因为时代的发展、科技的进步和人类自身发展到一定层次,外在社会条件的改变已使这种抗争从更多外在的激烈表现转换成了内在的平和的演变,这种平和的演变带来了诸多新的形式,说不激烈是十分表面和幼稚的,它升华到了一个全新的需要我们重新思考且不能用以往的观念、尺度来看待和衡量的阶段。

摩托心中有着许多感慨。他点燃了一支烟深吸了一口说道:"李副市长,对我来说,我此次应算是个事外之人。我没有什么有益建议。这件事情正好将可能出现的难以想象和复杂问题都绞在一起,最后的结果是什么,谁都不好预测。关于投资方面的问题,我只能说唐静是个很独特的人,对虚灵山她有着很深的故乡之情,只是她还有你们已觉察到的复杂的情感因素,情况对你们并不是不利。她想知道和清楚的事情，不能说与投资问题无关，但这种关联不会影响到她对投资做出最后决策的。因为故乡之情在她的情感因素中占着主导的作用。"

李副市长默想了一会，脸上露出了会意的笑容。他站起身来紧握住摩托的手说："摩托先生，我们真心感谢你，并代表虚灵的人民感谢你！你所说的对我们很有启发，非常重要。"

李副市长等一行告辞而去。

夜已很深了，摩托却没有一点睡意。他走到阳台，外面是自然的星空，星星闪烁。历史与自然的星空有太多的相似了，每个亮点都是自然地形成定位而存在，每片黑暗都包含着不可知的更深远的内涵。在这块星空下行走，有时人很愉悦，有时人很苍茫，有时根本什么感觉都没有。你有什么感觉，你都能找到对应，甚至会得到更多感觉；你没有感觉，星空依然存在，你仍然能够自在行走。就如自己这次虚灵山之行，现在想想，开头完全没有什么更多的想法，纯粹是一种让人不能理解的无多大意义的好奇，说是离奇无聊之举也罢。然而，越往下走，居然找到了对应，甚至感到了意味，变得牵扯越多。生活是不是如此？完全是无目的的存在，自然时光的流逝，却突然行驶到一个位置上定位，然后略有所悟，然后越悟越深，然后豁然开朗。

摩托又想到唐静，她打来几次电话，但都没有询问什么，只是让摩托保重身体。她此时能有相同的想法吗？如果有，也许她就会放弃对先祖行为的探寻，就会突然为许多人都不会有的原罪意识感到那么刻骨铭心的痛楚，就会排除令人不可思议的因素，来面对现实地做该做的事。那么，一切都好办了。但是，这又可能吗？生活不会按人的想法来发展和运动，这才是生活真实的存在。

摩托又感到，此次的虚灵山之行他有很多意想不到的收获。人都是在意料之外获得收获，因为这才能最有力地驱动思考，并得到真实存在的感受。

一夜不眠的思考，摩托下了决心回去。深究下去，他估计也不会有什么特别的发现。这是原来心中有数的事。尽快回去，至少也可以促成唐静做出最后的决定，等于附带帮了虚灵市的一点小忙，也不算白走一趟。

走之前，他想到虚灵寺看看。于是，摩托叫了一辆宾馆的出租车。

虚灵寺已成为一个纯旅游的景点，没有僧人，出于保护文物需要，也不允许有香火，所以除了一些散落的游客进出，虚灵寺显得冷寂，这种冷寂更使它增添了一种庄严的宝相。

摩托已几年没来了，发现虚灵寺已被重新修缮过。寺内增加了一些内容，专门增设了一处唐大和尚禅室。摩托心里很不以为然，虚灵寺建筑规模原来就很小，寺中住持的禅房是有，但是谁能说这间禅房就是唐大和尚过去的修禅念经之所呢？如今不少地方从满足旅游业需要出发，利用一些古代"名人"效应乱设乱增景点，尤其是爱在一些古迹旧址之上增添一些想当然的东西，实在是令人啼笑皆非。

既然是唐大和尚禅室，摩托还是买了门票进去参观。禅房内的内容十分单薄，只有唐大和尚的人物简介和根据不知出自何处的一张拓片绘像，还有一张说是唐大和尚用过的床，一个坐禅时用的蒲团等。摩托不由苦笑，这就是人们喜欢的对历史的玩笑态度。但是，摩托突然被一个牌匾吸引住了，上面用并不太纯正的隶体书写四个大字："真水无香。"看得出来题字者功力一般，从书法艺术角度看没什么价值。但这确实是发人玄思的妙句。

真水无香，清澄无比，超然万象。摩托因工作关系，平时对古代的佳句楹联、摩崖石刻上的名句题墨等都有很浓的兴趣，对古代典籍、诗书辞赋颇为醉心。但还从没见过如此充满禅义和朴素的妙句。摩托看到下面附着的说明：此匾是平西元帅曾光煦为唐大和尚所题。

平西元帅曾光煦？摩托内心暗暗吃惊，曾光煦是清末时期统治虚灵一带辽阔边域的三省总督，人称其为平西王，是清末历史上有影响的人物。他为唐大和尚题此牌匾，倒是一个新发现，意味深长。

摩托脑中灵光一现，心中涌上莫名的激动。他立即找一旁的工作人员询问："请问，这个匾真是平西王为唐大和尚所题？"

工作人员奇怪地看了摩托一眼，还是回答了他："是呀，这是在修复唐大和尚坟墓时，在墓内壁上发现的。请了几位专家进行考证，确定是平西王手迹。"

摩托立即叫上一部出租车回到了宾馆，同博物馆方馆长通了电话，说想马上阅看市里所存的关于平西王的资料。

方馆长当然全力配合，只是市里保存的这方面的资料相当有限，不过摩托还是大体了解平西王的情况：平西王是当时朝廷的重臣，统辖 50 万大军，手握重权。他多次为朝廷出征，平息了边域一些外族骚扰和少数民族的局部叛乱，战功赫赫。同时，他为人正直，忠心耿耿，深为当时朝廷所信赖。对外夷侵略，他力主强兵富国，捍卫国土和民族尊严；对朝廷腐败与软弱，他多次修书上奏，提出许多极为有益的治国治吏方略。只可惜清王朝气数已尽，不仅对他的众多建议未予采纳，而且由此也得罪了不少重臣。像中国古代无数的忠臣一样，他最后的结局也十分悲惨。史书有载，当时毗邻的镇北元帅何木教拥兵自恃，对朝廷存有反叛之心，私自招兵囤粮，勾结外族力量，图谋反叛，被平西王觉察上报朝廷，因有平西王精兵50万的节制，终于反叛不成，流亡外域不知所终，从而避免了一场战乱。平西王为此声誉更显，功高盖主，在几年之后，被乱臣进谗，用计谋宣他入京，以谋叛之罪被诛杀。据说，他的部下当时力谏他起兵，但他置个人生死于不顾，以外有强夷虎视，内乱必将使夷人更有机可乘，中华将国破族亡、生灵涂炭，说服了部下以江山安危和民族大义为重，凛然赴京。将士列队数十里为他挥泪送行。又一次演绎了中华历史上忠烈人物的一个悲烈故事。

像平西王如此忠节之士，中国历代层出不穷，同时他主要是因朝廷的内部斗争而死，以致他在历史上被淹没了，没有引起史界对他特别的重视。他又不是书家，因而为唐大和尚所题之匾虽然被今人发现，但他也没有引起人们更多的重视和思考。

摩托为了更深入地了解平西王，他还远赴北京等地，查阅了平西王当年的奏折及有关朝廷的事务资料。他终于明白了个中奥秘，明白了唐大和尚与平西王之间特别的历史联系，但一切只是建立在一个大胆的推断之上。他只能如一个考古侦探，通过对历史材料和历史人物的蛛丝马迹，推理出连他自己也感到万分感慨的特殊的历史故事。

清末某年，虚灵一带发生了重大旱情，规模扩及曾光煦所辖的三省。爱民如子的曾光煦忧心如焚，多次以加急奏折上报朝廷，请求朝廷予以救援。无奈朝廷本身内忧外患，几次的割地赔款，使国库空虚，政权摇摇欲坠，对此无能为力。在多次求援无用的情况下，曾光煦实在不忍，为赈济灾民和稳定地方，他权衡再三，密命打开军需贮备，以解燃眉之急。不曾想到旱情持续了三年，曾光煦有限的军需贮备不仅不能有效地解决问题，反而带来了军供的严重不足,所辖50万大军的生活也成了问题,军力锐退,军心不稳,大有溃落之势。此时,相邻的镇北元帅何木教感到有机可乘,加紧屯兵备战,并与外族勾结,蠢蠢欲动,形势十分危急。

曾光煦万般无奈,只得求助于三省的大户,但所筹之款对于当时的灾情和形势来说,仅是杯水车薪,于事无补。于是曾光煦与唐大和尚(当时还是唐邈)在某日某时某地,两人有了一次密谈。

估计是唐大和尚向曾光煦建议。情况大体如下:

唐大和尚望着忧心如焚的平西王说:"大人,小民前思后虑,目前只有一个办法,可能解除兵患。"

曾光煦眼睛一亮说:"唐兄请讲。"

唐大和尚说:"近来是有数国洋人纷至,窥视我虚灵珍宝。小民思虑再三,似乎不如卖宝筹资,将所筹银两用来购置坚枪利器,补充军需。大人军备一强,从后侧对镇北王构成威慑,镇北王必不敢轻举妄动,如此则可以避免战乱,暂安大局。"

曾光煦听了唐大和尚的话,沉思良久,说:"这虽是下策,但不失为一计。只是虚灵珍宝,乃中华文化之瑰宝,如此一来,我等不就成为千古罪人了?"

唐大和尚凄然一笑说:"大人,凡事因时而论。自古圣贤以大节大义为重,能救百姓生灵于水火,能保住社稷安危,此乃节之最大义之最大,个人荣辱如粪土耳!现在朝政腐败,为太后寿诞尚可将军资用于办寿,如此朝廷已不足依靠。我等只能尽量为百姓和国家着想,能做什么就尽力而为,顾不得是否成为千古罪人了。那些瑰宝,乃中华之宝,中华之宝能救人民于倒悬,乃是用得其所。退一步说,如让镇北王起兵谋反,国乱将至,战火蔓延，这些珍宝是否能得以善存，还是个疑问。有如八国联军攻入京城，多少中华之宝被掠，或毁于战火。人民不保，社稷不存，宝将何用？再说，虚灵之宝目前尚未引起朝廷和人们的重视，世人多不知道它的价值，洋人一直不敢轻举妄动，是惧于大人之威，与他们秘密接洽商谈此事，暂不会引人注目。"

曾光煦仰天长叹："该此天劫，曾某夫复何言！好吧，此事就依唐兄所言而为，曾某确也无力回天，顾不了许多了！"

唐大和尚悲愤地说："人有生不逢时，物亦有物不逢世！大人，小民再三考虑，别无他法了。只是，这事必须计议周全。小民认为，现今镇北王最忌大人，正因大人拥兵断后，他若轻举妄动，大人可出兵从其背后攻入，先捣他老窝，故此，他不敢有所动作。大人现在是国之所依，民之所靠，社稷安危系于一身。因此，此事由小民来办最妥。这不是陷大人于不仁不义不忠不正，而是有如下理由：一是大人一举一动事关国家和百姓利益；二是大人为人正直，心性刚烈，在朝政腐败之中已成为众矢之的，所作所为最好不要授之以柄；三是小民乃一介商贾，无足轻重，经办此事，洋人不察，便利良多，不会引起注意，纯属生意往来，即便有人上告，有大人在此关照，可以相机处置，免生枝节；四是大人身为朝廷重臣，名节声誉事关重大，小民平民百姓，倒可无所顾忌；五是镇北王耳目众多，终日密切注视大人一举一动，小民所为，不会惊动他，可确保此计成功。"

曾光煦摇了摇头说："不妥不妥，唐兄此言差矣！大丈夫敢作敢当，曾某身为朝廷命官，忠君为国乃本分之事，如此重大干系之事，不能让唐兄铤而走险，背负千古罪名。"

唐大和尚一笑："大人，小人生无功名，死又如草芥，不在乎盖棺论定之事。只求上对得起天，下对得起地，中无愧于良心，更不会去理会什么千古罪名。不是所有人都将千古留名，大人可是必将千古留名之人，让小民这等无足轻重之人遗臭万年何妨。小民乃一介匹夫，能以轻于鸿毛之躯，行为国为民之重于泰山之大事，实在是难得的舍身成仁之机会，望大人能从大局考虑，并成全小民报效国家之心愿。"

曾光煦向唐大和尚深鞠三躬，含泪道："唐兄乃真大义之人，已超然物外。曾某尚不能摆脱名利桎梏，身不由己拘于虚名，为世所囚，自愧弗如！万分敬佩！"

正是因有如此特殊的背景和原因，唐大和尚做了周全安排。一是既已决定舍身求义，家产留之无用，所以他变卖了全部家产，除遣儿送亲花去部分费用之外，余款80万两全部资助了平西王军务。二是为预防万一事发连累家人，遣亲送子远走他乡，并准以改名换姓。三是唐大和尚决意出家虚灵寺，可便于行事，又已看破红尘。可能他同虚灵寺圆德住持交谈过，圆德和尚是得道高僧，估计他勘破其中奥妙，深为唐大和尚的义举感动，但虚灵国宝主要是佛之圣宝，圆德和尚情感上还是难以接受，不愿在自己手上出现如此之事，因而他决定传位于唐大和尚，突然坐化，以求功德圆满。在平西王的支持下，唐大和尚成为虚灵住持。四是唐大和尚以赈灾和修缮洞窟之名，与先后前来的几国洋人秘密接触，卖掉了部分虚灵国宝，平西王用这些银两整饬军务，通过秘密渠道，购置了大量的洋枪洋炮，装备军队，由此也解开了为何在当时，平西王所辖之军，能成为最精锐军队的历史之谜。五是镇北王见平西王军力强大，深感谋反无望，最后落荒而逃，不知所终。六是唐大和尚坐化之后，平西王当时的处境已岌岌可危，若将卖宝之事张扬出去，必将给人以口实，于己于事都更为不妥，但他是个正人君子，不愿让唐大和尚背上千古罪名,所以最后只好书此牌匾,放置于唐大和尚的墓内,为后人留下一点可供启开玄机的线索。

谜底只有这样才能解开。摩托想到了佛经中的一句名言:"我不入地狱,谁入地狱。"看来,历史有时就有这种艰难的选择,你无法用通常的标准去评判它。

摩托给唐静挂了电话,请她立即前来。

唐静于第二天即带着林子来到虚灵山。

摩托把自己所发现和推断的一切都告诉了唐静,唐静听后泪流满面,说不清是激动还是悲伤,是高兴还是痛苦,也说不清是感到安慰还是感到委屈。

唐静痛哭之后,提出请摩托陪她去看看唐大和尚的塑像。摩托便同她一同前往。

唐大和尚的塑像并不是出自高手所造,他神情木然,眼神空洞,别说仙风道骨了,俗气如一个被生活困顿得麻木不仁的老农。

唐静站立在塑像之前,冷峻如冰霜,默默注视了许久。

"摩托,你说你对自己的推断有多少的把握,确实找不到可以佐证的史料吗?"唐静开始说话了,平静如常。

摩托苦笑了一下:"我想这是最好的解释。对于推断,因为是推断,我不能说有多少把握。但对于我的推断,能做出这种推断,已说明我对这个推断的把握程度。关于可作证的史料,我想不必了,也不可能会有,因为按照这个推断,当时若留下可查的史料,唐大和尚就不会是唐大和尚了。重要的是,我感到这并不重要了。因为,你的先祖当时就感到并不重要,他已超然于世外,并不理会和在意这一切了,追究下去,反而有悖他的风范。"

"你是说你的推断即使是事实,也不能或没有必要去改变什么？我应该继续接受原有的一切？"唐静的脸色又显得十分苍白。

摩托心中蹿起几丝的同情与怜悯，问道："你想怎么做？"

"我原想你能公开你的推断，我有办法让这个推断发表出来。"唐静情绪有些波动，"难道不应该让真相大白吗？"

这个问题摩托不是没有考虑过，但一切只是推断。他只好说出自己的想法："唐静，人应该面对事实。我知道你背负着精神和心理的沉重负担。我也是希望你能解脱这一切，才接受你的请求，进行调查和研究。然而，我有几点不能不考虑的因素，首先是我确实无法找到留下的有力证据，这个推断从分析来看是符合事实逻辑的，作为一家之言也没有什么不妥，然而没有充分的史料依据，它不能改变或澄清什么；其次，虚灵山珍宝是从你先祖之手流往国外的，这是事实，不论出于什么理由和原因，都不能更改这事本身所带来的后果，也正是这个原因，你先祖才采取一种无奈的超然态度，他的大智也是体现在他能够采取这个态度上；第三，你的先祖为此心甘情愿地忍受了一切必然对他产生的误会和严重后果，他的所作所为表明，他承认事情本身是一个不可饶恕的罪过，虽然他是出于救世的大善，但这种选择本身是有罪的，只不过他敢于承受而已。他让人崇敬，也是在于他敢于承担这种责任和痛苦。因此，对这件事情所采取的最好办法，我认为就是仍然保持这种结果，因为公开的只是一个推断，而如果承认这个推断，又会引来更多复杂的问题。历史有时需要人做出牺牲，而这种牺牲到了明白时仍然还要继续做出牺牲，这是崇高的痛苦和无奈的伟大，也是一种残酷，但必须如此。你遇到的就是这种不可思议的特殊。"

唐静目光如刃地盯着摩托，似乎想从摩托脸上剐出点什么，但摩托平静地迎着她的目光。唐静眼光一会就黯淡下来，乌云笼罩了明月。她惨然地问:"真需要这样?"

摩托无语,点了点头。

唐静把目光投向天空,突然问:"摩托,'真水无香'是什么意思?"

摩托略思考了一下说:"真水无香,我目前还没有找到它具体的出处。从字面意思来说,是说纯净之水,没有香味,不会远近飘扬。它自然、平静、清澈、淡漠无言,有如月光照物,只可意会而难以言传。它让我联想到原来看过一个哲人所说的话:真人、无智、无德、无功、亦无名。此非隐德守愚,而是本已超乎贤愚得失之境。这是至高无上的境界。"

"难道不是至痛至悲的境界?"唐静凄楚地问。

"也可以这么说。"摩托说,"在《圣经》里,圣主的伟大是他痛苦地被钉在十字架上。在希腊神话之中,盗火者普罗米修斯,也是被钉在高加索山上,每天有巨鹰来啄食他的内脏。我过去就一直在想,为什么伟大的救世者都是万分痛苦的形象。现在我才受到一点启发,至真至善至美是人类的最终追求,但这个追求过程是惨烈和痛苦的,人必须能够忍受才能达到最高境界。"

唐静把目光又投到了唐大和尚的塑像上,幽幽地说:"我懂得你的意思,我们走吧!"

摩托伸出手,唐静也伸出手,两人相互紧抓着手,唐静的泪水又从眼眶里流出。身后的唐大和尚在苍穹下显得孤独。他也许将永远地孤独下去。

唐静与虚灵市签下了投资合同,同时表示在虚灵市投资的所有收益将全部支持虚灵市的教育与文化事业的发展。她先出资一百万元,设立华唐教育与文化基金会,今后投资的收益将全部捐给基金会。对唐大和尚的塑像,她没有提出什么要求,她也仍然没有表示她是虚灵人。为此,李副市长专门同摩托又谈过一次,表示万分感谢,询问最后的研究结果,摩托以私人隐私不便相告为由,没有透露自己的推断。李副市长征求摩托意见,能否授予唐静虚灵市荣誉市民称号,摩托认为这是非常好的点子。

虚灵市政府在签订合同仪式上,加上了授予唐静为荣誉市民的程序。手举着市里赠予的"金钥匙",唐静显得十分激动,她终于说了一句话:"从现在起,我将永远是虚灵市的市民!"只有摩托听懂她这句话有多深的含义和多复杂的感情。

因要赴国外洽谈,唐静要先行离开虚灵市,她请求摩托再留下几天,帮助林子一起处理关于设立华唐教育与文化基金会事宜,摩托同意了。临走的前一天晚上,她又约摩托出来散步。

月华如水,整个虚灵山在清朗的月光下,静谧安宁。唐静似乎摆脱了心灵的重负,在月光之下,她步伐十分轻盈。

"摩托,这次我要重谢你!"唐静说。

"不,是你自己战胜了自己。"摩托说,"我已经考虑过了,这次我不要你的任何报酬。"

"你想毁约?"

"不是,我有比钱更重要的收获。"

"那好,除钱之外,你要什么?我不能欠你的。"

"是的,我不向你要点什么,你会感到欠我的。除钱之外,人还有很多需要,我想要友谊,我们做个朋友!这样你就不欠我什么。"

唐静停了下来,抬头望着月空。她缓缓地说:"我很高兴,这些年来,我感到除了钱与生意之外,什么都没有了。其实我是个很贫困和失败的女人,除了钱和生意,我至今一无所有。"

唐静把脸转向摩托,那张脸在月光之下,显得伤感,透出让

49

人爱怜和心动的妩媚,也透出一种期待。

此情、此景、此人,摩托整颗心如悬在夜空,随夜风轻荡,颤抖起来。他很想上前拥抱唐静,很想去吻一下那张青瓷般的脸,但实在没有勇气。

原载于《福建文学》1999年第七期

亚　战

一

闪光灯一闪一闪接连不断,很像发射喀秋莎。电视新闻灯也扫射过来,带着一股灼热的浪潮。而他,自然就像在掩蔽所里从容不迫、运筹帷幄的前敌指挥官。他坐着,安详、和蔼,似乎对四周的一切都没有感觉和反应。当然,这样立即就显示出他所经世面的广大、阅历的深厚和身份的重如磐石。

"虚先生,您这次除了来洽谈投资外,还有其他的安排和打算没有?据说,您是春秋时期我国著名的思想家虚无子的后人,您这次来是否打算回到您的祖籍地看看?"一个记者问。

虚道远略一沉吟,认真地说道:"虚无子现在对西方文化已产生很大的影响,我为自己有这样一个伟大的先祖感到自豪。我确有回故里之念,一来表示我对先祖的景仰,二来是为了却家父生前的一个心愿!"

"心愿?什么心愿?能否请虚先生谈详细点?"记者们全来兴

趣了。

自从同X国的外交关系解冻后，虚道远是X国第一位通过民间贸易渠道正式回国投资的华侨，仅这一点，他就拥有巨大的新闻价值。况且，作为X国一个重要财团的董事长，他的一举一动就更引人注目。

"各位如果确有兴趣，我不妨告诉大家。"虚道远面带微笑地说，"作为虚无子的后人，家父在生意上荣沐祖恩，创业之时，正好西方出现了东方文化热，而在这东方文化热中，先祖虚无子备受西方文化的推崇，这间接地帮助了家父，使他在短短的时间内，一跃而成为一位有影响的实业家。所以，我父亲生前一直渴望能在家乡为先祖建立一座纪念馆。但因众所周知的原因，他这个愿望生前没有实现。这次回国，我准备回乡祭祖，同当地政府磋商建立虚无子纪念馆事宜。"

原来还有这么一回事。记者席上掀起一阵小小的议论。一位记者又问："请问，虚先生回乡祭祖的确定行程安排了没有?"

"这次回来，时间上我安排得很从容。我自幼在X国长大，仅从家父口中知道祖国的情况。所以，我这次准备多逗留些时间。至于回乡祭祖的时间，目前还无可奉告。我打算等生意上的事处理清楚后，再回家乡!"虚道远说完，用手动了动领结。这是他的一个习惯，他觉得已没必要再说什么了。

林林小姐是虚道远带来的华裔秘书。她在一旁见此情景，便宣布采访时间到此结束。

二

乌有县虽是个穷县，历史却很悠久。它的高山上拥有神秘的"船棺"，仅凭这点，说它有3000多年的古代文明史，没人敢否认。

　　这天,天空灰蒙,让人感到压抑。刘志德心绪也不好。前些天,他终于完成了一篇杰作,自认为这篇杰作足以在史学界引起轰动。因此,他兴致勃勃地去拜访他中学时期的老校长李益中老先生。李益中有个解放前的得意门生现任国家级刊物《历史名人研究》主编。他希望李老先生能帮助他把论文推荐给那位大主编。谁知,没谈几句,李益中连稿也不看就一口回绝,让他无限地失望和彻底地灰心。他一气之下把论文扔进废纸篓里。昨晚,他去找了县委组织部刘副部长,请求下乡锻炼。刘部长年龄不大,说话却很老练:"这个,愿望是好的,积极性、主动性都应该肯定。但要单位推荐,这是程序,不能少,方志办没推荐上来,组织部怎么好定?"这明摆着回绝!刘志德和刘副部长一同分配进县直机关,前后干了8年。这种话刘志德还听不出意思来?在方志办,整天埋在线装书里看没标点的繁体字,然后抄抄写写理出一点古董来,不痛不痒,默默无闻,这是他一个才30岁的人干的?主任是个老死板,只是不断地要求他史料准确,要编出一部高水平的县志来,从未提过要考虑他职务什么的,评职称才给他个助理。王八蛋,人家已是副部长,他才是个助理,这能干吗?

　　刘志德愈想愈气恼,把腿往桌上一架,顺手拿起刚从收发室取回的报纸,翻了起来。一份报纸的标题引起了刘志德的兴趣,他认真往下看去,兴奋得差点跳起来。他突然萌发了一个奇想,这个奇想令他全身发抖。他扔下报纸,到桌边把废纸篓的东西全倒出来。谢天谢地,这废纸篓从来是他拿出去倒,而这几天他正好心绪不佳什么都懒得干,那篇被揉成一团的论文还在。他迅速捡起抚平,翻了翻,完好无缺,他觉得这是天赐机缘,嘴里不由嚷道:"天助我也!天助我也!"

三

这天晚上，月晦风猛。刘志德怀里揣着论文，敲响了县长办公室的门。县长每晚必到办公室，这个习惯刘志德很早就听说了。果然，里面响起了温和声音："进来！"

刘志德深呼吸了三口，推门进去。县长显然为来客是个不认识的年轻人感到意外。大凡来访，必须经办公室安排，除非告状。

"贾县长，我是方志办的！"刘志德自我介绍。

"哦，方志办！"县长点点头，是机关内的人找他，他把注意力又集中在看文件上，嘴里说，"坐下说，坐下说！"

"县长，我是来……"刘志德有些紧张，他突然想到，假如县长对他的设想不理解或不感兴趣呢？假如县长把他的建议当作一个荒唐的念头呢？他有些胆怯了。

"嗯，有什么事，慢慢说！"县长发现了来客的紧张，抬起了头，支着双手，和蔼可亲地说。

听说县长平易近人，果然！刘志德又恢复了勇气。

"县长，您是否看过今天的省报？报上报道了X国财团董事长虚道远先生的一些情况。虚道远先生是著名思想家虚无子的第72代后裔，他告诉记者，他此次前来，一是洽谈投资，二是准备回乡祭祖，并想出资建立一座虚无子纪念馆。我觉得，如果我们能将虚道远先生争取到乌有县来，这对我县的对外开放和经济建设，将有不可低估的作用！"

"这个……"县长有些不以为然，虚道远是什么人，他没有看报，弄不清楚。但虚无子大名鼎鼎，是历史文化名人，谁不知道。问题是，虚无子是邻县焕想县人，他第72代后人要回乡祭祖,那是去焕想县,怎么争取来乌有县呢?"你有办法?"

"我有办法!"刘志德回答得斩钉截铁,令县长愣了一下。

"您可看看我这篇论文。"刘志德从怀里掏出了手稿,放在县长办公桌上,"关于虚无子是否是焕想县人,史学界一直没有定论,因为他毕竟是春秋战国时代的人物,留下可以查考的史料并不多。就如三国的赤壁大战,这赤壁究竟是哪个赤壁,史学界也争论不休。把虚无子当作焕想县人,主要是因为虚无子终身隐居桃林山,而桃林山一直被当作焕想县域内名山。我经过认真查考,尤其是从最近新发现的县志记载上发现,春秋战国时,桃林山属乌有县管辖,从属现在的乌有乡,古时称天来。一直到汉,焕想县才设有建制,桃林山才划归焕想县管辖。因此,详细的资料证明,虚无子祖籍地应为我县乌有乡。"

刘志德的侃侃而谈,把县长的心说动了。

"……问题是一般人都知道虚无子是焕想县人!"

"县长,应该说一般人认为虚无子是焕想县人,而我们可以从学术观点上来更正这一错误的认识。这种情况在史学界也是有先例的!"刘志德说。

"我明白你的意思!"县长沉吟了许久,才说道,"好,你先回去,等我看完你的论文再说吧!"

刘志德起身告辞。走到门口,县长又叫住他:"喂,等等,你的名字叫什么?"

"刘志德。"刘志德回答道。他看着县长把他名字记在记事台历上,带着一种胜利的亢奋走了。

这个夜晚,县长办公室的灯亮到很迟。

四

贾设县长才 40 出头，是个本地干部。这种年龄又是本地干部当上县长这一职务，在本地是没有先例的。他从团县委书记干起，后干乡长、乡党委书记、县委副书记，然后被选为县长。他从内心里感激家乡父老，也急于摆脱贫困以对得起家乡父老。无奈，穷家难当，尤其是穷了几十年的家，底子薄，基础差，上任后，他朝思暮想的都是如何脱贫，如何发展经济。可是，出路呢？乌有县是个山区县，不具备沿海城市的种种有利条件。不仅如此，由于历史造成的原因，山林被砍伐一尽，水土流失破坏了农业生产环境，山区县山和林的优势也没有了。他会被选当上县长，实际上也同这点有关。乌有县可发展的余地太小，政绩不容易出来，没有多少人愿意干。如今，如果真有可能把虚道远引来，让他出资搞些外资企业，这不失为一个好主意。本地劳动力有的是！

经过再三考虑，贾设县长决定召开紧急办公会议。他让政府办加班打出了刘志德的论文，在会上给每位到会的部门领导人手一份，让与会者一个个莫名其妙。

"今天，把大家找来，是想同大家讨论一件重要的事情。"贾设县长说道，"大家都看了论文，这篇论文出自我县方志办的一个青年之手，以翔实的史料和周密的考证推理，证实了我国著名的古代思想家虚无子是我县乌有乡人。大家别小看这个发现，他为我们争回了一个在世界上有巨大影响的历史文化名人。山东的曲阜是孔子的故乡，他们抓住时机，文化搭台，作了不少文章，使经济发展有很大飞跃。我们行不行呢？现在，机会来了。这个虚无子的后人虚道远，是 X 国一大财团的董事长，目前他已经来到我省，主要是洽谈投资，并且他要回乡祭祖，捐资建立一座虚无子纪念馆。如果我们把两件事联系起来考虑，就会发现我们现在已有一个引进外资、发展经济、加快开放的好机会了！因此，就这个问题我建议大家讨论讨论。"

原来是这么一回事！会议室一阵骚动。

"我先说吧！"分管工业的副县长发言了，"我觉得贾县长刚才说的话很重要，我们过去总爱在山呀、林呀上作文章，现在得改变一下思路了。实际上，历史文化遗产是个金矿，开采得准、好，能产生巨大作用，带动经济起飞。就虚无子来说，这是个世界文化史上有影响的人物，如果能证实他是我县人，这首先就能提高我县知名度。如果他的后人虚道远先生肯前来我县投资，这就能解决一些我县经济发展资金严重缺乏的问题。尤其是这几年我们想上几个龙头项目，如搞个竹席厂，据说竹席在东南亚市场是很抢手的，还有天然矿泉水厂，我县天然矿泉水资源很丰富，等等。经委、外经贸部门一直想引进一些外资，总苦于找不到搭线的机会。我认为，这是个很好的机会！当然，焕想县过去一直把虚无子当成他们历史上的骄傲，这几年还搞了个虚无子雕像。我们争取虚道远先生来投资或捐资建立纪念馆，这个……他们是不会等闲视之的！"

"我看，这个顾虑我们可以不考虑！"分管文教的副县长发言了，"我们一是还历史本来面目，要尊重历史嘛；二是现在各地都在积极争取引进外资，扩大开放，地区也有这个精神，要我们广开思路。我担心的倒是，这篇论文仅是一家之言，又出自一位无名青年之手，没有说服力，这前提问题要考虑！"

他的发言，引来了一片附和。

"这个工作可以去做嘛！"分管农业的副县长说，"我们可积极争取让论文发表出来,让一些专家、权威来核实嘛,这不就有说服力了吗?这个机会,我看千载难逢,我们要力争。去年评贫困县,就是个教训。焕想县的情况和我们差不多,条件也差不多,但省里只允许一个名额。我们向上汇报得少,主动精神不够,结果就落选了吧!这次,我看要吸取教训,要积极、主动。退后一步说,即使虚道远先生不来我县投资,但可以利用这个机会,先建立感情,搭上这条线,或让他帮助我们穿针引线。我们周围有几个县不就是这样吗?先搭上关系,尔后通过出去考察、联络,慢慢引进,总有收获嘛!"

会议一直开到傍晚6点钟。贾设县长见时间太晚,便咳嗽了一声,会场立即静了下来,大家知道县长要发言了。

"我看今天的会开得很好,大家各抒己见,畅所欲言。我这样认为,这件事看来我们应该争取,它至少有几个好处:第一,它对我们工作的主动性是个考验,这是个难得的机会;第二,它对我县进一步对外开放,搞活经济建设有好处;第三,对提高我县知名度,促进我县今后的各方面发展有好处;第四,我们过去从未接触过外商,也没有这方面的经验,这对我们开展涉外工作、涉外经贸活动也是个锻炼。因此,这项工作要认真地抓起来,要抓好!"

贾设县长说完后,宣布散会。散会后,他把政府办的吴主任留下:"今天的会,搞个纪要发给有关部门。为了慎重起见,加个密级,我看用绝密。这样,以免造成一些不好的影响。"

五

李益中已是70多岁的老人了,但由于生性淡泊,又注重养生,皓首红颜,看上去健朗如60出头之人。从一中校长位置退下来后,他还挂着个县政协文史委员会名誉的头衔,知名人士嘛,许多社会性活动和事务,他时有参加。

这天上午,他正在书房看书,老伴进来说有人找,他忙起身迎出。来客是政府办的吴主任和原来的一中学生刘志德,他都认识。

"李老,是贾县长让我来找您的!"寒暄过后,吴主任说道。贾县长!李益中对贾县长印象很好,觉得这年轻的县长,平易近人,虚怀若谷,全然没有年少得志的盛气。上任第二天,就来拜访他,问寒问暖,征求对政府工作意见。他提了三条,现在已解决了两条,一条正在解决。"这样的县长难得!"李益中曾对老伴感叹道。

"有什么事?"李益中问。

"是这样的,这是小刘写的一篇关于虚无子籍贯之谜探讨的论文,贾县长和有关领导都看了,觉得很有价值,对我县今后的发展很重要,所以要我专门送来请您审阅。您若认为不错,想请您支持,推荐给《历史名人研究》刊物,听说主编是您的学生。"吴主任说。

是这事!李益中看了刘志德一眼。这篇文章,刘志德前几天曾送来给他,大谈将刷新虚无子研究成果,是虚无子研究的新突破。为学问者,最忌张狂自大,尤其是历史考证方面,更需要谦恭、冷静和认真。李益中很反感刘志德的狂妄,一口回绝了刘志德的要求。如今县长出面要他推荐,这个刘志德!李益中很想拒绝,但最后还是从吴主任手中接过了论文。

"李老师,写得不好,请多批评!"刘志德这次学乖了。

"我……看看再说吧!"

"李老,贾县长的意思是请您把关,他说若虚无子真是我们乌有县人,这是全县80万人民的光荣和自豪呢!"吴主任说。

李益中点点头:"我明白!"

见第一件事李老已接受,吴主任又说:"李老,贾县长让我再转告您一件事!"

"还有事?"

"是的。县里现在准备成立虚无子思想研究会,李老德高望重,贾县长意思是请李老担任会长。"吴主任说。

"成立研究会?"李益中有些弄不明白,"我朽木一块,不堪重任呀!"

"李老,贾县长很重视小刘的论文,希望能引起有关专家、学者的兴趣,前来我县考察指导,这对促进我县文化交流和各方面发展,有很大好处。至少扩大了我县的影响。所以,他亲自批准成立研究会,同时还成立虚无子研究基金会,已从财政拿出2万元,为基金会基金,还要办一份《虚无子研究》小报呢,您不出来,谁能担得起这重担。"吴主任说。

"好吧,既然贾县长如此信任,又对我县发展大有裨益,我恭敬不如从命!"李益中被吴主任一说,动了心。人老了,若真还能为本地事业发挥点余热,这是件好事。李益中觉得不好拒绝了。

见李益中答应下来,吴主任和刘志德告辞走了。李益中送走客人,立即回到书房,冲了杯香茶,喝了几口,然后认认真真地读起论文。论文论述条理清楚,旁征博引,史料翔实、可靠,文笔流畅,这小伙子还真有学问和钻研精神呢。这大出李益中意外。这篇文章确有独到之处,值得推荐。李益中拿起了笔,给那位当主编的学生写了封辞诚意恳的信。写完后,他坐着又喝了几口茶,心里想:还差点误事!看来对现在的年轻人,不能凭印象！

第二天，学校传达室的看门老头来通知李益中，说是贾县长请李益中去他办公室一趟。李益中叫老伴拿出了外出时穿的中山装，然后带上写的信和刘志德的论文到了贾县长办公室。贾县长正在办公室等了，刘志德也在。

"李老，把您请来，不好意思！"贾县长说道。

"县长别客气了！"李益中说道，"推荐信我已写好，小刘的论文确实有一定的见解和功力。"

"李老，那我要代表全县人民谢谢您了。如果论文能发表，您对我们县的贡献就大了，帮助我们县挖掘出一个历史文化名人，这是瑰宝！"贾县长说。

"不敢当，不敢当。我仅是做些力所能及之事。倒是贾县长目光长远，弘扬传统文化，这实属难得！"

"李老，今天我请您来，主要是研究一下虚无子研究会成立大会的事。您看能否把成立大会同时开成一个全省性的学术讨论会，这样扩大影响！"贾县长说。

"从扩大影响来说，这当然好！"李益中想了想又说，"只是以我们一个小县名义开个全省性学术讨论会，似乎不妥。我看，我出面同省社科联联系一下，两家一起主办，这会顺理成章些。"

周全之策！贾县长点点头，他正为此事感到忧虑，请来李益中是想听听他的意见，但他还没说透，李益中已先说对策了。

"好，就这么办！"贾县长果断地说，"这件事请李老多担待点，要钱、要人、要物县政府全力支持，您可直接找我！"

六

刘志德这一路可谓一帆风顺。从县城到省城，是贾设县长派专车前往。到了省城，县驻省城办事处已订好去京城机票。到京城，他顺利地同那位主编联系上。主编见了几十年前老师的亲笔信，眼睛湿润了。听到老师一切都好，又放心地笑了。晚上特地在家请了刘志德一餐，刘志德借机把从县里带去的土特产品送去，说是李益中托带的，使主编大人更加感动，吃饭时一再给刘志德讲过去如何得到李益中恩师的教诲、培养。说到动情处，泪水都流下来。第二天，主编即告知刘志德论文不错，可用。刘志德又把县里如何重视这一发现，拟开展虚无子研究系列活动，并以此促进经济发展，给主编讲了一通，希望论文能尽快发表。主编犹豫了一会，最后答应了，采取少有的做法，撤下了自己一篇文章，把刘志德的论文换上去，让编务组和印刷厂负责人哇哇叫了几声。

刘志德在十天后，带着小样，飞回省城。一下飞机，办事处的车已经提前到了。坐上车，立即赶回了县里，向贾设县长汇报。贾设县长表示非常满意，让刘志德回家休息几天。

在办公室里，贾设县长认认真真读完小样，他打了个电话让吴主任立即来。吴主任即刻来县长办公室。

"把这小样复印一些，有关领导人手一份，并寄给地区的有关部门和领导，要好好地宣传这一重要发现。我看可以考虑开个新闻发布会，放在省城开，请省里的新闻单位都来，目的吗，是向他们通通气，欢迎他们来进一步核实这一发现，扩大影响。另外，我看小刘是个人才，让报道组帮助宣传宣传，从自学成才或学术发现等方面进行深入一点的报道，省报、地区报和一些刊物杂志都可以投稿。"贾设县长指示道。

吴主任迅速把贾设县长指示记在笔记本上，迅速去办。

贾设县长此时感到一阵轻松，站起身来，走到窗前，伸手扩胸,愉快地吐了口气。身后的电话铃响了,铃声紧凑、响亮,是专线的红机。贾设县长走过去拿起话筒。

"喂,你是小贾?"话筒里传来了地区行署吴副专员的声音。

"是,吴专员,有什么指示?"贾设县长恭敬地问。

"小贾,焕想县反映你们要同他们争人,虚无子是焕想县的历史名人,这个连老百姓都知道,你怎么有这么荒唐的念头呢?还成立什么'争取兴建虚无子纪念馆领导小组和办公室',纪要还挂'绝密'密级。是不是还是去年评贫困县的事解不开疙瘩,或是想为自己出去找个机会?这件事,我看就算了,我也不批评你们,要考虑影响。你说呢?"吴副专员把话说得既硬又软。

贾设县长拿着话筒愣住了。焕想县这么快就告上去!他早知道现在县与县之间没有秘密可言,也知道这事可能会惊动地区。没想到来得这么快。

"吴副专员,您可能有点误会。我们根本没有同焕想县争人的意思。这件事我正准备向您汇报,我们县的一位县志工作者在整理新发掘的县志上发现了宝贵资料,资料解决了虚无子籍贯长期悬而未决的问题,证实虚无子是我县乌有乡人。这一发现已引起了学术界的重视,权威刊物《历史名人研究》已决定在这月里发表这一重要发现,我已把文章小样寄给您,您还没收到?我们觉得,这从几个方面来说,对我县都是件大事,想趁热打铁,请些专家、学者来进一步考察研究。省社科联也很重视这一发现,已决定同我们一起举办一个专门的学术讨论会,我们还想到时请您来讲讲话,全省性会议嘛。如今正好虚无子后人虚道远先生回国,洽谈投资,并表示愿意捐资建立虚无子纪念馆,我们想借此争取一点投资,促进我县经济发展,绝没有其他意思。叫他口袋里多掏些钱出来,这不是件好事吗?再说,如果专家、学者们确定了虚无子的籍贯是我县乌有乡，我想虚道远先生也会对我们学术研究水平表示满意和敬佩的，不然，错建在别处，不是会产生一些负面影响吗？"贾设县长说得很诚恳、很坦白。

"哦，还有这么多名堂！"吴副专员被这么一说，倒有些迷糊了。确实，学术上的事，这个不太好把握。再说，虚道远若愿意到乌有县投资，这也不便干涉，毕竟他是通过民间渠道来的。

吴副专员有些犹豫了："好，学术上的事情，我不管，也不干涉。但在处理这件事情上，千万要注意与邻县的关系和影响，别让人家以为你们争华侨，争出国，千万别出洋相，要把握好'度'！"

"是的，吴副专员，我们一定照您的意见办。也就是为了缩小影响，那份会议纪要我才要求挂上'绝密'。我们的愿望也只希望能多争取外资，搞活经济，把建设搞上去！"贾设县长说。

放下了电话，贾设县长嘘了口气，总算应付过去了。

七

在其位谋其政。既然当了会长，就得负起责来。李益中这些天忙着筹备虚无子研究会事情。先是组织了一批文章，编发了《虚无子研究》小报的创刊号；然后拟出了学术讨论会的论文题目，寄给了省社科联会；然后打电话、写信邀请省内一些知名的古文化专家、学者前来"增辉"。忙完这些，他又专心致志地草拟了研究会章程讨论稿和研究会今后开展活动的意见报告，并着手考虑研究会第一届理事会的组建和第一批会员人选。老伴戏称他近来"青春焕发"。

下午三点，李益中午觉醒来。喝了一杯浓浓的茶，感到神清气爽，提起笔来，草拟研究会成立和编印《虚无子研究》小报的经费申请报告。粗粗一算,费用居然要5.3万。这个数字会不会太多?他沉吟起来,5.3万,县财政穷,这可是笔大开支。他再从头到尾把开支的每一项细细算过,已经是精打细算不能再减去哪一项了。

老伴进来了。老伴进来准是有客人来,不然只要李益中一进书房,她绝不会进来打扰的。

"是什么人来?"李益中不想会客。

"是你的'老相好'!人家是老远来!"老伴说道。

"'老相好'?哪个'老相好'?"李益中想不起来。

"是马老夫子!"老伴说。

"老顽童!"李益中忙起身,走出了书房。他同马老夫子是患难之交,在"文革"时期一同下放在同一个村里,两人同住一个房间。当时马老夫子是焕想县城关小学校长,为人滑稽幽默,跟村民们关系搞得很好,把村子里的孩子都吸引在身边,俨然是乡村教师,教孩子们识字唱歌,整天其乐融融,所以李益中称他为"老顽童"。而李益中自然没这么"潇洒",他生性就较为严肃,马老夫子以其人之道还治其人之身,戏称他为"老古板"。他们已经有十多年没见面了。

"哈哈,老古板,你是愈活愈年轻,告诉一下秘诀!"一见李益中,握住李益中的手,马老夫子说道。他依然如故。

"我向你学习,你不也一样!而且比我进步,多长了许多肥肉!"老友相见,李益中非常高兴,也开了个玩笑。

多年不见,马老夫子变胖了许多,腆着个大肚子,他个儿本身就矮,一变胖就更矮,像一个门球,样子更滑稽。

"拿酒!拿酒!"李益中知道马老夫子嗜酒,对老伴说道。老伴拿出了一瓶四特,并端出了一碟煮花生。李益中给马老夫子斟满了一杯酒后说道:"不好意思,就这么个生活水准!""彼此彼此!"马老夫子一点也不客气,举杯,头一仰,咂咂嘴,"老规矩!"

所谓"老规矩",是他们俩在下放时喝酒的习惯,各自先干三杯,然后再慢斟细饮。

李益中也举杯,两人各喝了三杯后,拉了一会儿家常。

"怎么有空来?"李益中问。

"我?我去省城回来,正好路过,就停下来了。一是想来看看你,二么也是有事要求你!"马老夫子说。

"求我?我跟你一样,平民百姓一个,又是快入土的人了,你有什么事可求我?"

"老古板,不要自暴自弃!有时人老值钱呢!像我就是这样,退下来后,县里成立了虚无子研究会,让我担秘书长,后来又让我当副会长。前几天,县政府正儿八经下个文,任命我为会长,研究会为正局级建制,县长找我谈了一个下午,详细听了研究会的工作汇报,这可是研究会成立五年来第一次。县长要我做四件事:一是把研究会原来不定期的小报改为月报,并出个合订本;二是把研究会会员们近几年来的论文收集整理一下,出个论文集;三是利用研究会成立五周年之际,搞个全国性的虚无子学术研讨会;四是拍摄一部反映县里开展虚无子研究活动的电视专题。批给我十五万元,还给我调剂了两个编制。这么重视弘扬传统文化的县长,我老命能不豁出去吗?多年不遇呀!"马老夫子说得很动情,"我呢,搞合订本,这不难。出书嘛,这个我想请个有名望、有分量的人写篇序,这个要求到你了。另外,我已同中国虚无子研究会联系上了,他们因经费紧张,已几年没有开全国性学术会议了,听说我们愿意承担费用,立即同意,并给我们十五个代表名额,我'以权谋私'一次,想请你也去参加这个会议。怎样?"

"这个……"李益中一下感到有地方不对,但此时容不得他分神细想,马老夫子喝了口酒,又接下去说,"我这次是想请你请出你的一个学生,他现在在《历史名人研究》当主编,是中国古代名人研究会会长,由他来写论文集的序,这个分量就重了。还有,学术研讨会也要请他来。我想,只要你去信,他一定会来的!如何?这次你一定要帮我,不要吞吞吐吐的!你想想,我们县领导这么重视这事,我怎么能不肝脑涂地?士为知己者死呀!"

"老顽童,不是我不帮你,你让我想一想吧!"李益中站起身来,在房里来回踱了几趟,弄得马老夫子莫名其妙。

"喂,这么容易、简单的事,要这么慎重吗?"马老夫子不高兴地说,"真是'老古板'!"

"不,这件事有点不对劲,我不能不慎重考虑!"李益中认真地说。

"我都让你弄糊涂了!你那学生是伟大领袖呀,或是'反动人物',什么不对劲要慎重个屁!"马老夫子急起来。

"老顽童,你不知道……"李益中说,"我想问你,你这个县长是刚上任的吗?"

"我这县长都59岁了,他当县长都快十年,你问这干什么?"马老夫子见李益中愈说愈离谱,有些奇怪。

"我再问你,这个当了十年县长的人,原来就这么重视虚无子研究呀,还是最近才重视呢?"

"这……当然最近才重视,原来嘛说不上重视,研究会成立时,他未到会,只批了五千元经费,以前倒是确实不很重视。不过,最近情况有变嘛,人家虚无子后人要来,是个大富翁,要到我县祭祖寻根，还要出资建立虚无子纪念馆，全县都传开了，县里重视也不奇怪，这才叫有头脑和眼光！"马老夫子说道。

"我明白了！我明白了！"李益中嘴里自言自语道，然后摇摇头说，"不过是棋盘上的一走卒而已！"

"什么什么？"老夫子瞪着眼问，"你到底怎么啦？"

"老顽童，有些事现在不好说，你托我的事，让我考虑一下好吗？我过些天写信答复你吧！"李益中说。

"你真要考虑？"马老夫子知道李益中的脾气，"那好吧，你考虑清楚写信给我，我要赶回县里，省电视台明天到我们县里拍专题，我要赶回去准备！"

"吃完饭再走吧！"李益中挽留道。

"不必了，外面车还等着我呢？是县长派给我的专车！"

李益中也不强留，送马老夫子到校门口，马老夫子同李益中又握了握手，钻进了锃亮的小车里。小车启动，开走了，李益中望着远去的车，心里有一种说不出的滋味，长长叹了口气，他彻底明白，县里交给他的事情和他这一段全力以赴去做的事情，是非常非常不同寻常的。

八

作为一县之长，贾设县长是很注重掌握信息动态的，除了看各类政务信息和简报外，他每天必看新闻联播和本省新闻，即便下乡检查工作也不例外。县政府晚上若要开会，除特殊情况，一般也都是放在8点以后。这天晚上，贾设县长仍旧打开电视，看完新闻联播，又接着看本省新闻。这时，一条新闻引起了他的注意，新闻里说，焕想县近年来积极开展虚学研究，县委、县政府予以高度重视和大力支持，形成了文化搭台、经济唱戏的局面等等,最后一句话说:"本台将在新闻节目之后,播出反映焕想县近年来开展虚学研究的专题节目《虚子故乡行》。"姜毕竟老的辣!贾设县长心里道。焕想县的孟放县长,贾设县长同他打过多次交道,特别是去年省里评贫困县,吴副专员专门把他们一起叫到地区,传达地区领导决定向省推荐焕想县为贫困县的决定。那时的情景,贾县长记得很清楚,他感到意外,心理上缺少准备,有些懵了。而孟放县长苍老的脸上却露出了得意的微笑,使有些松弛的嘴角很高傲地上翘着。这次,孟放县长也是很有两手:一手主动向地区领导汇报,抓住先机;另一手咬住不放松,暗暗开展紧锣密鼓的宣传。当然,他能理解孟放县长,59岁的人了,最多只有一年时间能站在最前线,这是最后的机会嘛!换上他不也完全可能这样做?将心比心,他们完全可以相互理解,同在一个位置上,同是出于一样的考虑,都是为了本县的发展利益,为了能增加政绩,为了能办点实事。至于私人的小九九,孟放县长年龄大了,有没有这方面的考虑不好说,他贾设绝没有这个念头!

贾设县长原本看完新闻就要去办公室,但今晚他决定不去了。他耐着性子等报完了全省天气预报,又看完了长长的各种各样的广告,终于等到了15分钟长的《虚无子故乡行》。电视这东西真神,贫穷、落后的焕想县被镜头一拍,剪辑后变得很漂亮呢。贾设县长看到了孟放县长,有3分钟的现场采访,孟放县长西服笔挺,扎着墨红的领带,很精神地谈认识开展虚无子研究的重要,可激发民族自豪感,教育广大群众热爱家乡,从而推动两个文明建设。这种电视,要拍要播都不难,省内有好几个电视制作单位,都通过各种关系和渠道来乌有县联系过,全县性的专题开价两万、三万的,都被他贾设县长坚决地回绝过。焕想县这次看来动真格的,下了大本钱。

贾设县长关掉电视。坐在沙发上,他点燃了一支烟,他现在面对着一个难题,要继续争取下去,还要多动脑筋,多想办法;不争取了,似乎骑虎难下。当然,必须争取,并且争取到,吴副专员那里和地区上面都好交代。但怎么争取呢?

外面传来了敲门声。

"贾县长在吗?"

吴主任进来了。

"贾县长,焕想县那边真干起来了!"吴主任说,"您也看了电视?"

"嗯!"贾设县长吐了口浓烟,点点头。

"我看我们也要加强,新闻发布会还是开了吧!"吴主任说。

"不行!坚决不行!新闻发布会要坚决取消!"贾设县长说得很坚决,"吴副专员已来过电话了,我们再开新闻发布会,这就等于公开了矛盾,地区不会批准的,这事很敏感,弄不好偷鸡不成反蚀把米!我们要造成一个局面,似乎大家都没有争的意思,是各干各的!"

"那怎么办?总不能老落后人家,老比人家被动!"吴主任说。

"不会的!这次我们一定要争取主动!"贾设县长说这话的时候,心里已经有了一个想法。

九

第二天上午,在省报的头版,焕想县重视挖掘古代文化瑰宝的报道又登出来了,吴主任还对贾设县长说,省电台今天早间新闻的第二条也播了这条报道,他亲耳听到。

贾设县长终于下了决心,他让吴主任派车去把李益中接来。

谁知，派去的车空车而返，随去的吴主任说："李老说他身体不适，无法前来。"

身体不适？突然来个身体不适！贾设县长看了吴主任一眼，从吴主任的眼睛里，他发现了一点东西："真是身体不适？""我看不像，我进他家里，他正看书呢！"吴主任说，"他似乎……"

"好，去买点水果，我自己去他家里！"贾设县长说。

贾设县长的到来，让李益中感到意外。自从马老夫子来后，他把前后之事和马老夫子那边的情况联系起来考虑了一下，立即发现乌有县和焕想县之间的争人秘密，他一下明白为何刘志德的论文会如此受到县里的重视，为何贾设县长请他出任研究会会长，为何县里肯爽快地出资举办全省性学术会议，为何……许多的为何一下都明朗了。他觉得自己不能介入，应该立即急流勇退。

"李老，听说您病了，我特地来看您！"贾设县长说道，"是否打个电话，让医生来给您检查一下？"

"不用不用，一点风寒感冒，小病小病！"李益中一边说着，一边脸有些发热。这是他生平第一次说谎。

"李老，我原本是想了解一下学术讨论会和虚无子研究会成立筹备得如何，批给您的钱够不够？"贾设县长说。

"哦，学术讨论会暨研究会成立大会已筹备差不多了，时间定下来了，下个月1日报到，2、3日开会，通知也发了。目前，省社科院已确定来三个副研究员，社科联来个专职副主席和一个秘书长，省里大学来一位历史教授和两名古代文化思想史专家，是副教授。经费足够了，我们小县能花五万多块钱开个会，不简单了！"李益中说。

"很好！李老做事我是绝对放心的！这副担子有李老担起来，

这真是我们县政府的幸运!"贾设县长感激之情溢于言表,"李老,您这次的贡献,我们全县80万人民是不会忘记您的!"

"不敢当!当敢当!"李益中惶恐之至,"贾县长,我是一块朽木,承蒙看得起,我已很感激。只是……"

"李老,"贾设县长不等李益中说下去,就接过话头说,"讲老实话,我这是不得已,我心里也很内疚,您这么大年龄,过去又对我县教育事业鞠躬尽瘁,照理是应该让您安度晚年,不应该让您再为县的事操心。但是,我也有苦衷。我自小在这个县的农村长大,是家乡的山水哺育我成长,当上一县之长。我能不为家乡做点事吗?我昼思夜想的是如何改变我们县的贫困、落后面貌,把家乡建设成为繁荣、兴旺、富裕的县城,这样才对得起养我育我的父老乡亲。但是,县里的情况您知道,现在是一种恶性循环。穷,没有钱发展经济,没钱发展经济则愈穷;愈穷则经济愈无法发展,愈无法发展则愈来愈穷。我们需要资金,我们需要经济发展的契机。我们不能再一直落后下去,再落后下去,我们对得起谁呢?!我很惭愧,我这个县长没当好,上任近一年,什么措施、计划都拿不出来,不是我不去想,我跑遍了全县15个乡镇,进行了深入调查研究,但愈调查研究得深入,我愈无法拿出治穷脱贫的根本措施,我们几乎没有什么优势,现在发展经济需要整体的素质好,需要人才,一个硬件并不难做,但软件则是要时间的。当然,我不是向您诉苦,我是想告诉您,我这次下这么大的决心来抓虚学研究会成立,重视刘志德的发现,想向焕想县要回虚无子,这主要也是从发展的长远战略考虑。虚无子是我们乌有县人,这会大大提高我们县知名度,这在发展经济、扩大开放上很重要。我让政研室的同志给我找了虚无子资料,虚无子热已出现在西方文化界中,国际影响很大。若确实确定他的故乡在我县，这会引来一些学者、专家的考察，会引来人们的参观兴趣，好好规划、开发利用下去，以后受益无穷。另一方面，您可能也知道了，虚无子的后人来了，他是个大财团的董事长，这次主要前来洽谈投资并想回乡祭祖，捐资建立纪念馆。我们可以利用他这种心理，若他能相信乌有县是他先祖的祖籍地，在感情倾向上就不同。建不建纪念馆不是很重要的事情，但我们要利用这个机会，联络上感情。我们的好几个投资项目立项了但无钱，我们的医院设施、学校的教学条件等，都需要尽快改善。据了解，一些爱国华侨觉悟很高，很乐意为家乡兴建福利事业。如果他能给我们帮助，这不就很好吗？所以，这是一个非常重要的机会，关系到全县人民的利益。李老，我今天把心里想的全盘告诉您，是希望您能再为县里分忧解难，希望您能理解我为什么还打扰您……"贾设县长说得很激动，眼眶红了。

肺腑之言！李益中被贾设县长的一番话感动了："贾县长，我……能理解！能理解！"他一下没有了那种被人当作走卒的感受，反倒觉得自己若真能像贾县长所说的那样，为县里分忧解难，这是一种光荣。他在这个县城待了五十多年，县里的情况他一清二楚，他同这片土地结下了深厚的感情，他早就希望它能换上新颜，能迅速繁荣昌盛。他变得激动起来了，便道："贾县长，您看您还有什么事要我做，您尽管说，我一定尽力！"

"谢谢您，谢谢您！李老，我再次代表全县人民谢谢您的理解和帮助！"贾设县长毕竟是县长，很快就控制了自己的感情，说道，"我确实还有事要麻烦李老的！"

"说，您尽管说！"李益中心想，能为全县人民谋幸福，他死而无憾。

"李老，我是想让您去一趟省城。"贾设县长说道，"虚道远先生一直认为虚无子是焕想县人,并不知道应该是我们乌有县人,而目前我们又无法通过哪条渠道告知他。所以,我是想,以县虚无子研究会的名义,请他前来参加我们的成立大会和学术讨论会,这样比较合理。同时,正好把刘志德论文小样送他一份,请他指教。我想,这一新发现会引起他兴趣的,他完全有可能因这一发现而来实地一看,这我们就有机会了。我已通过驻省城办事处了解到,虚道远先生这些天仍在省城。这件事本来我想亲自去,但他这次是通过民间渠道回国,作为一级政府似乎不太好出面,还是您去,以群众团体的名义,这样会更妥当的!"

贾设县长的考虑,可谓方方面面十分周密。李益中听后,想了许久,确实没有更好的办法,便点头同意说:"好,我去!"

"您的身体?"贾设县长见李益中同意,非常高兴,关切地问。

"没什么,既然关系到我们县的利益,我老命搭上也没有什么!"

乌有县最好的小车是桑塔纳,属县长和书记的专车。贾设县长特地派了自己的专车,送李益中去省城。为了照顾好李益中,他派政府办吴主任和刘志德一同前去。任务就是安排好李益中的吃、住、行。

一行人到了省城。县驻省城办事处早已接到贾设县长的电话,用招待县领导的规格,接待李益中。同时,也了解清楚虚道远住在华大外贸酒店1032房间。

吃了晚饭,李益中想了想,外面见面时兴预约,他不如先给虚道远先生挂个电话,便查了华大外贸酒店的总机号码,拨通了电话。

接电话的是个甜甜的声音:"您好!"

"您好!"李益中回答了一句说道,"我找虚道远先生!"

"我是他的秘书,请问您找他什么事?"

李益中自我介绍说:"我是乌有县虚无子研究会会长,我姓李,我们对虚先生先祖虚无子的籍贯地有一新发现,想同虚先生谈谈!"李益中希望这样说能引起虚道远的兴趣。

"李先生,这事我得请示一下董事长,请您稍候!"女秘书搁下了电话。

足足等了10分钟,女秘书的声音传来了:"李先生,我们董事长约您明天下午3点钟到他下榻处谈!"

"谢谢!"李益中放下电话。一切顺利,虚道远没有拒绝。

李益中来到华大外贸酒店时,时间才下午2点45分,他提前了15分钟。既然约好3点,他知道不便提早上楼,便在休息厅里坐下。华大外贸酒店是座四星级宾馆,金碧辉煌。李益中虽然年逾古稀,但如此气派华丽的建筑却是平生第一次见到,所以东瞧西看新鲜,时间也不觉得难挨。

差3分钟3点,李益中起身整装。为了省城之行,贾设县长让县里特地为他赶制了一套高档西服。事关重大,他也不能不穿。

1032套房在10楼,需乘电梯上楼。李益中走向电梯候乘处,正好电梯从上而下,门一闪开,走下的人中居然有马老夫子。

"老顽童,怎么你也在这!"李益中喊道。

"老古板,你怎么也在这!"马老夫子过来握住李益中的手。

电梯里进了几个人,马上要上去。李益中怕误了时间,忙说:"我住在我们县的办事处,你晚上7点来找我!"说完钻进了电梯。电梯门一关,兹一声便启动而上。

李益中见到了西装笔挺、风度翩翩的虚道远。他居然只有三十几岁的年龄,好年轻。

见来者是个白发苍苍的老头,虚道远恭敬地说:"李老先生,请坐!"

李益中坐下了,他顾不得打量房里精美的摆设和布置,说道:"虚先生,是这样的。我们乌有县新近发掘出的县志记载表明,您的先祖虚无子先生是我县乌有乡人,这是虚学研究的一个突破性发现,国内权威刊物《历史名人研究》已准备发表这一重要发现。这是小样,送给您,请您指教!"李益中递上了小样。

"我先祖虚无子的籍贯究竟在哪,一直没有最后的定论,一般都认为是在焕想县桃林。这次回国,你们居然有最新的发现,这真是我的荣幸,我非常感谢你们!"虚道远翻看了一下小样后说。

"虚先生,我们县政府十分重视这一发现,已决定成立县虚无子研究会,并将于2月1日召开全省性的虚无子学术研讨会,请更多的专家、学者赴实地考证。我们想请虚先生到时能赴会,并为研究会成立剪彩,不知虚先生能否赏光?"李益中很快进入正题。

"2月1日?"虚道远犹豫了一下说,"李老先生,我非常感谢贵县和贵会的邀请。既然你们有这么重要的发现,我当然是非常愿意去走走看看,瞻仰先祖生前生活过的地方。只是在同样的时间里,我也接受了相同的邀请,您看!"

虚道远递过了一张烫金的请柬。李益中一看,上面写道:

兹定于2月1日至3日在焕想县第一招待所举办全国虚无于思想学术讨论会,届时恭请光临指导!

中国虚无子研究会
××省焕想县政府

准是马老夫子送来的！李益中猛然醒悟，这个该死的"老顽童"！现在，人家是全国性的，而乌有县仅全省性的，孰轻孰重，一目了然。

"虚先生，焕想县同我们乌有县毗邻，来回仅四十多公里路途，您由省城去焕想县，乌有县是必经之路，要么您先在乌有县逗留，参加完剪彩，再去焕想县如何？"李益中想了一会儿，想出了这个主意。

"李老先生，你们热心先祖思想研究，弘扬传统文化，确实令人感动。乌有县既然是新发现的先祖故乡，我这次一定会争取去。只是，因为行程要重新考虑安排，我明天晚上之前答复您如何？请您留下电话号码，我会让秘书告诉您最后的决定！"虚道远说道。

"好，谢谢虚先生！"李益中留下了电话号码，然后同虚道远告别。虚道远一直把李益中送至楼下，看来他非常敬老。

虚道远回至房中，女秘书林林小姐焦急无比地说："董事长，快接电话，是董事会黄副总打来的！"

虚道远忙接过了电话，电话传来疲惫的声音："董事长，我们已得到了联合国决定对伊拉克制裁的确切情报，波斯湾被封锁了，同我们合作的亚马逊公司、环宇公司、伊拉斯公司等都将面临破产了。昨日，我们的两艘货轮在途经波斯湾海面时，又误触水雷，损失惨重。受海湾局势冲击，国际石油价格猛涨，股票市场出现骚动，我们亏损了5000万美元。我已尽力减少损失，请董事长尽快飞回商议对策！"

"好，我尽快回去！"虚道远额头沁出了汗珠，局势突变，他一下损失了总资产的十分之一，他如何坐得住。

放下电话，他立即叫林林小姐去办理手续和订购机票。

李益中吃过晚饭后，坐在房间的沙发上休息。人上了年纪，不服老确实不行，他感到有些累。但想到下午的顺利，他又很宽慰，毕竟没有辜负县长的嘱托和全县人民的希望。现在，最后的问题是如何答复马老夫子关于帮请那位主编学生的事。从本县的利益看，他是不能帮助马老夫子请人了；但从同马老夫子的交情看，他不帮这忙没有一点道理。他内心激烈地斗争着。请，还是不请？

电话铃打断了他的思考。他拿起电话，是虚道远那个女秘书的声音："李老先生吗，虚董事长因急事要立即回总部，所以，他说贵县之行无法前往，让我转告您，他非常感谢您的邀请，同时也非常抱歉！他说等下次来时，一定前往！"

"……"李益中被这突然的变化弄懵了，有急事回国，是真是假？是不是马老夫子又去做了什么手脚？但人家既然已经明确答复了，有什么办法？"请转告虚先生，我们欢迎他再来！"李益中只能这样说。

放下电话，李益中傻呆呆地坐着，脑袋一片空白，大起大落，一切都是戏剧性的。下午会谈，虚道远是真诚的，凭他70多年的人生经验，实在看不出虚道远有一点虚假！但是……

"老古板，你一人坐在这干什么？"马老夫子来了，他的说话声，让李益中有些清醒。

"你……坐吧！"李益中说。

"喂，你到底有什么心事？"马老夫子问。

"没有呀！"李益中觉得还是没必要摊开一些事情，而使他和马老夫子感到别扭，随口又问，"你来省城干吗？"这一问，又后悔了，明知故问。再说，马老夫子未必会如实相告，知道一个人说假话。特别是老朋友，那很别扭的。

"我……我受县里委托来请虚先生。结果没请到，答应好好的，临时又挂个电话说因事回总部，无法成行！谁知道是真是假！"看得出，马老夫子也很失望。

"你也接到电话！"李益中一说，发现自己漏了嘴。

"什么什么，你说……"马老夫子睁着眼睛，突然用手一拍脑袋说，"原来你也是来请虚先生的！这下我有点明白了，你那天干吗吞吞吐吐的！"

李益中见瞒不住了，叹了口气道："我告诉你，我也是虚无子研究会会长，不过是乌有县的。现在，你一切都明白了吧！"

"你也是虚无子研究会会长？"马老夫子大笑起来，"明白了，明白了，我就为自己近些日子来一直吉星高照感到纳闷，怎么一下这么受重视和重用，原来是托你老兄县里的光呢！很好很好！"

"……你还笑呢！"李益中气恼地白了马老夫子一眼。

"我干吗不笑。我合算了，我太合算了，干吗不笑！这样看来，虚先生不回乡祭祖，倒是最好的结果，我们两人回去都好交账，又不影响我们之间的安定团结！你嘛，愿意帮我请你那个主编学生就请，不愿意也就算了，我理解，也不会怪你！"马老夫子说，"我们明天去清湖泛舟，我请客。我们抛开这些好好聚聚如何？这辈子怕是最后一次机会啰！"

"去你的！"李益中既笑不出，也哭不出来，但他答应了马老夫子的邀请。

回到县里不几日，李益中给贾设县长写了封辞呈，坚决辞去会长职务。然后住院去了。贾县长接受了李益中的辞呈，并亲自去医院探望李益中，一口不提研究会的事。贾县长走后，李益中躺在床上看报纸，从报纸上，他看了虚道远回总部的报道。报道中写道：虚道远先生说，这次因故无法回乡寻根祭祖，是一个遗憾，但一有机会，他一定回来弥补。至于虚无子纪念馆筹建捐款300万事宜，他表示因新近得知史学界对虚无子籍贯地有新发现，所以，他决定等下次来，史学界做出最后定论，经过实地察看后，再作打算。一俟确定，他准备除修建纪念馆外，还重建先祖旧居。

李益中看后，默然地把报纸扔进一旁的垃圾篓里。

2月1日，乌有县和焕想县的学术会议仍然如期召开。一切按既定的程序进行，只是贾设县长和孟放县长均没有参加。据说，孟放县长心脏病突发住院去了，而贾设县长被地区派往党校学习三个月。但到会者并没有忘记这两位能如此重视弘扬传统文化的开明县长，各新闻机构在对会议进行报道时，无不怀崇敬之心，写下了两位县长能高瞻远瞩，重视发掘文化遗产的赞美之辞。

马老夫子终于通过李益中请到了那位主编到会。

最实惠的是刘志德，他在大会宣读论文时，头衔已挂乌有县县志办副主任了。

原载《福建文学》1992年第7期

背　叛

　　吴天寅刚在自己的办公桌前坐下,电话铃就响了。他拿起了电话,是总裁助理魏亚打来的,说请他立即到总裁办公室去,斯威特先生找他。吴天寅说立即就去,放下电话,便起身走向电梯。

　　总裁办公室在这座高楼的十八层。这里是爱克斯跨国公司中国总部的南方分部。吴天寅作为南方分部研究发展部的部长,属于分部的高级人员,总裁找他是经常的事,所以,此时他并没有去想斯威特总裁找他是何事。

　　吴天寅来到了斯威特的办公室门前,轻轻摁了一下门铃,魏亚好听的声音从里面传出:"请进!"吴天寅推门而入,魏亚对他灿烂地一笑说:"斯威特先生在里面等你。"同时送给他一个含情脉脉的媚眼。

　　吴天寅得体地说:"谢谢!"然后直接推开了里间办公室的门。他知道魏亚对他情有独钟。但是,他一直采取一种客客气气的态度,既不过分刺伤魏亚的自尊,又保持一种适度的距离。平心而论，魏亚是个不错的女人，她身材高挑，有一张能体现东方女性秀美风姿的漂亮的脸，加上她毕业于一家名牌大学，受过高等教育，风度气质俱佳，是个令男人怦然心动的女性。她原是总裁秘书，两年以前，斯威特提升她为总裁助理，但办公室没有搬动，斯威特也没再另找秘书，她仍然还承担了属于总裁秘书的工作。因此，分部上下都在传言她同斯威特有说不清的关系。当然，吴天寅从不参与这种议论。他信奉一条，人最好干好自己的事，少去管别人什么，都是成年人，每个正常的人对自己的所作所为都能承担应有的责任。

斯威特坐在宽大的办公桌前，嘴里叼着根粗大的雪茄。见吴天寅进来，他做了个请坐的手势。

斯威特能说一口流利的汉语，见吴天寅坐下，便说："吴，总部已批准了我们参与 K 城 A 工程的招标计划。根据我们掌握的情况分析，我们最强有力的竞争对手，是 S 城的华光集团。华光集团就是原来的华光公司。前几年它兼并了几家同行业企业，改称为华光集团。你最早在华光公司干过，这是你熟悉的公司。考虑再三，为了能够顺利地拿下 A 工程，决定让你参加招标小组，协助魏亚小姐工作。"

K 城 A 工程，吴天寅知道，这是一项总投资为上亿元人民币的大工程。几个月前，分部就开始了关于参与招标的紧张工作。令吴天寅奇怪的是，原来分部所有的重大的参与招标工作，他所主持的研究发展部都必须介入，有时直接就是由他负责方案的操作。但是，这次不知为何，斯威特没有通知研究发展部参与，也没有让他介入。整个方案直接由魏亚负责组织操作，由分部的商务开发部和业务信息部配合编标。吴天寅当时并没有多想，只是感到奇怪而已。在分部，斯威特有权做出一切决定，这种外资机构，你不能多问，也不能多言。吴天寅知道规矩。现在，他总算明白，原来是分部早已得知华光集团参与招标的情报，并把华光集团当成最重要的竞争对手。不让他参与，是考虑他在华光公司干过，是商务机密万无一失的保密防范需要，对分部和他个人，都有莫大的好处。

吴天寅想了想说："斯威特先生，我是从华光公司出来的，我希望还是不要安排我参加招标小组为好。我已离开华光公司十多年了，一切都在变化，我对华光集团的了解，可能完全帮不上什么忙的，是否请考虑一下我个人的请求？"

吴天寅说这些话有几个考虑：第一，K城A工程对分部来说，是今年重大的项目，他事先没有参与整个计划和方案操作，并不了解有关情况，后期仅是协助魏亚工作，进入不了核心，如果参与招标成功，功劳也不是他的，这种事做之对自己无益；第二，如果对手真是华光集团，他真还不愿意参与此事，毕竟自己在华光工作过几年时间，何苦为了别人在商场上与华光争个你死我活，能避就避是最好的办法；第三，商场如战场，风云变幻莫测，华光集团在本行业是国内南方最有名和最有实力的集团公司，在A工程上也有明显的优势，自己何苦去趟这池浑水；第四，从整个安排上来看，斯威特事先就对自己采取了防范性措施，这虽是可以理解的，但是不如就此置于事外为好。

斯威特夹着雪茄的手挥了挥，摇着头说："No，no！吴，这既是魏亚小姐的请求，也是我的决定。我们没有不信任你的理由，同时这也是对你的考验，如果此事成功，我会向总部报告你的表现。就这么定了，明天你就同小组一起出发到K城。"

斯威特说得如此明白了，吴天寅知道他只能服从。去就去，反正没在核心圈里，去一下也无妨。至少，斯威特说这也是对他的考验。确实，也可证实一下，自己对分部的规矩是遵守的，对公司也是忠诚的。想到这里，吴天寅说："好吧，斯威特先生，我谢谢你的信任。"

走出斯威特办公室，吴天寅看到了魏亚略含深意的笑脸，心里就来气，想到了斯威特说这也是魏亚的建议，心里暗骂了一声："去你妈的！"但还是在嘴角上挂着笑脸说："很高兴配合你的工作！"这就是生活需要。

魏亚似乎明白吴天寅的心思，并没有感到什么生气，仍然柔柔地说："你心里未必是真的高兴，不过，请相信我并没有恶意。"

吴天寅见魏亚这么说，似乎真有什么含义，也不好说什么了。想想也对，魏亚真对他没有什么恶意，不然如人们传说她与斯威特有那么特殊的关系，在分部他吴天寅的日子会好过？

吴天富随魏亚一行来到了K城，住在K城最豪华的宾馆——神龙大酒店。晚饭后不久，魏亚电话就打到他的房间说："天寅，能陪我出去一下吗？"既然整个小组是魏亚负责，吴天寅不好问什么事，也不知是否与业务有关，只好说："听从差遣。"魏亚说："等会我在楼下等你。"吴天寅整装了一下，就下了楼，魏亚已在楼下等他了。

在分部，魏亚都是早到迟归，吴天寅也没有特别去注意她，见到她着装都是分部的制服。今晚，魏亚刻意打扮，把浓密的黑发盘起，略施淡妆，描了细眉，施了薄粉，涂上了口红，睫毛也用夹子夹过，向上略卷，顾盼生辉。她着银色的无袖低胸紧身长裙，洁白胸脯闪耀着迷人的光亮，如月下水仙。高挑的身材撑起长裙，全身曲线突出，却又含蓄不露，飘逸脱俗。见吴天寅到来，她淡淡一笑，风姿绰约。

吴天寅目光不由一亮，心中不得不暗叹：真是个美人！过去他只感到魏亚漂亮,但从没认真去观察居然有如此丰姿。

两人到了门口,一辆的士立即迎上来。魏亚拉开车门自己先钻进车里。吴天寅进了车后,一股暗香扑面而来,他有点不自在。为了体现分部的实力和体面,他们到来之后在酒店包有两部专车,一部供魏亚专门使用,一部为工作用车。两部车都前往机场接过他们。现在出去却不坐包车,吴天寅不由问:"准备去哪里?"魏亚一笑说:"到了你就知道!"然后对司机说:"去红房子。"

吴天寅今天穿的是一件短袖的高级休闲T恤,坐在车上,他的手臂就感到了魏亚光洁臂膀的滑溜。魏亚故意坐得比较居中,让他根本就没有保持距离的余地。

车到达目的地之后,吴天寅才知道红房子是个豪华的娱乐城,他已猜到了魏亚的目的。既来之则安之,他也不说什么,都是很成熟的人了。两人进了舞厅,显得引人注目。吴天寅有一米八五的个头,仪表俊美,风度翩翩。在分部工作,走南闯北,海外国内都是飞来跑去,迎来送往,谈判应酬,所以风度气质也是人中龙凤。

两人要了个包厢,魏亚点了一瓶拿破仑XO。包厢里没打开灯光,只点蜡烛。端起酒杯,魏亚说:"来,先敬你一杯,与你共事五年多了,一直没机会和你单独在一起。这次机会难得,你不会在意我今晚约你出来吧?"

吴天寅端起杯子,轻轻一碰说:"我只感到奇怪,你是第一次独挑大任,却有这等闲情逸致,真是大将风度,似乎有必胜把握。"

魏亚喝了一口酒,听出了吴天寅话里的那么一点意思,还是不愠不恼,仍是柔柔地说:"你是我见过的最有自制力的男人,此情此景,仍然不忘刺我一刺。"然后长叹一声说:"我不知是我自己太没有吸引力了,还是你有什么毛病!"说完,将一大杯酒一饮而尽,眼睛幽幽地盯着吴天寅,透出黯然神伤的表情。

吴天寅知道魏亚说的是真话。在商场上,像魏亚如此风度气质和心智的女人,不说男士围着打转,至少从未遇到过如此的冷淡。他心里突然有一种感动,自己有什么了不起,让这么一个女人心仪如此之久,且还不断地对她置之不理?如果这个女人不是真爱他,那么她图他什么呢?他当然不是有病,而是经过了唯一一次的伤心欲绝之后,他不知为何就一直被那个影子所困着,有想也是想着那个挥之不去的影子,以致他一直独善其身,对众多的追求者无动于衷,对许多可以放纵的机会视而不见,连圈内的一些朋友心里都非常相信他真有生理方面的毛病。

吴天寅点燃一支香烟,很快平静了自己,说:"你误会了我的意思,我是好心提醒你,假如这次我们失标,有人将我们今晚之事报上去,斯威特先生定会说我们没尽力,总部也会怪罪我们的。"

魏亚脸露嘲讽:"你真那么在意个人的发展?我们不过是个勤奋的打工仔而已。好,我告诉你,总部很快就要提升你为分部的副总裁了,这次我建议让你来,是因为斯威特先生对你的忠诚有所犹豫,因为你在处理每件事上都太理智和周密了,让人感到确实把握不准你。"

长处即为短处,优点有时就是致命的弱点。吴天寅当然清楚。但是魏亚说他要提升为副总裁,却让他有一种说不出的兴奋感,这可是个好消息。提升为副总裁,不仅在待遇上有重大变化,而且他将进入总部的视野,有更大的发挥自己才干的天地,更重要的是爱克斯跨国集团公司有个不成文的规矩,各分部副总裁以上的人员,都必须是他们自己本国人员或拿到该国绿卡的职员。他一提升上去，就自然会为他办理绿卡。有了绿卡，他就有机会到爱克斯公司在世界的任何一处分部任职，可以说今后前途远大。

"是真的？"吴天寅问。但问后就万分后悔了，他还是有沉不住气的时候。

魏亚举起酒杯说："当然，不然我今晚怎么请你呢？先祝贺你，其次请你今后高抬贵手！"声音冷得如硬硬的冰凌。

吴天寅举起杯说："不，我要谢谢你，这次是真心的！"

魏亚摇了摇头说："我还以为天寅先生真已到了心如止水之境，没想到终究还是难以免俗之人。"

吴天寅无奈地苦笑一下说："魏亚，我自罚一杯如何？赔个罪？"

魏亚语气放软下来，说："我不要你赔罪，我要你今晚必须认认真真地陪我，不许嘴上一套心里一套！"

吴天寅心情陡然很好，心里一百个同意。他喝干了杯中酒，就主动请魏亚跳舞。

两人先走到包厢外的舞池。这时正好是慢四步，舞池里一片黑暗。吴天寅搂着魏亚的腰肢，迈出舞步。曲子很动人心弦，才走几步，吴天寅就感到魏亚向他贴近，丰满的胸脯抵住他，双手搂住他的脖子，脸贴上他的脸，暗香溢出，令他心动神迷。吴天寅这时没有表示拒绝，两人自然而然有一种奇妙的亲昵感。

两人没再出包厢，或在包厢里休息饮酒，或跳两步，一直玩到十二点多钟。

回来的路上，吴天寅已有了很好的感觉，心中也涌动着一种久违的欲求。在车里，他不知不觉地同魏亚贴得很近，魏亚也将整个人偎在他的身上，让他有一种对方似乎真心将一切都愿交给他的感觉。

到了酒店，两人进了电梯。此时已晚，电梯没有其他客人。魏亚秋波盈盈，对吴天寅说："一起到我房间好吗？"

吴天寅有点慌乱，但点点头说了一句傻话："还有事？"

魏亚笑了起来，说："是，我现在发现，你并不真正成熟，有些地方你真是幼稚得可爱。"

吴天寅脸有些热起来，没再说什么。两人走出电梯，就进了魏亚的房间。

魏亚住的是套间，因为这次是她负责整个工作。一进房间，魏亚就紧紧抱住吴天寅，吴天寅感到无法再拒绝，也抱住魏亚。都是成熟的人，两人都很自然去演绎必然会发生的故事。

吴天寅终于挥去了那个一直缠着他多年的影子，他此时突然在魏亚身上找到了一种解脱感。原来事情就这么简单，只要你不在意了，事实上就可以挥之即去。吴天寅感到了重新燃起的激情。

魏亚紧依着吴天寅说："你并没有病！"

吴天寅笑起来："我并不在乎人家怎么看我。"然后接着又说："你这次要我来，就是为了想弄清楚这个？"

魏亚轻轻拍了一下吴天寅："我想为了百分百的成功。人家一直以为我是靠着斯威特爬上去的，我想证实一下，我是靠自己的能力和运气。当然，在业务上我服你，知道你有真本事，所以要你来相助，我想这次应该没有问题。"

吴天寅心里一下有点失落，魏亚对他还是有情感之外的考虑。但人终究是人，特别是这种年纪的过来人，要没有一点人间烟火的超凡脱俗之心，完全无此可能。所以，他心情没有受很大的破坏。他问："你真对这次参加招标有必胜的把握？华光集团的实力,据我所知与我们应该是旗鼓相当,谁胜谁负,我真还没把握。"

魏亚显得很自信:"我们有他们没有的两个优势:一是这次负责招标的K城副市长是我大学时的同学,这是总部决定由我负责的原因;二是K城很希望我们总部在该城投资,我这个副市长同学找我并通过我曾同斯威特先生和总部有关人员进行过接触。正因为此,总部才知道我同他的关系,他们还有求于我。"

原来如此。当时,吴天寅得知分部参与投标工作由魏亚负责,还以为是魏亚利用与斯威特的关系弄到手的。看来,人都有自己的误区。以误区再去看问题,就更成为误区。如果没有机会真正弄明白,那么就会一直误下去。世上有多少事可能就是如此,人与人有多少事也是如此。他不由得低下头轻吻了一下魏亚,以示自己的愧意,同时,心里不自觉地涌上了一种强烈的对魏亚的温柔感。

吴天寅是在第二天清晨很早的时候,回到自己的房间里的。与魏亚一夜的缠绵,他并没有感到疲倦,反倒觉得精神更加振奋。他对魏亚有了一种奇妙的感觉。因此,早餐时间一至,他就给魏亚去电话,叫她来餐厅用餐。然后,自己先往餐厅里去。

吴天寅在属于他们的订餐桌前先入座。魏亚还没来,他的眼睛便随便向餐厅里瞄了瞄。突然,他被定格了,那个他才刚刚挥之而去的影子,就坐在离他三张餐桌的地方,目光正好与他相遇,慌乱,惊喜,想回避又无法回避,复杂之极。

吴天寅整个感觉是沉水樟般的僵硬和沉重,愣在那里,以致魏亚来到他的身边坐下,他都没有发现。

魏亚走进餐厅时,心情是愉快的。从大学开始,她就很习惯男人围着她转,很习惯男人的目光在她身上溜来滑去。这些年在商界里周旋，她更是男人注视的焦点，尽情享受男人目光在她身上来回地过电。当然，这不是说她很放纵，而仅是一种现代女性的虚荣。但是，在分部里，她却发现有一个人对她的存在似乎一点感觉都没有，这个人就是吴天寅。一开始，她以为吴天寅不过是故作姿态而已，这种男人她也遇上过。所以，她故意对吴天寅表示了一点儿意思，想试试他。然而，不久她就发现，吴天寅是真的不为她所动。这个有点儿特殊的男人，引起了她真正的注意。经过一段时间的观察，她发现吴天寅确实不是个道貌岸然的家伙，他真的在对女人的问题上，是很认真和严谨的。在当今的商界，她是第一次遇上了一个不好色的圈内男人。于是，她以一种强烈好奇心更加注意吴天寅，并侧面了解吴天寅。也不知是从什么时候起，好奇心变成了好感，好感又变成了一种说不清的感觉，直至她发现自己，似乎爱上了这个很特别的男人，她有了一种想得到他并被他完全占有的强烈的欲望。如今，她终于得到了吴天寅。所以，一进餐厅，她的目光就急切地搜索着吴天寅。

吴天寅此时的目光正看着一个打扮十分朴素的女人。那个女人剪着一个短头，头发略做了一点儿发型，上穿一件月白色的短袖衬衫，下着一条蓝黑色长裙，整个模样是一个拿工薪的普通机关女干部。但是，她那张脸却有十分风韵，如深秋夜空中的明月，妩媚里透出些许清凄，明净中含着一点儿冷傲。魏亚一眼就认出她是谁，她看过这个女人的照片，也知道她的简历。这个女人叫杜丁秋，毕业于国内一家名牌大学的经济系，是该大学20世纪80年代初期的经济管理专业硕士。毕业后，她先分配到某省经委研究室工作，后调到华光公司任技术部主任、副总经理、总经理。华光公司就是在她任总经理期间，一跃而成为中国南方的知名国有大型企业，一度在本行业系统中十分辉煌。近些年来，华光公司因各种原因，也跌入困境，经过调整，兼并部分中小企业，组建华光集团，想重振雄风，杜丁秋成为集团的董事长兼总经理。这些材料是分部的业务信息部提供的。魏亚在接手分部的K城投标任务时，就牢牢记住了这个一号竞争对手的大名和模样，这次K城之行，魏亚早已做好与这个美丽女人一较高低的准备。

魏亚坐到了吴天寅身边，见吴天寅居然没有感觉到她的来到，刚才的好心情一下就被破坏了。她第一个反应就是吴天寅一定认识这个女人，第二个直觉就是吴天寅肯定曾与这个女人有着那么一层微妙的关系。她用手捅了一下吴天寅说："你应该认识她！"

吴天寅回过神来，显得有些慌乱："是，我当然认识她！"

吴天寅这时才发现，自己犯了一个很大的错误。这次的K城之行，他有一个太大的疏忽了，就是应事先考虑到，他会遇到杜丁秋，杜丁秋作为华光集团的董事长，她一定会来参加投标的。那么这样他和杜丁秋将会成为各为其主的对手。

吴天寅十分后悔，当时应该坚决地向斯威特表示不参加分部的这次投标。

这个原来将是很怡人的早餐，因为有杜丁秋的突然出现，让吴天寅陡然一点也没有胃口。连刚刚在魏亚身上找到的那种不错的感觉，一下就荡然无存了。吴天寅很想不再去看杜丁秋一眼，但是他把握不住自己，眼睛不时地瞟向杜丁秋。

杜丁秋很快就离开了餐厅。在起身离座时，她那明亮的眼睛，向吴天寅这边投来了惊鸿般的一瞥。

她离去的背影依然很美，像一支古老的萨克斯管奏出的忧伤歌谣。

吴天寅心中突然有着无限的伤感,人生确实是很有戏剧性的,不是说每天都是如此,而是说总有着那么戏剧性的时候。他胡乱吃了点东西,就想离开餐厅。他站起来时,魏亚眉头紧皱说:"我感到很奇怪很奇怪。"

吴天寅被魏亚这么一说,有些警觉起来,问:"什么奇怪?"

魏亚叹口气说:"我是说杜丁秋。"

"杜丁秋?"吴天寅不解地望着魏亚,见魏亚还没吃完,又坐下了。

"你这么精明的人难道没有发现,杜丁秋那一桌连她在内只有三个人,那个男的肯定是她的司机,还有那个年轻的女的,像她的助手。杜丁秋亲自来,说明这次投标对华光集团来说是十分十分的重要。这么重要的事,杜丁秋怎么只带这么两个来?难道她也有出人意料的一手?"魏亚毕竟是第一次全权负责投标事宜,她把对手估计得很高,对手的一点点的反常都能引起她的思考。

吴天寅把目光投向杜丁秋刚才坐过的餐桌上,果然只有三副用过的碗筷。这种细节魏亚都能考虑在内,他心中不由有些佩服。但吴天寅此时没有多少心情去理会这些,他顺口说:"也许,她只是先来。"魏亚摇摇头说:"从业务信息部提供的材料上说,这次华光集团来了一个非常精干的班子,带队是杜丁秋,投标洽谈是业务副总经理李为刚,成员有总经理助理毛小林,总工程师陈道友,总会计师林少思,技术部主任王贵明,业务拓展部主任张大雄,另有五位技术专家和三位工作人员。几乎是精锐全出了,大有志在必得之势。从今天上午开始,投标就进入了启动阶段,不可能人马会没到。"

如果是业务信息部提供的材料,吴天寅知道这将是非常精确的。他参与并主持过多次投标,非常清楚分部业务信息部那批人的能耐。这些不能算最重要但又不能不说也是宝贵的情报,业务信息部每次都能弄到手。魏亚所说的华光的人员中,有一半以上,吴天寅是熟悉的。这个时候,吴天寅也同时明白,魏亚请求斯威特派他一同前来,还有一个隐藏着的想法,那就是她想通过他更了解和熟悉对手。看来,魏亚此次可谓费尽心机,想为分部争下这一单大宗业务。她有能力有本事,也是非同寻常的人物。商界无凡女,果不其然。

吴天寅不再说什么了。他想到了昨天晚上魏亚告诉他的"两个优势",凭着这些年的经验,他此时心中非常清楚,如果没有意外的情况,华光集团此次可能必败无疑,魏亚其实可以不必顾虑重重。

想到杜丁秋将面对失败,吴天寅更加黯然,她能经受得了吗?吴天寅又想到了他当时与杜丁秋分手时,杜丁秋那张苍白、美丽的脸。他不去理会魏亚了。魏亚看了吴天寅一眼,欲言又止,也没吃的心思,推开碗筷。

出了餐厅,上了电梯,吴天寅没去理睬魏亚。他的方寸全乱了。他急于回到自己的房间。

吴天寅进了房间,魏亚紧随其后,跟了进来。她掩上门,有了昨晚的一夜,她很自然地用双手搂住了吴天寅,什么也不说。

魏亚不说,等于什么都说了。女人的心是很敏感的,特别是爱情中的女人。

吴天寅推开了魏亚,在沙发上坐了下来。他望着魏亚说:"魏亚,我想马上离开K城。"

魏亚脸色迅速苍白下来:"是因为杜丁秋?"

吴天寅点燃了一支烟:"不仅是因为她,还有那几个我过去的同事。你已经稳操胜券了,何必要让我看着华光失败呢?"

93

魏亚眼中蓄满了泪水："那你不怕我意外失手？如果是我失败呢？"

吴天寅吐出了一口浓烟说："你不会失败，我过去是小看你了，今天我才知道你能独自承担下这件事，而且绰绰有余。真心地说，我感到你比我还行。"

魏亚含着泪花苦笑一下："我很高兴，你总算相信我还有一点能力。"

"那么，请你马上同意我离开 K 城，我感到我必须走。"吴天寅焦躁地说。

"斯威特先生那边如何交代？"魏亚显然不想让吴天寅走。

"只要你帮忙，我会给斯威特先生发一份传真，说我家里有重要事情请予准假。"

"你不走不行？"魏亚泪水流了下来。

吴天寅停了一会，坚决地点点了头说："魏亚，请原谅，我是非走不可！"

魏亚用手背抹去了泪水说："你自己去给斯威特先生说，我不可能去帮你这个忙的。"说完，转身拉开了房门，冲了出去。

吴天寅站起来关上了房门，然后躺在床上。魏亚不帮忙，他还真不知怎办好。

不一会儿，电话铃响了，吴天寅真不愿接电话，他心想肯定是叫他去参加今天上午市里举行的有关投标事宜的会议。他很无奈地拿起了电话。

"天寅，是我，刚才对不起。"居然是魏亚，她在电话里的声音已变得平静了，"我希望你留下来。要么这样，你不出席有关的会议，就待在宾馆里，对外就说重感冒了，这样行吗？我没有别的意思，你留在我身边，我才会感到踏实。"

吴天寅拎着电话想了一会，也许这还真是个没有办法的办法。他长叹了一口气说："先这样吧。"

魏亚在电话里的声音变得温柔和高兴起来："好，那么我去参加会议了，今天安排得很紧张，晚上我那位副市长同学请我吃饭。我一回来就打电话给你。"

吴天寅放下了电话，他又被魏亚感动了，这是个目空一切，同时一直被男人宠坏了的女人，居然会对他如此让步、体谅和理解。魏亚是真心爱他的，只有真心爱他的女人，才能这么做。

吴天寅在房里躲了一整天，吃饭都是要餐送到房间里来。魏亚这个主意让他心情相对稳定了一点。但是，到了晚上七点多，他在房里待得实在闷，就决定出来走走。刚出电梯门，他又看到了杜丁秋。杜丁秋正走出大堂，向酒店外面走去。

吴天寅迟疑了一下，最终还是情不自禁地追了出去。他看到杜丁秋上了一辆皇冠车，忙招呼一辆的士，紧跟上去。

坐在车上，吴天寅又后悔了。这是干什么？跟踪吗？但是，已在车上，他不好意思再叫的士停下。

杜丁秋的车不一会儿就开到了一家单位的小招待所里。吴天寅让的士停下，他在付钱时看到了华光集团的总经理助理毛小林出来接杜丁秋。过去在华光公司，毛小林同他住在一个宿舍。还一度是他项目研究的重要助手。

毛小林将杜丁秋迎进了招待所的二号楼。吴天寅恍然大悟，原来华光集团另外的人马是驻扎在这简陋的小旅社里。不过，他纳闷不已，杜丁秋为何这么安排呢？是保密措施？看来只能这样解释了。

吴天寅独自在招待所外徘徊。一直到了近十点，吴天寅才看到了杜丁秋走出二号楼，她的身边有好几个华兴集团的人，吴天寅不敢上前去，只好看着杜丁秋的皇冠车驶出大门。

这个小招待所门土得掉渣，吴天寅无法再叫车跟上杜丁秋。他站着愣了一会儿，走向了二号楼。从服务员那里，他问清了毛小林住在几号房，房间电话号码是多少。然后，他拿出了手机，拨通了毛小林的电话。

"你好，小林。"吴天寅对着送话筒说。

"你好。请问是哪位？"电话那边的毛小林显然十分意外，在这个陌生城市，谁会在这个关键的时间将电话准确无误地打进他的房间。

"你已听不出我的声音了吗？"吴天寅说，他感到几许悲哀。时间是残忍的，这个残忍表现在人所有认为重要无比的东西，在时间的流逝中都是可以不屑一顾和完全忽略不计的。

电话那边沉默了一会："我听出这声音很熟悉，但一时想不起来。"毛小林那边仍是充满戒意。

吴天寅虽然能够理解，商界活动凡涉及重大商业机密的活动，都是防范森严的。在这种重大招标期间，所有介入机密的人员，一般都是不愿同外界发生联系的。但是，他心里仍然很难过。友谊是会随时间褪色的，只不过人们不愿承认这个事实而已。世间的人情都如此。他自己也是如此。从离开华光之后，他也再没同华光的人有过什么联系，也不愿再去想过去的事情。如果不是来到K城，如果不是有今晚，他会想起过去的同室好友毛小林吗？

"你已感到声音很熟，就说明我肯定是你过去的朋友或熟人，我现在不想在电话里告诉你我是谁，为了避免不必要的麻烦，我想约你出来，我很想也必须马上同你一谈，半个小时后，我在红房子门口等你，的士司机知道红房子，到时你会见到我。"吴天寅说完就挂掉了电话。在商务谈判中，竞争对手之间按说再熟悉大家都避免个别接触，更不允许私下接触。所以，吴天寅不想让毛小林知道是他，他相信华光集团这边也一定会在不同程度上掌握对手的人员情况。

吴天寅挂了电话后没有走，他站在招待所门外的一处暗处，眼睛盯着二号楼的出入口。过了十五分钟，他终于看到毛小林独自一人从二号楼出来。

毛小林走到门口，四处张望想找的士。吴天寅从暗处走了出来，从后边叫了一声："小林。"

毛小林回过头，几乎是叫起来："好你个吴天寅，我放下电话就想起来了，像是你这个家伙的声音。"毛小林上前紧握吴天寅的手。

"这一带没车，可能得走上一段。"吴天寅说着，和毛小林向前走。走了一段路，终于有了一辆的士，两人上了车。

吴天寅在车上告诉司机："请把我们拉到一个能够谈天的酒吧。"

司机可能是为了多赚点，七拐八弯的，把他们送到了一个叫"猎人酒吧"的地方停了下来。

吴天寅付了车款，两人下车后进了酒吧。可能时间已迟了，酒吧里的生意并不算好，一位小姐热情地过来问："请问要包厢还是坐大厅？"

吴天寅回答："给我们找个包厢。"

进了包厢，小姐进来问需要什么酒水，吴天寅点了酒水，并要了一盘水果拼盘。

喝了一会酒，说了一些叙旧的话后，毛小林先开口："天寅，怎么今天一天的活动都没见到你？你不是也来参加投标吗？"

华光集团果然也不是吃素的,确实掌握了竞争对手的人员情况。如今的商场就是战场,不过看不见刀光剑影和硝烟而已。

吴天寅黯然长叹一声:"虽然我们肯定是对手,但你难道希望我们面对面来场决斗?"

毛小林十分惊讶地看着吴天寅,他们掌握的情况可是把吴天寅当作高手,特别因为吴天寅是从原华光公司出去的,在事前准备时,集团把他列为第一重点对手。因此,在今天的全天活动中见不到吴天寅,他们是非常纳闷的。刚才接到电话后,毛小林终于想起那声音是吴天寅的,为此还专门紧急挂通杜丁秋的手机,向杜丁秋请示,经杜丁秋批准才敢出来与吴天寅相见。他们是做了吴天寅想摸一下对手情况乃至收买对手的准备的。没想到吴天寅说的却是这么出人意料的话。高手对垒,绝不可以夹带着个人情感,这明显是先输一筹。吴天寅久历商场,在关键时候说出这种话,毛小林不能不吃惊和奇怪。

"我们事实上是对手,这次也避免不了面对面决斗!"毛小林说。

吴天寅苦笑一下:"你们的想法是你们的想法,我已请求离开K城,只是种种原因没获得批准而已。我知道你如果猜出我是谁了,一定已做了请示,才出来赴约。不过,我真只是想会会朋友,所以请你无论如何放下戒心。"

毛小林更加警觉:"什么意思?"

吴天寅淡淡地说:"我不会参加这次投标活动,对我来说,这次我高挂免战牌。就是这意思。"

毛小林并不相信:"那么,你怎么能发现我住的地方和我房间的电话?并在这个时候约我出来?"

"这完全是个人无意间碰上的,请不要误会。"吴天寅说,"不过，我很奇怪，你们怎么住在那里?"

毛小林坦然地说:"为了省钱，企业现在很困难。"

"困难到这点钱都要省?"吴天寅并不相信。

"你是真的不知?"毛小林盯着吴天寅。

"我不知道，这次参加投标，我只是唱配角，跑龙套而已，最后才通知我的。我当时拒绝过，但没有用。"吴天寅说。

"正是最后补上了你的名单，我们更加重视。"毛小林说。

"把我作为秘密武器来对待?"斯威特的最后安排，可能也有这么层心理战上的考虑。吴天寅淡然一笑:"这是误区，不从这个误区走出来，你们会弄错的。事实上，有我没我，你们这次都竞争不过我们，我本来不应该说，但还是说了，给你们一点心理准备。"

"这么自信?"毛小林开始认真对待吴天寅的话了。

"是。凭我的经验。你们如果把我当作高手，不妨听我这一次。如果我真想胜过你们，我就不会同你说这些，也不会不参加今天的有关会议和活动，至少对你们来说，我是一个很大很大的压力。"吴天寅希望毛小林清楚，今晚约他出来，是没有对华光不利的想法。

毛小林沉默了一会，想了想，吴天寅说的是真的。然而，如果吴天寅说的是真的，那么华光这次必败。想到这里，毛小林心里不由得非常痛苦，他实在想不出来，吴天寅会有什么理由这么说，但没有理由他又不会这么说。

"你约我出来，就是为了说这些?"毛小林问。

"不，我不知道我为什么说这些。我本来只想向你了解了解过去同事和朋友的情况，同你聊聊。"吴天寅说。

毛小林眼睛一亮:"你是想知道杜总?"

吴天寅点点头说:"我是早上吃饭时见到她的,我同她过去的事,你也知道,所以我也不想瞒你,刚才也是跟着她的车,我才知道了你们住的地方。我不知为什么,很想知道她现在好不好?"

毛小林脑中闪过一道灵光:"你还爱着她?"

吴天寅无奈地摇着头:"从昨晚开始,我只能说还挂记着她。"

毛小林看出吴天寅是真诚的,就说:"她个人还好,一直到五年多前,她才结了婚,丈夫是后来调进华光的一位工程师,对她非常好,他们现在有个小男孩。不过,她丈夫现在下岗了,在家待业。"

吴天寅抬头不解地望了毛小林一眼:"下岗?"

毛小林点点头说:"她丈夫其实很出色,但是可能怕别人说闲话,所以,杜总一直让他在检测中心工作。近几年来,华光不景气,不得不做大的调整,职工下岗了三分之一,杜总让他第一个下岗,后来下岗的人就没话说了。"

"她还是这样,不能牺牲自己,就牺牲丈夫!"吴天寅说,"我想,她一定对丈夫也非常之好。"

毛小林笑起来:"你依然很了解她。"

吴天寅把头扭向一边,过一会才说:"华光怎么会落到这么艰难的地步?"

毛小林说:"我们欠别人,别人也欠我们,反正一切一言难尽。账户没有一分钱,我也不瞒你,这次我们参加投标,银行是借不到钱了,所有的费用是杜总卖车的钱。现在的车主是杜总的一个好关系,个体老板,他实在很感动,觉得有这样的共产党干部实在难得,又把车送了回来,说就算无息借款,有钱再还吧。正因这样,我们能省则省。杜总住在大酒店,是我们一再要求的,说不能让别人小看我们。她心里一直很难受。感到对不起我们，今天中午她过来与我们一起吃工作餐。"

吴天寅怕自己流下眼泪，急忙点燃了一支烟，深吸了一口："这么说，你们这次是破釜沉舟？"

毛小林说："也可以这么说，如果我们这次投标成功，对华光来说将是一个太重要的转机，我们就有机会走出困境，并有一定的资金开始从头再来。所以，我们只能全力以赴，尽最大努力争取。"

吴天寅沉默许久，抽完了整支烟后才说："你们的胜算非常小，我只能提醒你们，对你们不利的有两大因素，一个是在实力相当、条件相同的情况下，决策者感情因素会起很大作用，这是商务竞争中不能不考虑的因素；二是K城很希望得到外商的投资，对引进外资，现在的领导都看得很重，也喜欢同外商打交道，在同等情况下，有此优势的一方仅需利用一下这个条件，就能左右最后结果。"

毛小林神情显得沉重起来，这些是他们在编标过程中根本就没有想到的问题，却是绝对致命的。现在知道了，至少他想不出对策和措施来。

"时间不早了，我得回去。"吴天寅举起酒杯说，"来，小林，我们干了这一杯，我衷心希望你能成功！只是，我无能为力。"

毛小林举起酒杯说："不，真心感谢你的提醒，这太重要了！"

吴天寅心里明白，这种提醒很重要，但是却不是华光马上就能解决的问题，甚至可能是根本解决不了的。所以，他这时还有些心安理得，这不能算是泄露商业机密。

吴天寅把毛小林送到招待所，然后才转回酒店的路上。坐在的士里，望着一闪而过的城市灯火，他头脑中一片空白。

回到酒店，一进房间，电话就响起来了。他看了一下手表，此时已近凌晨两点。一定是魏亚打来的。他拿起了电话,是魏亚焦急的声音:"天寅,你没事吧?我至少给你打了不下五十个电话,你房里没有人接,手机也关了。"

吴天寅不知如何答,拿着电话没作声。

"你能不能到我房里来?"魏亚说得很温柔。

"我很累,有事能否明天谈?"吴天寅此时并不想见魏亚。

"你真很累?那好吧!你就休息吧!"魏亚显得失望,放下了电话。

吴天寅在放下电话的同时,又有些后悔不应该拒绝魏亚。她居然是个柔情似水的女人,让他真有点儿意外。

随便冲了个澡,吴天寅躺在床上。他确实感到疲劳,不是身体上的疲劳,而是说不出的一种心力疲惫。这时,他听到了敲门声。他起床打开了门,是魏亚,一下扑进了他的怀里。

吴天寅急忙关上了门,说:"你不怕别人看见?"

魏亚搂住他说:"我不怕,我现在希望让别人知道,只要你也爱我。"

如此炽热,又如此温柔,吴天寅实在奇怪,他过去怎没发现魏亚是这么一个女人。

魏亚将吴天寅推倒床上,然后脱去了衣服,也钻进了被窝里,紧紧地拥着吴天寅。

"我九点钟就回来了,整整等了你五个小时,你去哪啦?是不是同杜丁秋一起出去了?"魏亚柔顺得像只绵羊,手抚着吴天寅的胸。

"我是想找她,但没有机会。"吴天寅不忍欺骗她。

魏亚贴着吴天寅更紧。"我知道你为什么这么多年看不起其他的女人,其实见到她的照片时,我就有一种奇怪的感觉。过去你会不会同她有一层关系。但是，我一直不愿相信。"

吴天寅双手搂住魏亚说："我想了许久，你还是让我离开 K 城吧。我真不愿意待下去，待下去我怕难以控制自己。"

"你是否爱我？"魏亚突然问。

"是。"吴天寅没有理由说不爱。

"那好，你能否告诉我真话，你真很怕看到杜丁秋失败？"魏亚问。

"我不仅是怕看到杜丁秋失败，我更怕看到华光失败。"吴天寅说着，看到魏亚眼中有一个大大的问号，接着说，"华光目前十分困难，我今晚去见了我一个过去的朋友，我知道他们这次是背水一战，但我同时知道他们肯定争不过你，只要你想拿到这个工程。"

魏亚从床上坐起来，低头想了一会又问："华光的困境我也知道的，你离开了这么久，你已不是华光的人，他们失败并不是你的错，也不关你的事。"

吴天寅也坐了起来："问题是我做过一件对不起华光的事。如果不是我，也许今天将是南方分部不是华光的对手。"

魏亚把手伸向吴天寅的脖子，搂住他，"我有感觉，你心中像是欠了华光什么，欠了杜丁秋什么。你说说，我也许会帮你。"

说出也许更好。吴天寅决定向魏亚说出他多年来心中的愧疚——十多年前，吴天寅大学毕业后分进了华光公司技术部工作。那时华光是国有大型企业，技术部老资格的人员很多。刚毕业的吴天寅只能从打杂开始，整天没有太多的工作可做。

吴天寅不是个甘于寂寞的人，他根据华光公司的情况，自立课题，自行研究，很快就搞出了几个很有开发价值的中小项目。他先是交给部里，但并没有受到肯定，一个毛头小子，技术部的几位元老不予重视。他见没有回音,就直接交到公司,那时华光是严格按指令生产,公司上层只把他的研究成果,作为上报职工合理化建议的典型材料。不能说不重视,也不能说重视。吴天寅满腔的热情遇到了冷冰。

后来,对大型国有企业进行技术改造被摆上重要议事日程。就是在这个时候,杜丁秋从省经委调到华光公司技术部任主任。杜丁秋来后不久,就发现了才华横溢的吴天寅,她要来了吴天寅的几项研究成果,在有省经委领导在的公司高层会议上,她力荐上马吴天寅的研究成果。据说她曾一语惊人地说,如果在吴天寅研究成果一出来时就用于企业,那么企业的产值将可立即翻上两番。公司最终接受了吴天寅的研究成果,情况果然大为改观。杜丁秋从此非常器重吴天寅,因为省经委分管华光公司的副主任是她的亲叔叔,杜丁秋在公司里说话有一定分量,她几经努力,让吴天寅主持整个技术部的技术开发工作。吴天寅也爱上了比他大三岁的杜丁秋。吴天寅的创造力被激发出来了,他开始着手研究一个代号为"PSD"的重大技术开发项目。这个项目的投资需要150多万元,当时150多万元是个大数目,若研究成功企业需要投入1500多万元,内部分歧非常大。杜丁秋则全力支持,她认为这是个国内十分先进的技术项目,对华光今后发展会产生重大影响。杜丁秋说服了华光公司的高层领导,并说服了主管部门,最后上级批准同意研究。

吴天寅开始进入研究初期,华光公司接待了一位外国客人,他是爱克斯跨国集团公司驻中国办事处筹建处的负责人摩尔,来华光公司洽谈有关合作业务。接待工作是由已升任副总经理的杜丁秋负责。杜丁秋考虑再三,抽调了忙于研究的吴天寅作为摩尔先生的翻译。主要是因为吴天寅通晓英语,同时还会法语和日语，并非常了解国际行业技术情况。摩尔同吴天寅接触几天，就非常赏识吴天寅的才气。在一次闲聊时，公司的一位负责人，无意中说出了吴天寅正在研究的"PSD"项目，摩尔非常感兴趣。在临走前，他密约了吴天寅，以立即支付安置费五万美金、每月二千美金的待遇，希望聘用吴天寅。那时，吴天寅每月仅有二百多元的工资，五万美金相当于50多万元人民币，是吴天寅干一辈子都拿不到的钱。这种待遇，吴天寅动心了。他知道摩尔看重他的重要因素之一是"PSD"项目研究，而该项目华光公司最后仅同意研究，并没有同意研究成功后立即投入开发。吴天寅感到要挣这口气，也实在经不住丰厚待遇的诱惑，最后他提出了一个条件，就是他人可以到摩尔手下工作，但"PSD"项目的所有资料他不能提供。摩尔很爽快地同意了，当场支付给他五万美金。在摩尔离去的几天后，吴天寅留下了一份辞职报告给企业人事部，他同时留下一封信给杜丁秋。华光公司当时并没有意识到这是重大人才外流，那时也没有任何商业机密的观念。所以，吴天寅不告而辞，没有引起太大的重视。只有杜丁秋意识到了，她立即飞到北京，找到了吴天寅，希望吴天寅回到华光公司。摩尔知道杜丁秋来了，他也非常赏识杜丁秋，以支付五万美金和月薪三千美金的待遇聘请杜丁秋出任他办事处的副主任，但杜丁秋拒绝了。吴天寅与杜丁秋只好各奔前程。

吴天寅忘不掉的是他去机场送杜丁秋时，杜丁秋流着泪对他说的话："你这一走，可能将带走华光公司五至十年的发展。你对不起华光，也对不起你是中国人！"

吴天寅当时并没有想得那么严重。摩尔并没要他的"PSD"项目，而仅是立即上报成立中国总部，同时设立中国南方分部，让吴天寅到南方分部出任研究开发部主任。南方分部于是开始了与华光公司的业务竞争。一直到五年之后，吴天寅才明白，摩尔实在太有远见了，华光公司没有了"PSD"项目，就处于弱势状态，"PSD"对南方分部来说并不算什么尖端技术，但它却可以确保南方分部在创办五年之后，超过华光公司，夺得了华光公司原来垄断的南方行业经营，并显示出了越来越强大的技术优势。只有杜丁秋有与摩尔一样的远见，她说中了。可惜的是，等华光公司明白这点，已太迟了，弄清这个厉害关节，华光公司果然失去了五年时间，要追上南方分部，百般努力可能也还要五年，合起来真的是十年时间。

魏亚眼睛瞪得老大，她实在没有想到，吴天寅与华光有着这么难解的一层关系。她从大学毕业就直接应聘到南方分部工作，哪里待遇丰厚，有利于个人发展，就到那里去干，这是她这一代人最简单最实际的想法，也是现在市场经济条件下流行的工作愿望。她过去还暗自非常佩服吴天寅的远见，在那么早的情况下，敢于打掉铁饭碗，到外企工作。如今，她突然有点醒悟，这里面是不是有值得思索的东西。这个值得思索的东西似乎又很模糊和抽象，也不是她能去思索的。

"天寅，这其实也不是你的错，你敢保证你在华光，华光就不会有今天的困境吗？许多东西是历史形成的，也是时代造成的，中国现在承认比别人落后，这个落后又该由谁去承担呢？国有企业目前普遍存在困难，这又该谁去承担的呢？"魏亚想安慰吴天寅。

吴天寅无力回答这些问题，也不能回答这些问题，现在中国有太多的优秀人才在外商的机构里工作，这其中意味着太多值得思索的问题，他不会去思索这些问题，也达不到能够思索这些问题的水准。但是，他相信总有一天，会有人或者就是历史本身，要求认认真真地反思里面涉及许多大至国家和民族利益与世界发展的关系,小至个人的道德、思想、价值观等复杂无比的问题。

吴天寅惨然一笑:"正因如此,离开 K 城不就是我最好的选择吗?"

离开是为了逃避,逃避是没有办法时最妙的办法。但魏亚却想到了另一个办法,她下定了决心。

魏亚说:"天寅,太晚了,我们不去想这些,明天我也许就有办法,一定帮你解决这个难题,现在我们先睡觉。"说完,她关掉了灯,柔软的身子伏在吴天寅的身上。

这个晚上,因为似乎他们更为了解对方,两人更加缠绵。

第二天清早,魏亚把吴天寅推醒说:"我回房间洗漱一下,然后我们去散步好吗?我决定按我的方法来帮助你。"

魏亚深情地吻一下吴天寅,就回到自己房间了。吴天寅不知魏亚有什么更好的办法,他急于知道,很快就起来洗漱完毕,下楼等魏亚。

魏亚不一会儿也下来了,两人走出大堂,顺着酒店的小径漫步。

魏亚神情很平静说:"我决定了,帮你还掉这笔欠账,否则你永远不会安心的,与一个心怀不安的人相爱,我也很难受。"

吴天寅不解地望着魏亚。

魏亚说:"这样吧,早饭之后,你来我的房间,我将我们这次的投标计划交给你,你认真地看后就还我,然后,你自己去找华光那边,必须看到他们的投标方案,帮助他们修改编标,凭你的本事,加上对双方情况的了解,不难做到天衣无缝,让人感觉不到是我们泄漏了标底。我们不能全部拱手相让,八千多万的主体工程让他们,二千多万的附属配套归我们,让我空手而回难交差。"

这就是最好的办法？吴天寅走不动了，愣在一边望着魏亚。这是太大的冒险。他千思万想，也不敢想到这个办法上来。但是，他面前的这个女人想出来了，为了得到他的爱！

"魏亚，这？"吴天寅觉得此事太重大了。

"我是认真想过的。"魏亚依然平静，"对我们而言，少了这个工程，无非是少赚一些钱；对华光来说，却是举足轻重。这次投标，总部和分部并没有全胜的把握，在竞争中有胜有败，这是正常现象。商海沉浮，朝夕变化莫测，没有全胜将军。我们把华光作为最强劲的对手，实际是高估了华光的实力，这在心理上也会产生一种定势，让人觉得旗鼓相当，胜负各占一半。斯威特先生对我要求，也是只要能拿下主体工程，就算大功告成。在对待竞争中的胜负问题上，老外比我们头脑更清醒，也更开通。没关系到生死存亡，逼他们跳楼，他们比我们更能理解和更加豁达。我们南方分部不也有过几次的竞争失利吗？有站得住的对手和理由，他们不也就接受了吗？"

"可是，你不是有两个优势吗？"吴天寅仍举棋不定。

魏亚一笑说："两个优势是因人而来的软优势。我同学那里，我自会处理得很好，这个非常容易解决，我可以说现在国内正在搞廉政建设，正在规范各种招标活动，老外们会接受这个理由，他们本身就比我们有更强烈的实力意识和公正意识；关于投资优势，这也是我想利用的，我只要不利用，它就成不了优势。对K城投资，总部只有一点儿意向，当时我那位副市长同学，只接触到总部的一位副总裁，总裁也许还不知道此事，并没有把投资K城问题摆上议事日程上，我这次原本只想大加利用而已。况且，投资重要的是看环境和效益，只要有钱赚，即便没有投标成功，也不会对最后的投资决策产生多少影响。K城也许还弄不懂,这你清楚。这不也就解决了。"

吴天寅不能不赞同魏亚的分析。不过,他仍下不了决心:"那么,你呢?你是第一次负责主持这么重要的投标工程。这对你不是太不公平,你的牺牲不就太大了吗?"

魏亚粲然一笑,毫不在乎。"我原来有我的目的,但情况变了,目的有时也就变了。最坏的打算我也有,只要你不说,他们没有证据说明我泄露商务机密,你当然不可能会说,因为你也参与,我们同是主犯!所以,至多只能解雇我,我现在还想自己去开公司呢,只是到时不知道你会不会同我一起干。"

吴天寅见魏亚说得如此干脆,心中十分感动。"你这一切都是为了我,你觉得值得吗?"

魏亚神情有些暗淡下来。"我就是这个问题没有把握,这个问题得由你自己解决。为我爱的人,我从来都是舍得付出一切,盼望付出一切。我吃过这个亏,是在大学时候,后来他出国了,并没有对我负责。"

吴天寅伸出手,紧握住魏亚的手,魏亚向他靠了过来,如果不是在外面,吴天寅会把魏亚紧紧地搂在怀里,向她说他爱她。

"魏亚。"吴天寅满怀柔情地叫了一声说,"你没有把握的问题,我相信从现在起,我能解决。"

魏亚脸蛋亮闪起来,说:"我们去吃饭。"

餐厅里,吴天寅又看到了杜丁秋。这时的杜丁秋,在他心中变成了一尊偶像。他不再慌乱,走了过去,叫了声"杜总",同杜丁秋大方地握手。杜丁秋显然接到了毛小林的通报,轻声地说了声:"天寅,谢谢!"

吴天寅回到魏亚身边,坐了下来,眼睛与魏亚对视,彼此会心一笑,非常自然默契,魏亚笑容格外灿烂起来。

吃过早饭,吴天寅随魏亚来到房间,魏亚从密码箱中拿出了南方分部的投标方案,吴天寅认真地看了一遍,然后还给了魏亚。

魏亚接过后笑着说:"你可以给杜丁秋挂电话,我替你查好了她的房号,九〇七。但是我可提醒你,你现在可是我的了,别在房间里处理与工作无关的事!"

吴天寅拉过了魏亚,深吻了一下,说:"我不会找她,我去找毛小林,这种事情,她也许会拒绝。她与你不同,她属于古典,你属于现代。我想,我能说服毛小林,并说服他不让杜丁秋知道。否则,我们的计划会落空的!"

魏亚佯装气恼地盯了吴天寅一眼:"她是古典,我是现代,你真是穿越世纪时空,成为最合算的人。"

吴天寅说:"你不了解她,她永远都是这样,谁也不能改变她。在她认为的原则问题上,她从不会让步的,也绝不肯变通。从这点来说,她真不适合在商界工作。"

K城的A工程招标最后揭晓:华光集团中标主体工程,南方分部中标附属工程。宣布中标单位时,魏亚没有出席会议。她在会前的当晚向斯威特打了个电话,说从她那位副市长同学那里获悉,南方分部只拿到附属工程,她想先行回去。斯威特同意了,并还安慰她说没关系,初次竞谈能有这个成果很不错。

魏亚同吴天寅一早就乘车到机场。在候机室里,毛小林手拿着一束鲜花忽忽赶来:"魏小姐,天寅,杜总是在会前才知道你们不参加会议,她委托我来送送你们,代表华光集团非常感谢你们。这是她买的鲜花,让我送给魏小姐,祝魏小姐幸福,并无比欢迎魏小姐有机会到华光做客。"

魏亚一脸幸福地看了一下吴天寅，收下了鲜花，说："毛先生，替我转达对杜总的敬意，告诉她我非常喜欢她送的鲜花，也非常高兴接受她的祝福。"

吴天寅与魏亚在毛小林的目送下，登上了飞机。他在登机的那一刻，泪水终于流了下来。

途中，魏亚告诉吴天寅，斯威特实际上是她父亲的同父异母的弟弟，算是她的亲叔叔，这是她的祖父当年出洋留学时的结果，是她家的高度机密。

魏亚还非常得意，因为她认为这次虽然在工程投标上输给了杜丁秋，但是在吴天寅的心目中却战胜了杜丁秋。她开心地对吴天寅说："我是用了别人的八千万换来了你！你不感觉自己太值钱了？"

回到分部不久后，任命吴天寅为分部副总裁的通知下来了，在收到通知的同一天，吴天寅和魏亚各自留下了一份辞职报告，回到魏亚的老家结婚去了。他们觉得不应该再留在分部了，毕竟对分部来说，他们做了一件绝对不能说好的事。

原载《海峡》2000 年第 4 期

机　遇

当赵梅溪接到市委书记张增光的秘书打来的电话时，他感到非常的意外。他受贬在这小县的一个贫困乡任党委书记已经三年了，乡穷且僻远，很难有同上层领导接触的机会。在这三年里，他接触的最高领导是市扶贫办主任，唯一的一个市委正处级干部。所以，新书记上任不久突然召见他，他不能不受宠若惊。当然，他心里也捉摸不透是福是祸。但按时下干部的任免调整行情来看，市委书记能亲自召见，自然是好处大大的。他有些冰冷的心一下又热了起来。他立即将正在召开的乡三级扩大大会交给了一位副书记负责，叫上了乡里唯一的一部破旧的吉普，动身前往。

路上，他不由想起关于新上任的这位市委书记的种种传说。听说他最讨厌人家汇报时念稿子。上任伊始，市里召开了各县（市）委书记联席会，一些县（市）领导拿着文稿汇报，他不断地皱眉头，频频打断，要求汇报实一点的内容，并且说，作为一方的领导，要干什么，干了什么，准备干什么应是心中有数。弄得一些领导汗流浃背。如今，这么一个市委书记召见他，想同他谈什么？他应该汇报什么？他心里整个没底，不由透出一丝的冷气来。弄得不好，福兮祸所伏，将影响他的很长的仕途，他觉得应该先到县里摸摸底。

此时，车已经开过了县城。他让司机又开回头，拐到县委来。

由于他是从外县受贬而来，在这一小县，他还没有什么特殊关系。他思量了一会，灵机一动，让车直接开到周书记的办公室。

县委周书记对他的到来反应很冷淡，以为他来谈工作。赵梅溪忙说明来意："周书记，乡里正在召开三级扩大会，贯彻县委乡镇工作会议精神。市里张书记的秘书打电话来说，张书记要找我谈话，所以，我不能不去，顺便来向你请个假。"说完，他很认真地察看周书记的反应。

"什么？张书记要找你谈话……"周书记的脸上挂满了复杂的问号，但这仅仅一瞬，周书记很快又说，"你赶紧去，看看有什么重要指示，回来我们尽快落实。"

看来周书记也不知道底细，赵梅溪有点失望。

赵梅溪起身告辞。周书记也站起来，一改刚才的冷漠，亲热地拉着赵梅溪说："小赵，张书记有什么指示，一回来就向我汇报，我们好抓紧落实，这些年，你在乡里工作得不错，乡里工作有起色。"说完，亲自送他到门口。这可是从未有过的礼遇。

赵梅溪钻进吉普，周书记又把他叫下来："小赵，这车也太破了，如果路上出点毛病，不就影响了张书记的工作时间？你下来，让我的车送你去吧。"

"这……"赵梅溪明白周书记的用意，也不好反对。

很快，赵梅溪坐上了周书记的皇冠，透过车窗，他看到周书记站在后面，表情若有所思。

整六点，赵梅溪赶到市里，他在外胡乱找了个小店吃了点东西，准六点半就来到了市委办公室。领导约见，必须提前到达，这是机关工作须知，也是官场常识。

市委办只有一个值班人员。赵梅溪说明了来意，值班人员请他稍候，然后拿起电话，似乎是打给张书记的秘书。放下电话，值班人员很客气地将赵梅溪领进一个小会客室，说："你先坐会，张书记很快就来。"给赵梅溪沏上一杯茶掩门走了。

赵梅溪一人坐在会客室里，从口袋拿出一支香烟点燃吸起来。

整七点，赵梅溪听到门外传来脚步声，随后门被推开，他看到了这个地级市的最高首脑走了过来：中等身材，穿一件皮夹克，剪一个短平头，乍看很普通、年轻，但细细看去，他面孔严肃，给人的整个感觉是这个人精明、威严，尤其是一双咄咄逼人的眼睛，很容易让人在这种眼光下垂下头来。赵梅溪感到，面前的这位顶头上司，更像一位公安处长。

张书记上前同赵梅溪握手，握得很热情，很有力，充满了信任，很让人感动，一下子就贴近了。

"坐下，坐下。"张书记很随和地说，并在赵梅溪身旁坐下，形成一种很平等的谈心架式，"找你来，是想听听你对梅岭开发区的发展意见。我听说你是在那里长大的，又在那里主持过几年的工作，有些想法。"张书记开门见山。听他的话，就知道这个书记干脆、果决，没有一点含糊。

原来是为了这事。赵梅溪心中难免有点失望。提起梅岭开发区，他真还不知怎说才好。三年多前，梅岭被批准为省级风景区和自然保护区，为了充分发挥梅岭的自然优势和带动本地经济的发展，经报市委批准，县里成立了梅岭开发区，定编为副处级单位，他从梅岭乡党委书记任上调任梅岭开发区管委会任副主任，主持日常工作。按当时情形，谁都认为主任一职非他莫属，只是时间问题。但不久，一个港商前来洽谈。这是第一个来县里洽谈投资的外商，是市里某一部门千辛万苦牵来的线，县里是高度重视，如获至宝，全县上下也是好不沸腾，以为总算引来金凤凰筑巢建窝。赵梅溪刚开头也十分兴奋，这毕竟是本县发展外向型经济的一个历史性突破，也是开发区的第一宗对外的生意交流，所以，他全力以赴地投入进去。这一港商洽谈的主要意向是开发区土地的有偿使用，他看中一块面积1500亩的土地，这片土地赵梅溪认为是开发区的黄金宝地，但港商开价每亩仅8000元，这是太低廉的价值，赵梅溪坚持最低不能低于10000元，港商也不让步，而且讲话极难听，赵梅溪一怒之下，同他针锋相对，生意谈崩了，港商生气地走了。县里舆论哗然，觉得他赶跑一个神，使眼看到手的花花绿绿的钞票飞了，实在是昏官一个。地空着不是白空？为此，赵梅溪受到了县里和市里有关领导的批评，认为他改革开放意识不强，不懂得做外商工作。此事还被当作一个缺乏改革开放意识的典型，多次在县、市的有关会上被几位领导轮流提起。不久，赵梅溪被调到现在的位置上。如今，市委书记找他重谈旧事，他心中有说不出的感受。该怎么说呢？赵梅溪知道，新上任的市委书记找他谈起此事，绝不可能没有用意。他内心紧张地思索着。

"过去的事，我听说过，现在来看，你还是有远见的。当然，谁是谁非也不要再说，大家的目的是一致的，我已要求今后不要再提这事了。"张书记似乎很了解赵梅溪的心情。

是的，如今那片土地的价格已上涨了许多。从这一角度来说，他赵梅溪当时是对的。听张书记的口气，对自己是赞许的。赵梅溪猛然想到，前一些日子听说张书记极重视梅岭开发区工作，从外地来上任的第三天，就率人赴梅岭考察，且不久就出台了加快梅岭开发区建设的文件，并多次在有关会议上强调要加快梅岭开发区经济发展步伐。想到这，赵梅溪心中不由猛地激动起来：一定是想让我重回梅岭。他终于摸清了这位新上任的市委书记找他谈话的用意。

"张书记，我离开梅岭有些时间了，对梅岭现在的情况我心中也无数，所以还真不知说什么，既然您要我谈，我就谈些不成熟的看法。"赵梅溪稳住了自己的情绪，冷静地说，"梅岭的潜力很大，前景也很乐观。首先，它现已是省级风景区和自然保护区，享受许多优惠政策；其次，通过近年来的有效宣传，梅岭已在省内外和海内外具备一定知名度，加上它同自然保护区玉壁相辉，旅游开发前景很好；其三，它还是一片未开垦的处女地，旅游业的发展兴旺，对全县的经济发展有举足轻重的启动作用；第四，据说市里已将梅岭由县改市的报告送省，这极有利于吸引外来投资。因此，梅岭在今后的发展中，将成为我市发展外向型经济的龙头和对外窗口。特别听说市里已拟在八五期间开通铁路和将原有的军用机场改扩为民用，这一交通条件的改革，将会进一步强化梅岭外来投资的吸引力，梅岭应抓住这一时机，尽快发展起来。"

"你的思路和市里的思路基本符合。"张增光书记赞许地点点头，接着口气变得郑重起来说，"小赵，我今天找你来谈，是有一项重要的工作要交给你。你还记得李婷婷吗？"

李婷婷，赵梅溪当然记的，甚至可以说无法忘怀。那是他大学时的同学和人生的第一个恋人。大学毕业时,李婷婷决定应她一个在港的叔叔之邀,前往香港,并邀赵梅溪同行。但赵梅溪经过考虑,拒绝了。那时赵梅溪也年轻,火热的心中想的是如何以美丽的青春回报家乡的父老。李婷婷一走就是十多年,音信杳无。赵梅溪也将一切深埋心中,再也没有涉足爱河。他根本就没想到,这十多年前深藏在记忆中的往事,面前这位新上任的市委书记会知道,会提起。找他来就是为了李婷婷?赵梅溪点点头,迷惑地看着张书记。

"梅溪同志。"张书记变得更认真和严肃了,"李婷婷现任香港强龙集团公司的副总经理。董事长兼总经理是她的叔叔,但据说他年老多病,公司大权实际已移交给了李婷婷。强龙集团公司是一个大企业集团公司,在国外许多国家和地方都拥有分公司,所涉足的行业极广,资产超过100亿元。李婷婷日前已来到我们省,并临时决定于后天前往梅岭。这是省里也没料到的,我们早上才接到省里电话通知。省里同志说她表示要看梅岭,并愿意同梅岭县合作。这是一个难得的机遇。当然,据省里同志说,她一到省里就要求有关部门帮助查寻你,是得知你的情况后,才要求来梅岭,并要求在梅岭见到你。我让人查看了你的档案,才知你们是同学,找了你过去的同学询问,才了解你们的关系。我打电话请你来,是希望你能说通她,为梅岭做点工作。下午,市里专门研究了接待的事情,在会上也讨论了你的工作,决定让你回梅岭,担任开发区主任。你明天就去报到上班,任命书因手续问题要过些天才下。"

赵梅溪终于明白,原来是因为李婷婷的作用,才使自己被这位管着500万人口、几十万干部的新市委书记知道他、注意到他。他有些感慨,但他也清楚,僻远、落后的内陆山区,为了吸引外资，许多领导可谓费尽苦心，绞尽脑汁。

"既然是市委意见，我……会尽力的。"赵梅溪只能这么含糊地表态。

"小赵，市里很重视这件事，我也相信你能办好。"张增光书记期盼地说。

赵梅溪讲不清是怀着怎样的心情离开市委的，也不知自己是如何上了车，他连夜赶回了县里。县里周书记居然还等着他。他只说了将去梅岭任职的事，其余都没说。

梅岭开发区管委会主任一职无疑是个肥缺，毕竟是风景区、开发区，工作虽然难做，但出去走走之类的事，却是万分便当，前景看好。有重要的人物来市里，都会到此参观、指导一番，容易给各级领导留下深刻的印象。再说，开发区挂是挂梅岭县，但实际许多工作都是由市委和市政府直接控制、拍板，拉拉关系什么的，很便当。各种建设项目和其他项目上马也多也快，权大位子重要。所以，赵梅溪来县里报到时，受到了热烈欢迎。特别是因任命书还没下，张增光书记亲自挂了个电话来，好的位子，又是市委书记挂电话来打破常规的人事安排，使不少人误以为赵梅溪准是哪条线通到上面。对他的到任，纷纷猜测。赵梅溪虽是在梅岭长大的，并任职多年，但县里似乎忘了这点，仍按常规把县里情况作了详细汇报，使赵梅溪听了差点睡去。他关心的接待李婷婷的方案，县里已准备了三套，周密得连临时停电、假如下雨之类的应变都考虑到了，他可不用操心。至于同李婷婷洽谈的合作项目，共有几十个，厚厚的一叠，包括了县里所有的行业。没花它几天是看不完的。他很想说把项目砍掉一大部分，留些对李婷婷有吸引力的就行了，但文件已经县委常委会研究过，又以县政府名义打印出来，他一来说这合适吗？差点出口的话又咽了回去，如反胃的酸水往肚里吞。

赵梅溪提出要到梅岭看看，他已有三年没上梅岭了。几个相关部门的头争相要求作陪，他说道："我也许比你们更熟悉，不必了。"这时，这些人似乎才想起，赵梅溪原来他妈的是从梅岭出去的，表情才有些醒悟和尴尬。

赵梅溪独自一人上了梅岭。

梅岭的妙在于满山遍野都是梅树，所拥有的梅花品种为全国之最，梅树所占的面积也为全国之最。岭中，还有一条清澈的梅溪，溪水发源于梅岭后面的自然保护区，绝无一点污染。梅溪蜿蜒顺着岭势曲折而下，可由上而下乘坐竹筏逐浪玩水，观赏两岸梅景。此外还特产一种梅茶，梅茶独享梅花盛开时节的芬芳，喝入口中，梅香伴茶香溢满，令人神清智明，有如步入仙境。

此时正是初春，梅岭梅树枝遒花俏，暗香浮动，整个山岭色彩缤纷。而这色彩艳而不俗，香浓而纯清。赵梅溪爬上了并不峻峭的岭顶，站在岭顶上，他可以远眺到岭后的家乡，那片养他育他的山水，正掩映在一派春光之中，梅花的英华，美得令他着迷，纯朴、贫穷得令他心酸。他当时能那么决然地拒绝李婷婷的赴港邀请，不就是为这美丽而贫困的家乡吗？

赵梅溪把目光转向岭下的一片绿畴，那片土地在梅岭景区的入口，外连接着通往景区的公路，国际机场开航后，它将成为连接梅岭景区和机场的必经之路。这无疑将成为一块风水宝地，上次来谈的港商，要的也是这块宝地，而赵梅溪正因知道今后此地的宝贵，才不愿再降价格。他想，如果李婷婷有眼光的话，那么她若要投资梅岭景区，肯定也将看中这块宝地。

太阳下沉很快，这是山区黄昏的特点。远处连绵的群山披上了淡淡的暮色，山后的天空已迷蒙起来，而山前依然蓝天。如果辽阔的大海使人感到浩渺、博大,那么静默的大山则使人感到深沉、坚实。海是一种沸腾的、躁动的神秘,山是一种静止的、凝固的神秘。站在海边,你就可以感受到海的博大和神秘,可你只有走进山中,你才可以感知山的深沉和神秘。如今,海在喧动,山呢?赵梅溪坚信,随着人们走进山里,山的诱惑将同样大。人们下海,但也将进山。

赵梅溪在岭上站了许久……

李婷婷作为梅岭县接待的最大外商,县里是按照最高规格接待,这也是市里的意见。因此,赵梅溪和县里的所有头头脑脑此时都站在梅岭县和邻县的交界处迎接。他们到后不久,就看到李婷婷的车队从远处公路上开来,前面是邻县的交警开道车,紧接着是公安保卫车,第三部是市里陪同车,第四部是一辆奥迪车,这是车队中最好的车,无疑是李婷婷坐乘。后面还跟有随行车、当地新闻采访车,殿后的仍是一辆公安车。

车队停了下来,双方必须在这里握手,相互介绍什么的。邻县的交警车和公安车已完成了本辖区的护送任务,也在这与梅岭县交警车和公安车交接,接下去的护送任务是梅岭县的事了。

车一停后,赵梅溪就一直注视着那辆奥迪车。他看到车门打开,一个雍容华贵的少妇从车里钻了出来,昂着头,目光急促四射,像急着要找什么人。看到了赵梅溪后,她的目光钉住了,火热热的。赵梅溪的眼光同她相撞,如触电般避开。一刹那,双方都感受到了对方复杂、微妙的心情。李婷婷似乎想走过来,但当地的头头脑脑已围住了她,握手、介绍、问候,忙得市里陪同前来的外事办主任满头大汗。这使赵梅溪能在一旁打量着李婷婷。十多年了,李婷婷仍没什么大变化,身材依然苗条如初,穿着一套紧身衣裙,仍显得楚楚动人。只是场面见多了,过去那种低头浅笑的羞涩，已被一份精明、干练的成熟所替代了。面对众多簇拥着的人，她应付自如，并很快脱身出来，面带微笑地向赵梅溪走来。县里陪同人员忙跟上前来介绍道："这位是梅岭开发区赵主任。"

"你好，梅溪。"李婷婷伸出了白润的手，直呼他的名字。

"你好，婷婷。"赵梅溪也伸出了手，但没有李婷婷那么爽快。

县里在场的所有干部都惊讶地看着他们，但李婷婷根本就不在乎，紧紧握住赵梅溪的手。赵梅溪感到李婷婷的手在微微颤抖着，但李婷婷的脸上却仍挂着合乎身份和礼仪的笑容。

赵梅溪觉得手握太久不好，便主动松开了紧握的手。这时，陪同人员安排上车，李婷婷说道："梅溪，你上我的车吧。"赵梅溪很想回绝，但陪同前来的市府分管外经的副市长上前来说道："小赵，你们是同学，既然李小姐邀请，就不必客气。"经他这么一说，赵梅溪也不好再推辞，而许多人才明白，原来他们是同学。

赵梅溪只好上了李婷婷的车。上车后才发现车上仅坐着李婷婷一人。李婷婷似乎看出了赵梅溪的心思，说道："这是我的要求，我是想把座位留给你。"

留给我干吗呢？难道两人之间还有什么可说？赵梅溪无话。关上车门，车子开动了。赵梅溪感到李婷婷的身子挨了过来。不自然地挪了挪身。

"你还好吧？"李婷婷轻声问。

"我一切都很好。"赵梅溪说。

"你别骗我了，我了解过，你活得并不好。"李婷婷叹了口气，"至少，你还没成家，仍然一个人，为什么？"

"没为什么。"赵梅溪说,"这不是我们将要洽谈的内容吧?"赵梅溪回答得虽很平静,但实际心里翻腾得如一瓶泼洒在地的醋,讲不出是什么感受。确实,他二十八岁就担任了乡党委书记,可谓少年得志,追求他的姑娘不算少,但他一一回绝了。这一切,自然是因为李婷婷,他感到在他心目中已没人能超过她,能给他那份激动和激情,所以,他至今不谈婚事,也从不去考虑,人们怀疑他是不是有生理方面的问题。但他对这一切坦然处之,随着时间的推移,他把一切都深埋心里,希望能淡忘,希望能都死去,能都埋葬。

李婷婷轻叹了一声,两人都沉默了,赵梅溪有些后悔,早知如此,他根本就不会接受这一任务的,他以为李婷婷已不在乎一切,会坦然地对待一切。但是,他没料到,李婷婷终归是个女人,女人终究是女人。

"梅溪,我要直接去梅岭,我要直接去看看那个地方。"许久,李婷婷说。

"行程都已安排好了,先到县里安顿下,明天再去吧……"赵梅溪显得为难,这一改变,会打乱整个计划的。

"不,我一定要先去看看梅岭。"李婷婷固执地说。

赵梅溪无法,只好让司机停车,然后下车去请示陪同前来的副市长。副市长同意,拿起对讲机,叫通了前面的交警开道车,直奔梅岭。

车队继续行驶。

"对不起,这打乱了你们的安排。"

"没什么,主随客便。"

"我其实也不明白,我只是个生意人,你们的接待何苦搞得这么隆重和烦琐,像接待政府的高级来访官员。"李婷婷说。

为什么？赵梅溪也闹不明白。但有几点他清楚，一是人穷志短，山里人穷怕了，又急着要富，把吸引外资，看着如捡到了金银珠宝一般，以为人家会白送你，接待好一点，热情一点，搞点感情投资，人家会多扔点钱；二反正是公款，所有的费用都不是个人自己的，不花干吗；三是以后自己出去考察什么的也方便，人家来你接待得这么好，你出去人家自然要破费一点。这些于己于公都有利，谈成一笔算政绩，何乐不为？但这敢说吗？

"我们是礼仪之邦。"赵梅溪只能这么说，"中国人自古就讲究尽地主之谊嘛。再说，我们梅岭衷心希望和欢迎你来投资合作。"

"别口是心非。"李婷婷听出了赵梅溪话中的不满，"我不过来走走看看，来谈点生意，其实自由一点，自在一点，会更好。"她嘴上这么说，心中还是满意的，在香港，这一礼待只有重要韵政府官员来访，才能享受的。而如今，她享受到了这一殊荣。

梅岭很快就到了。一下车，李婷婷就被县里的各位官员围住了。主要首脑争相为她介绍了梅岭有关景致和发展前景。赵梅溪插不上话，所以很知趣地退在后面。他也乐意退在一旁。

李婷婷默默地观赏着梅岭景色，没说一句话，也没兴奋的表现。这让人根本无法揣摩她心里究竟想什么。最后，李婷婷提出要坐竹筏游览梅溪，按计划这是明天的安排，一时让接待人员手忙脚乱，幸好天色已不早，游人也没几个，竹筏很快地就找来。李婷婷坐上了竹筏，她向赵梅溪招了招手，接待人员立即把赵梅溪安排上李婷婷的筏上。

黄昏乘筏游溪，别有一番风味。溪水澄碧，微波荡漾。两岸梅花怒放，梅香扑面袭来。连水面上都浮动着香雾。李婷婷终于幽幽开口赞道："确实美。"这一感慨，旁人不知所云，但赵梅溪知道她是因何而发。

等回到县里,已是晚八点多了,县里举行了盛大的招待会,欢迎李婷婷的到来。因知道了赵梅溪和李婷婷是同学,原定的座次略作了调整,赵梅溪被安排在李婷婷身边。席间李婷婷应酬多,无暇同赵梅溪谈些什么。

招待会后,县里安排了本地的歌舞表演,搞得热烈、生动、活泼,一直到十一点多才结束。

李婷婷显得很疲惫,所以那些领导将她送到宾馆后,纷纷告辞。赵梅溪也想走,但被李婷婷叫住,副市长便说:"你们老同学相见,是该好好聊聊。"他的用意赵梅溪能领会,也就不便走了。

"真累,这些应酬也真烦人。"李婷婷脱去了外套,里面的罩衫,使她曲线玲珑,相当迷人。

"我看你还是休息吧,我们明天再谈。"赵梅溪说道。

"怎么?你怕太晚人家说闲话?这可是副市长特批。"李婷婷露出了不满。

赵梅溪不置可否。

"我这次可是专程来看你,梅溪。"李婷婷深情地看了赵梅溪一眼。

"你不是来洽谈合作?"赵梅溪问。

"你希望吗?"

"是的。"

"我也知道,所以,我决定来。"李婷婷又看了赵梅溪一眼,"你过去告诉过我,你的家乡很贫穷。我还知道,这次是因为我来了,所以,你才会又回到你的梅岭。"

赵梅溪沉默。

"梅溪,你怎不问我,这些年过得如何?"李婷婷埋怨道。

"你是堂堂的副总经理,一切还需要问吗?"赵梅溪说。

"是吗？你认为是这样吗？"李婷婷凄然一笑，"我可以告诉你，我至今也仍还是独身一人，原来人家介绍了一个，是英国人，但同他结婚的那天，我又变卦了，我觉得我什么都有了，就是我真爱的人没有，所以，我不愿意屈就、凑合，就溜了，许多人大感不解，新闻界也大做文章，大加推测，只有我心中明白，完全是因为你。"

李婷婷的话让赵梅溪大吃一惊，这一切是他没有想到的。这一切太像一个故事了。但他不能不相信，他看到了李婷婷的泪水从眼中流出。她首先是个女人，她仍是一个活脱脱的女人。十几年的时间和经历，无法改变她一个女人的本性。他很想过去拥抱住她，但他克制住了，他说："婷婷，过去的事就算了，已经太晚了，我不方便留下，我要走了，明天见吧。"

"过去的事能了吗？梅溪，我们都不要再自欺欺人了。"李婷婷说道，走向前来。但赵梅溪起身逃也似的离开了李婷婷的房间。

外面是迷蒙的夜。

第二天，县里向李婷婷一行介绍了本县情况，并提出了一些投资项目。梅岭开发区的投资项目，由赵梅溪介绍。

果然，正如赵梅溪所料，李婷婷只感兴趣梅岭开发区的土地有偿使用项目。但她却出人意料地安排由她的助理刘先生同赵梅溪谈，自己要求去看医院和学校。

赵梅溪和刘先生的商谈是下午开始。刘先生个子矮小，四十多岁，戴着一副18K真金丝眼镜，领带扎得饱满坚挺且硕大，模样一看就让人知道是一个极为精明的商人。赵梅溪已看过他的简单材料，知道他毕业于英国牛津大学国际贸易学院，曾在新加坡、澳大利亚等国任过职，后被聘强龙集团，在强龙集团已干了十多年,一直任李婷婷的助理,是强龙集团的高级智囊。

同外商洽谈是件很烦琐和艰苦的事。赵梅溪并无这方面的经验,唯一的一次又是失败的记录,所以,他心里有些紧张。

开头,由赵梅溪介绍情况。县里这次共划出三块土地供强龙集团公司选择:岭南一块共800亩,按县里评估和初定有偿使用地价为每亩1.9万元;岭西一片共2000亩,每亩价为2.1万元;岭东一片地理位置较好,开发潜力较大,就是上次外商看中但谈崩的那一片,计1500亩,定价为每亩2.3万元。谈前,县里已研究过允许赵梅溪在商谈过程中,按上下浮动3%至5%报价,但赵梅溪全部就高报价,将岭南一片报为每亩2.1万元,岭西一片报为每亩2.3万元,岭东一片报为2.5万元。他说:"如果价格刘先生有不同意见,可提出商榷。"

刘先生看着图纸又问了几个问题,然后说道:"赵先生报价显然偏高,至于价格问题,本人也无权定价,包括李副总也无权定下如此高的定价,需请示香港董事会再做决定。"

第一轮商谈就此结束。

第二天,商谈继续。刘先生一开始就提出了意见:"赵先生,这次李副总亲率队前来,我方诚意显而易见。以赵先生的报价,我方认为偏高。虽然赵先生所描述的前景非常乐观,但我方认为贵地是山区,有许多不利条件,投资风险较大,所以,请赵先生考虑,将报价下压。"

商谈终于进入了实质性问题。

赵梅溪略一思索,说道:"刘先生所说不无道理,从目前来看,我县在许多方面确实不尽人意,但我县正在不断改善,包括向刘先生介绍过的国际机场开航、铁路开通等。从贵方投资看,投资建设所需时间还要两至三年,也就是说,等贵方投资建设就绪时，梅岭的整个条件将有重大改善。因此，这一因素也请刘先生考虑进去，而不要只看见当前一些不利条件。至于投资风险，刘先生是见过大风大浪的人，所历经的狂涛巨浪比我们多得多，对这一问题的感受和认识也比我们深透。"

"赵先生，应该看到目前贵县的不利因素，对我方的投资建设是有许多妨碍的，这一因素不考虑进去是不现实的。"刘先生不愧是谈判老手，"我方认为，贵县目前急需资金投入开发区建设，贵县也有许多鼓励外资投入的优惠政策，另外我方在外有一定的影响力，对今后贵县的外资投入是有影响和帮助的。这些政治的、经济的因素，贵县都应考虑进去。"

看来刘先生对国内各方面情况都了解至深。

"我感谢刘先生的提醒。"赵梅溪接着说，"刘先生应该知道，合作的基础是互惠互利。为各自的利益双方经过协商做一定的让步，有利于合作的密切与愉快，这是合情合理的。刘先生认为，应是什么样的价格才合适并能接受？"

赵梅溪逼近对方，想摸清对方的底。

"我方目前看中的岭东那片1500亩的土地，我方认为最高可接受价为每亩1.9万元。如果赵先生同意，可以立即签约。"刘先生说道。

几乎是在谈收购废铜烂铁一般！赵梅溪又有些愤怒，真想拂袖而去。但能这样吗？谁叫你穷？山区经济建设太需要资金了。对人来说，有钱好办事；对一个地区来说也同样，你愈穷就愈无法发展，愈无法发展你就愈穷，就是一个恶性循环的怪圈。从现有的情形看，你只能借助人家的钱来当作一个有力的启动杠杆！

赵梅溪强忍下了心中的不满："刘先生，这怕是您多年商场经历从未开过的价吧？请刘先生能否重新考虑一下？"

"赵先生认为能接受的价是多少？"

"最多只能再优惠0.5％！"

"赵先生，这是难以接受的！"刘先生口气一变，硬邦邦地说，"如果这样，我们的合作就可能难以实现，而贵县失去了一个这么好的机会，所造成的各种影响，赵先生可以预测是难以承担的！"

这一着还真击中赵梅溪的要害。上次商谈，他敢作敢为，针锋相对，觉得是在为国家争得更多利益，所以无所畏惧。谁料结果出乎意料，他比人家谈亏了几百万、几千万的还倒霉。他心里不能不没有后怕。他也想硬邦邦地说几句话，但终究没有这一勇气。

"刘先生，这么低的报价，我也同样无法做主，所以需要请示上级才能定夺。不过，我想刘先生也应考虑到，随着沿海投资市场的日趋饱和，外资投向已开始向内陆扩展和延伸，贵公司若失掉一个捷足先登的良机，这不能不说是一种遗憾。"赵梅溪只能这么说，他看到刘先生脸上浮起无所谓又意味深长的笑。他这时根本就无法理解这种笑的深刻含义。

赵梅溪将商谈的整个情况，立即向梅岭县的领导和陪同李婷婷前来的市里的有关领导通报。县里立即就召开了紧急会议，进行专题研究。总的意见认为，强龙集团报价确实低，但赵梅溪的报价也偏高，不利于吸引外商投资。以梅岭县长为代表的政府官员认为：梅岭县由于发展缓慢，财政连年出现赤字，新近又上报由县改市，急需建设资金来加快经济发展，加之政府制定的八五规划期间须完成的城市建设的改造计划，也因财政吃紧，迟迟无法开始，再拖下去将难以兑现，不仅有负民望，也将使本届政府所订下的任务和目标难以完成和实现，因此，这一时机不应错过，哪怕价格低些，也还是可以考虑的。再说，计划对开发区土地的成片开发，本就是希望筹措到一个亿的钱，来用于县改市的建设。这一投资无论如何得谈下来。另一方是县委的意见，他们认为，强龙集团公司是第一个到本县投资的大外商集团公司，从发展本县的外向型经济来说，意义重大，影响深远，应站在一定的高度来认识这一问题，来对待这一洽谈，来谈成这一笔生意。常言道，万事开头难。他们算来开头的，我们适当退让一些，经济上似乎亏了一点，但政治上我们还是得到很多的，同意并支持县政府意见。最后，陪同前来的副市长表态了："同志们的意见都很对，我都很赞同。我们搞经济或吸引外商投资，有时眼光要长远，不要局限在眼前的小小利益上，要看到这里面还有许多的东西，这是用钱无法衡量的。这么大的一笔投资，一旦谈成，大家想想看，它还有多少隐形效益呢。首先，外商今后投建开发什么的，要不要使用本地的劳力？这就为本地提供了一定的就业机会。其次，他要搞开发生产什么的，要不要利用当地的资源和解决一系列配套服务问题？这不就带动了本地其他产业的兴起和发展。再次，一旦他们的投资见效，就会以事实吸引更多的外商前来投资，这就形成了一个良性投资循环，对改变本地的经济发展状况、人们的观念意识、社会治安的稳定等等，都有极大的好处。所以，我说同志们看问题不要认死理，现在讲开放搞活，什么叫搞活？这是要花脑袋去想。我的意见，梅溪同志要有耐心，多做工作，争取谈下来。毕竟是我们求人家嘛，一定要沉得住气。我看价格问题，可以再考虑，人家一直不让，也千万不要弄僵，这次若又没谈成，影响就不好了，你成片土地空在那里，不也是白白浪费？"

副市长讲完这些话，下面立即鼓掌，气氛也一下变得好起来。只有赵梅溪心里总感到有些沮丧，总有点那个，但究竟是什么，他也说不清楚，他只能边鼓掌心里却骂娘。反正是集体研究，是比他更大的领导定的，他执行下去，也不存在责任什么的。

会一开完，县里就搞了一个通报传真送市里。才过半个多小时，赵梅溪就在办公室里接到张增光书记的电话："小赵，电传我看了，困难肯定是有的，但这次洽谈事关重大，市里的几位领导刚刚也碰了个头，大家都很重视和关注。所以，我想想还是决定给你挂个电话。市里最近也有个想法，国务院已做出决定要在几个地方试搞旅游经济开发区，市里决定做些工作，把梅岭报上去。从梅岭的自然条件来说，还是有希望的，就是经济条件弱了些。因此，这次洽谈成功，希望会大些，我的意见同你们的意见一致，无论如何争取谈下来。"

"张书记，既然这样，我一定尽力！"赵梅溪回答道。

"小赵，我们都是领导，看问题不能不站在领导角度来看，所以，我是真心希望听到你的捷报。"张书记最后说得很交心和庄重。

"请张书记放心，我一定照办！"

通完话，放下电话，赵梅溪决定按县里的意见和刘先生继续谈。

赵梅溪又继续了和刘先生的商谈。

仍是赵梅溪先开头："刘先生，我县非常欢迎强龙集团的来访和合作支持，所以我们对刘先生所提的意见高度重视，认真进行了研究，我县的意见是希望刘先生是否在价格上再考虑一下，因为我们今后的有关业务不仅局限于同贵公司的合作，若我们一开始定出过于低廉的价格，那么，以后的工作就将非常的不利，这一点，刘先生是能理解的。我们不能一直吃亏下去。刘先生以为如何呢？"

"赵先生，坦率地说，我们非常了解贵县的一切。"刘先生说到这里，略一停顿，显出了明显的暗示，"从贵县来说，这是一项极有效的合作。贵县不是正等着这一项的收入来缓解财政的困难吗？再说，贵县正面对着由县改市，也正急需外来的投资。从我方来说，我方选择的余地仍然很大，你们不是爱引用一句古话，叫良禽择木而栖吗？我方对赵先生的报价也进行了认真的研究和分析，并了解赵先生并没有按县指定的价格报价。所以，若赵先生依然坚持原有的报价，这事只能以后再谈。所以，我请赵先生也从长计议一下，这于人与己都不利。"刘先生显得胸有成竹，说得绵里藏针。

赵梅溪听懂了刘先生的话外之音，人家已知道了你的全部情况，所有的一切秘密人家全掌握了，这些本是谈判的绝密情报，但人家全部都一清二楚。难怪刘先生的言辞总那么的强硬，难怪从一开始他都显得这样的自信。这样的商谈，主动权从一开始就在人家手中，梅岭县是永远处于下风的。

见赵梅溪不语，刘先生抓住时机接着说道："赵先生，有时为了权宜之计，不得不从长考虑，这在国际政治谈判中都时而有之。若我方不投资，贵县的土地一样荒废着。再说，据我们所知，贵县去年财政赤字达4000万元，今年要完成许多项目，困难重重。与其如此，不如做适当让步，这对赵先生来说，也是有利，赵先生不是才上任吗？这件事一旦谈成，赵先生也是实绩一件！"刘先生的目光咄咄逼人。

完了，一切都在人家的控制之中。但赵梅溪实在不愿服输："刘先生，中国人自古就崇敬以大局为重的人，鄙人自小受到这种教育，所以也崇尚这一原则，刘先生也是一个中国人，我相信，如果我纯以个人利益为重，将也为刘先生所不齿。"

刘先生对赵梅溪投来了敬佩的目光，但这一目光转瞬即逝，他轻叹一口气说："赵先生，我非常钦佩你的人品，你将是我这次大陆之行所认识的最有吸引力的和印象最深的官员之一。既然我们双方都难以接受对方的条件，我想再谈下去也不会有何结果。"说到这，刘先生直视赵梅溪。赵梅溪感到了对方的压力，他想抬头迎上，但想到又一失败的后果，他撑不住了，垂下了头，他败了。他感觉是这样的。

"赵先生。"刘先生又轻叹了一口气，"不过，经请示香港董事会，我方想提出一个新的方案。"

赵梅溪抬起了头，眼睛亮闪着。这么说还有希望，这么说强龙集团公司事实上极想谈成这一合作。

"刘先生请说。"

"我方提出的新方案是将三片土地全部接受下来，并将使用期限由五十年改为七十年，每片在我方提出的基价上每亩上浮一千元。不知赵先生对这一提案是否兴趣？"

三片全部吃进。强龙集团公司又猛地张开了虎口，情形一下变得有些捉摸不透，这使赵梅溪也犹疑起来，不明白怎么回事，头脑中念头急转。但有一点他很清楚，强龙集团公司这次是表面无所谓，而其实是铁定了要吃下这一块肥肉的。

"刘先生，我很感兴趣这一新提案，不过，由于时间延长二十年，每亩仅加价一千元，这值得商榷。"赵梅溪恢复了常态，他决定拼命也要讨价还价。

"赵先生，以你认为每亩应加多少合适呢？"刘先生问。

"价格问题因情况变化，我必须报请上级才能定下。以我个人意见，每亩至少要按年限延长了40%这一比例增加。"赵梅溪胆壮话硬了。

"赵先生，老实说，这一增加想法是我们无法接受的。香港董事会已定，我的权限范围仅在增加20%之内，这一点连李副总都无权改变。这是实话，按理我是不能向你透露这秘密的。但我不愿再和赵先生讨价还价了，请认真考虑。"刘先生说得很诚恳。

赵梅溪知道他此时说的是真话，便说："此事我必须请示上级，才能答复。"

这次商谈，就此结束。

赵梅溪立即将情况上报县里有关领导。县里又召开紧急会议。这次的会议大家的情绪极佳，强龙集团公司想吃进三片土地，这是太鼓舞人心的事了，前景陡然光明灿烂起来。与会者都积极发表意见，一致认为，既然强龙集团公司已有明显让步，且一口气吃进了三片，这是梅岭县前所未有的成绩，因此，基价上浮20%虽然偏低，但人家也是来做生意，可以理解，应原则同意。

我们像是从未见过钱似的。赵梅溪心里感到深深的悲哀，他终于激动地站起来发言："我个人认为，强龙集团公司实际上已铁定要吃进这三片土地，他们同样迫切并急于谈成这一生意。从他们不寻常的反应和决定看，他们必有深意，所以，我们应抓住这一时机，迫使他们改变报价，使我们获得更多的利益。"

会议一下沉默下来。赵梅溪的话给大家泼了一盆冷水。

"如果我们抬价后人家不干了呢？这一后果谁来承担？"终于有人发问。

赵梅溪无话。他无法承担。他怕承担，但他心中实在不服。他不能说。

这时,有工作人员进来请副市长出去接电话。副市长许久才进来。进来后,大家把目光都对着他。因为,此时此事唯有他来做出决定最合适。

"大家都谈了意见,都是为本地的经济建设着想,目的一样,用意相同,总的意见是一致的,我个人认为,这次由于情况特殊,所以,我们吃点小亏赚大便宜,这是一种变通。我同意大家意见,把协议签下来。当然,梅溪同志可视情同他们再谈,让他们明白,我们完全是为了今后更好的合作,才同意给他们这么优厚的待遇。"副市长说完,就宣布散会。

赵梅溪没有走,副市长走过来,在他身边坐下:"小赵,你还有事?"

"我不明白,这为什么?"

"这是市里的决定。市里也是根据省里的决定。省里一位领导打来了电话。强龙集团公司总经理从香港打来电话,他们愿意投资5000万元同省里合办一个新项目,条件是我们必须答应他们对梅岭土地有偿使用的报价。"

原来如此,赵梅溪恍然大悟。强龙集团公司果然神通。

赵梅溪同刘先生于当晚签署了有关协议和合同。

强龙集团举办了盛大的答谢宴会。

赵梅溪推托身体不适,没有参加。但晚上九点多,他接到了李婷婷的电话,请他无论如何前去一谈。李婷婷明天一早就要离去,赵梅溪只好前往。

在李婷婷的房里,赵梅溪和李婷婷相见。

"我以为你会来找我。"李婷婷说。

"我找你有用吗?"赵梅溪话中有明显的情绪。

"我知道这次你肯定会怨我,但我也无法,价是由董事会商定的,与你商谈的人选也是董事会指定的,我不能违抗董事会的决定。做生意总要考虑赚钱,我是个生意人,再说,你们所有的情况董事会全部掌握,我想做什么决定很难,我至少表面上必须维护公司的利益。"李婷婷说。

"我想弄明白,你们开头和后面为什么会做出不同的决策?"

"开头我们并没有考虑那么大的投入,后来,我们掌握了你们全部的情况,临时得知梅岭已报批为国家级旅游经济开发区,董事会分析认为,你们目前急需资金,经济形势不理想,这对我们商谈极为有利。另外,我们来后发现梅岭开发前景极为看好,投资后效益和前景极佳,所以临时决定加大投资,抢先占领地盘,同时通过加大投资促使梅岭由县改市尽快获批,你们能顺利被批为经济开发区,这对我们更加有利,我们受益也就更大。"李婷婷说到这,见赵梅溪激动得手脚微颤,"这些是公司机密,按理我是不能透露,我对你说是希望你能理解,你也不要去深究,这不是你能力所及的,而且你也吃过亏了。"

确实棋高一筹。赵梅溪苦笑了一下:"仅此一项,你们至少已获利5000万元,而你们又巧妙地将这5000万改投在省城开办合作项目,这一合作项目,你们等于白得。"

"梅溪,你也不必太在意,这一切同你又无任何关系,倘若这次是同你个人公司商谈,我吃点亏也愿意接受。"李婷婷劝道。

"不,我觉得我有这个责任。"赵梅溪站了起来,"你也是从小在大陆长大的,对这片养你育你的土地,你难道会没一点点的感情?"

李婷婷睁大秀目望着赵梅溪:"我没感情就不会来。梅溪,你知道我为什么要求去看医院和学校吗?那是因为你过去告诉过我,小时你上学很苦,要走很远的山路,每个星期只能回去一次。我去看了，校舍依旧破烂，还是你向我描述的样子。你还告诉我，你母亲死于医院的误诊，我也去看了，太落后了。我理解了你，也决定帮你，所以，今天我请你来，是想告诉你，我已决定从我个人的财产中拿出1000万作为捐款，捐给学校和医院。这些算是一点补偿。"

"不要！"赵梅溪真想大声地回绝，但他无力说出。1000万，对梅岭来说，并不是一个小数目，尤其对学校和医院来说，有这笔钱，能很快地改变面貌。它确实太有用了。

"我真不愿意接受你的捐款。"赵梅溪痛苦地说，"但我又无法拒绝，所以我只能代表家乡的乡亲感谢你！"

"梅溪，就把这一笔钱当作你们自己的应得，没必要感谢我。"李婷婷显得理解，并在赵梅溪身边坐下。"梅溪，我找你来，还有一更重要的事情。"李婷婷说到这，深情地注视着赵梅溪。"这些年，我愈来愈想念你。这次前来大陆，完全是想来看看你。来后，我听了你在商谈时的全部录音，并进一步了解了你的为人，我感到更加需要你。你的人品，你的才智，到香港将能更有作为和发展。所以，我还希望你能重新考虑我过去的邀请，跟我去香港。"说到这里，李婷婷不顾一切地伸手搂住了赵梅溪，嘴中喃道："梅溪，我太爱你了，我很孤独，我真需要你。"

赵梅溪感受到了李婷婷的真诚与炽热的爱，双手不禁地也搂住了她。经过了这么长的时间，李婷婷仍完好地保住着那份爱，那份情，那颗心，赵梅溪无法漠视，也无法拒绝，他不能不认真对待，不能不感动万分。

见赵梅溪有些动摇，李婷婷更热烈地紧搂住他："梅溪，只要你愿意去，我愿意让出我的位置，我现在渴望做一个真正的女人。我在澳大利亚和英国还有公司，只要你愿意，你去干也行。"

李婷婷吻着赵梅溪。两人沉醉在旧日的恋情中。

"婷婷,我……"赵梅溪想说什么,但李婷婷用滚烫的嘴唇堵住了他。多年抑制着的情感如火山爆发,赵梅溪无力自制。

等狂风暴雨般的情感平静下来,赵梅溪的心又有些空落。

"梅溪,跟我去吧。我们到香港结婚,我要一辈子不让你再离开我。"李婷婷依偎在赵梅溪的怀中说。

"婷婷,我对梅岭有应尽的责任和义务。我……"赵梅溪中心极乱。

"这样吧,梅溪,只要你愿和我去香港,我再向梅岭捐赠3000万。"李婷婷痴情地说,"或者更多。你说吧。"

"不,婷婷,有些东西不是钱能补偿的……"赵梅溪说。

"梅溪,你的才智是超过我许多。但你在大陆又混得如何?而我现已是一个拥有许多公司的女富豪。你是一无所有。"

赵梅溪很想辩解,一个人拥有金钱并不等于拥有一切。人还有更重要的东西。但他不愿再说这些了,时间已很迟,他不能再待下去了,他已为刚才自己的冲动而后怕。他是什么人?而李婷婷又是什么人?

"婷婷,这一切太突然了,容我认真考虑一下,好吗?"赵梅溪说道。

是的,一切是太突然了。李婷婷深情并理解地看着赵梅溪点了点头。

赵梅溪起身告辞。李婷婷扑上前来:"梅溪,别走,我明天就要离开,今晚你陪陪我好吗?"

"婷婷,我不行……我已违反了外事纪律了。对不起……"赵梅溪说完急步冲出了房间。他怕自己经不住李婷婷的哀求。

这一夜,赵梅溪失眠到天亮。

第二天上午，县里为李婷婷的捐款，举行隆重的捐赠仪式。张增光书记专程从市里赶来参加了大会。他握住赵梅溪的手说："小赵，这次你的功劳很大。市委决定出台重奖引进外资有贡献的人员的奖励政策，我已交代县里，立即将你上报。"

"张书记，这是大家的功劳，我只做了一点工作，所以，我请求不要表彰。"赵梅溪觉得这次真没什么可值得表彰的。

"这个不行，多作贡献就要大张旗鼓表彰，我还要为你颁奖。"张书记以为他谦虚，笑哈哈地拍拍他的肩膀。

赵梅溪心中不知是喜是忧。

下午，赵梅溪随同县里各位官员一道去送李婷婷。

一样是来时的规格和架式。

赵梅溪原想坐在县的车里，但李婷婷又让人来请他同乘。他只好又上了李婷婷的车。

"梅溪，去香港一事考虑得如何？"李婷婷问。

"我还没考虑清楚。"赵梅溪说。

"你真是的……"李婷婷长叹一口气，"还是老脾气。"

一路两人再也没说一句话。

到了梅岭与邻县交界处，车队停下来。由于有市里领导相陪，县里领导送到此处就可回头。

李婷婷同县里陪送人员一一握手道别，最后才同赵梅溪道别。她拿出一张名片递给赵梅溪，这是一张特制的名片，与她送给县里领导的名片不同。李婷婷道："梅溪，这张名片上有直拨我随身话机的号码，你只要想和我通话，可随时打来，都可找到我。我会耐心地等你的决定……"说到这，李婷婷似乎控制不住，眼睛湿漉漉的，忙钻进了车内。

车队远去，赵梅溪拿着李婷婷的名片愣了许久。

过几天，省报刊出了强龙集团公司投资近一个亿开发梅岭和投资5000万元在省城开办独资公司的报道，称这是外资引进取得的又一个突破性成就。同时，又报道了李婷婷捐款1000万元的消息。许多报刊、电台、电视台也相继发了消息，连中央电视台也进行了报道。强龙集团公司登时在国内名声大振。

赵梅溪不久受到市里的表彰。但他同时也得知有人向市里写信告状，说他同女港商有不正当的关系。他听说张增光书记在告状信上批了两个字：无聊！他内心中有一种对不住张书记的感觉。

再过不久，梅岭县改市批下来了。梅岭旅游经济开发区报告省里也批了，并转报国家旅游局。市里任命赵梅溪为梅岭市副市长兼梅岭旅游经济开发区筹委会主任。赵梅溪接到任命后，心情更为沉重，因为他面对着更沉重的选择，是留在大陆，还是去香港。

原载《福建文学》1993年第6期

水　球

那天并不是个阳光灿烂的日子。事实上，应算是个阴转多云的天气。上午十点多钟的时候，门铃悦耳地响了起来。

金水教练打开了房门，市体委的刘主任领着两个人走了进来。那两个人都夹着黑色的公文包，中年的体态肥胖，一副很有身份的样子；年轻的潇洒颀长，精明干练，不同凡响。

"金教练，这两位是市里派来的。一位是外事办的吴主任，一位是李书记的秘书王科长。"刘主任对金水教练介绍道。

"请坐，请坐。"金水教练莫名其妙，整个感觉如洗澡时被人突然闯进了浴室一般，有些不知所措。市里派来的，他只是个普通的教练，市里还用得着专门派人来找他？

"坐就不必了，我们是受李书记委托，来请金教练到市里一下。"吴主任说道。"好，好，好！"金水教练应道。居然是受李书记委托，金水教练不知道自己为何一时变得这么重要。这样的重要过去有过，那是在三十多年前，他作为省队的主力队员，为省队连年获得全国赛冠军时，先受到了中央某领导的接见，回省后又受到省委领导的接见。回市里休假时,市里领导曾派人来请过他。但如今情况是不同了,他已是五十出头的老朽一个,市委书记找他何干?他嘴上很想问:你们有没有找错人?

在宿舍楼下,停着一辆锃亮的轿车。吴主任客气地让金教练先进了车内。

车子向市里开去。金水教练一直担心,到了市里如果发现找错了人,那怎么办?不过会不会是市里想重振体育雄风而请他呢?金水教练是市政协委员,三个月前开政协会,他曾有过一个提案,重振本市篮球之乡的雄风。但是,如今市里抓的是经济,这个提案在会上并没受到什么重视。

一路上,金水教练心里七上八下的。

到了市里,他被带到了李书记的办公室,见到了这个有两百多万人的城市最高首长。

首长同他笑眯眯地握手,还亲自给他倒了一杯茶。金水教练很认真地观察,首长还将茶杯用水荡了一下,并且只给他一个人倒茶,其他的人是那位王秘书倒的。这时金水教练才发现自己忘了用双手接,还忘了说谢谢。

"金教练,这次把你请来,是有重要任务的。"李书记说,"你一定还记得赵天雨吧?"

赵天雨?金水教练一下就想起来了。悬着的心才放了下来,看来找他金水教练是没找错。但是,李书记怎么会提到赵天雨?

"赵天雨现在将成为我市也是我省最大的外商投资人,他已在我市投资创办了一家注册资本为500万美金的天龙运动时装公司,现在又准备同我市签订3000万美金的投资合同,拟在城东开发区建造一座专门生产体育器材及系列用品的有限公司。他已定于5月18日到达本市,在本市活动6天。他提出了一个特别的要求，就是要在本市打一场篮球赛。"李书记说。

打篮球赛？金水教练有些明白了。外商现在行情比股票还看涨，对市里头头脑脑们比他妈的什么都重要，特别是拿出了3000万美金，那绿色的东西近3个亿人民币，许多人几辈子都看不到那么多的钱。所以，这个有些古怪的要求会惊动市里的最高长官，而为了满足这个要求，这些长官们会万分认真，会派车把他这个微不足道的人接来。

"这不是一场一般的球赛，他发来了份传真，里面列出了9个人员的名单，要求我们帮助寻找，并请到这些人，所有费用将由他来负责。你是名单中的第一个。这些人员，有许多是什么人，现在何处，我们都不太清楚，所以市里经过研究了解，知道你同赵天雨先生有不同一般的关系，决定由你来承担这一重要的工作，找到这些人，按要求组织好这场球赛。"李书记接着说。

还有这么个名堂。看来市里的工作还做得真细，这样的事也只有他能办到。他同赵天雨从小就一起放牛和砍柴，那时天雨的父亲是个名教练。当时的建州市是全国出了名的"篮球之乡"，国家队有三名主力和两名替补队员都出自建州市。而省队中的大半队员都是来自建州市的两区八县，赵天雨的父亲是原建州市的主教练，这些人多是他的弟子，后来他调至省队任主教练。"反右"时，赵天雨的父亲据说是对省体育工作的一些问题讲了一些自己的看法，被下放到金水教练小时候所在的村里。金水教练和赵天雨一起在村里的小学堂上学，赵天雨父亲也许发现儿子的篮球天分，对赵天雨严格训练。金水教练就是在一旁看赵天雨受训，然后被赵天雨父亲看中，然后一起训练，然后被赵天雨父亲的一个也当上了教练的学生看中，一起被选进市里的体校打篮球，住在一起，吃在一起，又一起被选进省队。因赵天雨个子较矮但技术全面，组织进攻能力强，主要打后卫；金水教练个子高，主动攻击意识好，打前锋。两人在赛场上总配合得天衣无缝，赵天雨有"神手"之称，金水教练有"圣手"之誉。两人当时是省队的主力和风云人物。

"这是赵天雨先生传来的名单！"外事办吴主任递过了一份传真件，"这份名单赵先生是传给他在本市的公司代表吴小如总经理，由吴小如总经理转给我们的。"

金水教练忙接了过来，他看了一下名单，名单上列出的是这么几个名字：金水、林小峰、黄卫东、许卫红、杨红民、张小兵、陈宏明、马大武、白国庆。

金水教练看着名单走神了。这个赵天雨，他是不是疯了！

"怎样，这些人你都知道吧？"李书记问。

金水教练点点头，想说什么，又没说。

"很好！"李书记情绪高涨起来，"这事就这么定了，今天体委刘主任也在这里，我就直接打招呼了，金水同志目前就暂时借用到市外事办，全面负责这项工作，体校那边的教学，你们找人顶顶。"

刘主任连声说："没问题，没问题！"

自然没问题，市体校实际上只是维持而已，立即宣布体校不办也没问题。建州市原是沿海地区的内陆城市，在过去经济发展中颇有建树，因为那时这个沿海地区面对台湾，位处前沿的几个地方算是前线，而建州市在腹地，是个前线的后方基地，所以当时国家和省里的投入是较大的，重大建设也搞得较多。但历史发生了变化，改革开放后，建州市已失去了过去的优势，而变得不重要了，整个经济的发展也落了下来，成为这开放地区中经济发展最落后的市。市里的几任领导，都急着发展经济，已对过去

"篮球名市"的历史不太注重了。当时许多的运动场地,是建在市里最佳地段,如今早就被拿来作为黄金地段,交房地产公司开发。体校工作又算什么?排不上号。

"好,金水同志,从明天起,你就到市外事办上班,明天市里有个专题研究会,你要参加,必须将这些人都弄清楚。"李书记交代道。

金水教练回到家,才知道时间很迟了。

金水教练的妻子地位比他高,在市里的妇联当副主任。见到金水教练回来,她有些奇怪地问:"今天怎么训练这么迟?"

女儿在市银行工作,也插嘴说:"对呀,历史上从来没有过。"

是的,这些年体校训练工作已没有什么事可做,金水教练更多的事业只好放在家务上了。今天突然这么迟回来,当然一下让妻子和女儿有些不习惯。

"没什么,我有些事。"金水教练含糊地说。

女儿这时才发现老爸今天神情有些不对,为刚才的玩笑自我解脱地吐了吐舌头,埋头吃饭。

妻子更是察觉到金水教练今天的情绪不对劲,但终归是老妇联的,这方面很有经验和素质,老公不说,她也不多问,只是更体贴地为金水教练打好饭。

金水教练的反常是明显的,他不时地把汤匙伸向菜盘,又把筷子伸进菜汤中,完全的倒错。为什么?赵天雨为什么要再赛场球?金水教练脑中一直想着这个问题。

女儿被金水教练的反常弄惊呆了。老父亲年龄不算小,五十多了,但从未犯过糊涂,搞体育的,身子健壮得还像头牛。她不时用眼睛瞅着老妈。但老妈平静得像个湖,没一点反应,她也只好草草吃完饭,进了自己的屋里。

金水教练再次将筷子伸进菜汤里。妻子把汤移到了他面前："你是不是想闹离婚？想也吃完了再说？"

这话果然奏效，把金水教练吓了一跳，清醒过来："什么？谁闹离婚？"

妻子笑起来："你今天遇上了难事？"

金水教练点点头："李书记让我明天到外事办上班。"

妻子眼睛被钉住了："你到外事办上班？我看你明天还是上一趟医院，检查一下有没有更年期综合征。"

在市里机关工作了多年，妻子知道如今外事办吃香得让人可以死而无憾。不说吃吃喝喝接待方面的好处和出国，这个单位现在是领导的心腹部门，提拔得飞快，让人心跳。老公这种老实人，又没天线和后台，连李书记的手都没握过的人，突然会说要到外事办上班，不得不让人担心是否出现了老年性幻想症。

"是真的！"金水教练说，"上午李书记派了吴主任和王科长来接我到他那里，当着刘主任的面交代的。"

没有说谎。老公的脸就是个证据。再说他能准确地说出吴主任和王秘书，不是确有其事，老公是不会知道这两个人的。妻子信了："你是不是瞒了我？你家过去是不是出了个大华侨，或是有什么同父异母的兄弟现在进了省委或中央？"

"没有，我是农民出身，我爸也只有我一个儿子。"金水教练不是个有幽默感的人。

妻子放下了碗筷："那总有原因。"

金水教练老实地点点头："是因为赵天雨。"

赵天雨！妻子不知道赵天雨，那时他们还没认识，还没结婚："赵天雨是谁？我怎没听你讲过？"

"你不知道。"金水教练说，"那是过去的事，我从不愿说，也不愿讲。不过你现在应该知道,他准备给市里投资3000万美元,在城东开发区搞个公司。"

"我想起来了,这是市里近年来引进的最大外资,是市里引进外资的一个最大成就,前天市机关大会,李书记说过这件事,是我们市里改革开放的一大成果。领导们都高兴得要疯呢。"妻子恍然大悟,"你同他有关系?"

"是的。"

"这就对了!"妻子自言自语。现在引进外资是个大事,各级党政都重视万分,想尽一切办法,几乎是绞尽脑汁,可谓用心良苦。这是政绩,也是实事,完全是为了搞活地方经济。

妻子毕竟是个一官半职的机关干部,立即说:"金水,这是件好事,应该全力去做。去外事办就去嘛,好好干!"

金水教练本已是个无欲无求的平凡之人,他平常每天都吃得好睡得好,生活有规律如一条现代化生产流水线。但是,今天中午,流水线出了毛病,不按照原设计程序工作了。电脑中了病毒一般,且病毒不断复制,不断覆盖……

1968年夏。一个酷暑之日的中午。

那天的阳光毒得像是核辐射,省体委造反司令部召开了一场别开生面的批斗大会。所批之人,就是省篮球队的主教练和赵天雨。主教练的罪名是体育界的修正主义黑权威、死不改悔的当权派代表,赵天雨是归侨之后和"右派"之子、修正主义的黑苗子。批斗地点放在省体委五七农场的操场。

球场是临时设计的,用白石灰在操场上粗糙地画出,两旁各竖起一个长杆,主教练和赵天雨被结实地高高地绑在长杆上,他们的脖子上各套着一个篮圈,这无疑是有创意的。

他们一干人被带到了球场。造反派司令是个被开除的原省队队员，被开除的原因是他连续几个晚上在训练场外，用篮球偷偷地袭击过路的女人，专门对着女人的胸脯砸，被队长赵天雨当场抓住。主教练立即宣布对他的开除，他的严厉治队是出了名的。

司令对他们说："今天是你们表现自己阶级立场的时候，是站在无产阶级这边还是站在资产阶级这边，你们自己看。省队要的是无产阶级的斗士，这是你们的最后机会，你们自由组合，分成甲乙两队，凡表现好者，可以留下继续打球，否则你们都将到你们该去的地方。当然，如果你们不赛，也行，凡所有参加批斗会的人，将每人投篮三次。这叫着以其人之道还治其人之身。"

参加批斗会的有几百人。其中不少是疯狂的红卫兵小将。大家的目光都射向当时的金水教练。当时的金水教练是副队长，他脸色苍白，知道若不答应比赛，那么主教练和赵天雨也许会被球砸个半死。他只能对大家点了点头，表示同意，并对当时的另一候补后卫黄卫东说："你领一个队，我领一个队，我们分开，行吗？"这是一种暗示，大家都心领神会。

省队是当时全国有名的强队，全国赛中历史上从没拿过低于前三名的名次。那时大家都还是十八九岁的年龄。队员们主动地分成了两边。

裁判由司令的一个亲信担任，谁也不知他是哪里冒出来的杂种。他走了出来，得意地笑道；"今天是一场革命的比赛，采用的是革命的方式。你们可以随意地发挥，凡球击中敌人的身上并进篮者，算5分球。"

比赛开始。这是一场痛苦万分的比赛。大家互相地传球，每次进攻到了"篮下"，总有破绽让对方将球截去。谁也不愿上篮。

十五分钟后，得分仍是零比零，裁判吹响了暂停哨。

司令得意地笑了，一脸的诡诈："堂堂省队也有打出如此水球之时，这是你们自己在侮辱自己。大家看，资产阶级和修正主义培养出来的，就是没有无产阶级的赛风。"

场外一些小将狂呼起来："打倒封、资、修！"

司令跟着又说："好，比赛继续。大家鼓掌欢迎这史无前例的职业水球赛！"

哨声又起。比赛继续。仍是没有人愿意投篮。

这时，主教练突然喊道："赛场无人，心中有球。"

赵天雨也抬起头说道："赛场无人，心中有球。"

这是主教练为省队定下的训练口号，是主教练要求省队达到的赛场最高境界。

当时的金水教练泪水混着汗水滚了下来。换上是他作为教练，他也不愿看到自己训练的队员打出如此混账的水球。这会比球砸到身上还要痛苦。

金水教练这时才明白司令的恶毒，他要省队自取其辱，不管怎么打，都将是一种内在的折磨，一种精神的摧毁。金水教练牙跟一咬，第一个投出了一个空心球，准确地进篮了。

那一个球，金水教练一辈子也忘不了。他投得多么紧张、沉重和撕心裂肺。投完之后，他没有一点勇气去看有否进篮。直到发现队友的掌声，他抬头才看到主教练和赵天雨脸上挂着笑容。

队员立即领悟了意图。

比赛激烈起来。一个个空心球进篮。每个队员都是选择了最佳角度投球，准确率百分之百，前所未有。

这场球赛下来，全部队员都不愿再打球了，一个个离开了省队，而不知所终。当时的金水教练回到了农村，当了二十年的农民，一直到为他落实政策，才被安排进了市体校当教练。

那是一场省队历史上从没有过的严重的水球赛。叱咤赛场的运动健将以一场不光彩的水球赛结束了自己运动的生涯，就如现在被检出了服用禁药而被逐出赛场一般，可耻得令人想立即自尽。

金水教练是在迷糊中被妻子叫起："起来了，今天不是有专题会吗？机关上班要求要准时到，不管有事没事。更何况你今天是第一天到市里上班，不能让那些领导有不好的印象。"

金水教练喝了一碗豆浆，吃了两根油条，就同妻子关门上班了。

路上的阳光很辉煌。妻子说："机关里人与人的关系同你在体校不一样，你要注意。对领导和同志都要谦和，现在不是你当教练，反正现在是学员。"

妻子一直把金水教练送到外事办办公室门口，并告诉他会议室有几个，一般开这种研究重大问题的会议是在第几会议室，机关的卫生间在何处等等。然后，妻子从上班必带的黑包里拿出了一个本子和一把笔，交代说开会要做记录，能记的都记下来，不管有用没用，因为这种形式是不能少。

会议室里，金水教练见到了他只在市有线电视上见过的领导，市长、副书记、副市长等首脑。被通知来开会的还有市里统战部、外经委、公安局、接待处、环卫处和交警大队等单位的头脑们。

李书记把金水教练介绍了一通："那位是金水教练，是赵天雨先生的朋友和篮球队的队友，赵天雨先生特别交代我们市里同他联系，这次他来，无论如何要找到金水教练，见到金水教练。"

所有的人这时才注意金水教练，神情如突然发现了一只大熊猫。

会议开始。李书记主持并先讲话："同志们,今天把大家找来,是专题研究接待赵天雨先生事宜。这是个重要的事情。我市改革开放以来,在引进外资方面现在有了个重大突破,上了一个新台阶。赵天雨先生在我市生活了二十多年,他父亲的墓地还在我市,对这片土地他是很有感情的。我市是个内地城市,历史上华侨就少,这次不是赵天雨先生主动来同我们赴港招商团联系,我们还不知道他同我市有这么深厚的渊源,这就是优势。我们经了解才知道,赵先生在港的公司,只是他美国总公司的一个分公司,他目前所拥有的十多家公司,总资产已达30亿美金,范围是很广泛的。他的几位叔叔原就在外经商,在国外华人财团中是很有影响力的,因此,这次同我们的合作,对我市今后的进一步对外开放,引进外资,有着重要的意义。所以,今天我们专题来研究一下,赵天雨先生来我市时的接待问题,希望各部门和单位要把这事从扩大开放、进一步发展外向型经济的高度,认真、周密和细致地将这项工作做好。"

金水教练按妻子交代,努力地做着笔记,心里好佩服李书记,不用讲稿就能把这件事的意义、会议的主题、对各部门的要求讲得条理清楚。现在的领导素质果真不一般。

各部门和单位都汇报了自己对这件事的认识和重视及准备工作情况。从住在哪里到每餐吃什么菜、张贴的欢迎标语、去哪里由谁主陪、乘坐几部车、道路如何走、出现意外情况(如停电什么)、到何处可能上哪里的厕所、厕所应搞好卫生和所住的地方要保证二十四小时热水供应什么的,全考虑得周密极了。这是投资环境问题,金水教练这时才懂得接待外商有这么多的事情,难怪要开专门的会议。

金水教练记着，突然听到了李书记说："现在，我们请金水同志将赵天雨先生所列人员名单的有关情况介绍一下。"

金水教练忙喝了口茶，然后用手紧握住茶杯，他真不愿说，但只好说："我汇报一下。那份名单其实是省队当时主要队员的名单。这些人有一大半是从我市去的，并且多是赵天雨父亲的学生。问题是，这些人到后来都受到不公正的对待，有几个据我所知，已经去世了。还有几位现在在哪里，我不清楚。原省队被解散后，大家各奔东西，再也没联系了。我的汇报完了。"

似乎太简单了一点，下面一派静穆。李书记接着说："知道哪里来，这就好办了。公安局的安局长今天来了，就是考虑帮助、配合金水同志找到这些人，这应该不是件难事吧？"

安局长忙说："这没问题，我们一定尽力。"

"那好，找到这些人，由金水教练牵头把他们请到市里来，由市里接待处统一接待，费用问题赵先生说他负责，这没必要。接待处余处长在这，由你负责接待好，这也很重要，都是赵先生的老同事，有利于增加赵先生对我市的了解和感情，这叫软环境和软投资。"李书记说，"对了，球场问题要考虑一下，市里没什么好球场，我看可以由财政局拨些钱装修得好点。"

会议就这么开到了十一点半，李书记说："我最后强调一下，各部门谁负什么责应都很清楚，这是个严肃的工作，谁没做好，到时出了纰漏，我就打谁的屁股，我是有言在先。"

散会后，李书记又把金水教练和安局长留下来。

"金水同志，我想私下问一下，赵天雨先生要求搞场球赛，你看有没有什么其他考虑？难道仅仅是因为想同老队友们聚一聚？这是一个我们还没吃准的问题。你有什么想法没有？"李书记说。

"我想，不知是不是同一件事有关。"金水教练通过上午的会议，已明显提高了认识，觉得事情这么重要，应知无不言，不能有隐瞒，就把那次最后的比赛说了。

李书记的脸色凝重起来，沉思了许久，才说："还有这么重要的情况，这事得专门研究。看来这将是这次接待赵先生最重要的问题和最敏感的问题。金水同志，你也考虑一下。赵天雨先生提这个要求是有深意的，主要目的是什么？目前先不能传扬，必须保密。你先把人找齐，一定要找齐。"然后又对安局长说："小安，这找人的事变得比我们当初的看法更重要了，你们公安部门要全力以赴，配合好金水同志，有什么困难，直接向我汇报，整个进展情况也必须向我及时汇报。"

"是，李书记。"安局长说。

金水教练走到机关门口时，看见了妻子在大门口等着他。

"一切还好吗？"妻子问，眼睛里透出了想了解更多的信息来。

金水教练本想同妻子说，但想到李书记交代要保密，也就没说。

金水教练同安局长第二天就踏上了寻人之路。李书记将自己的专车调给他们使用。安局长还带了一名干警，作为随行人员。

市所辖共有两区八县，有安局长亲自下来，各县公安局都很积极配合，线索很快就有了。安局长说："这种事本来我们发个帮助协查的通知就没问题了，吃这碗饭的，这是小菜一碟。但李书记如此重视，所以我们要用超常规做法。"

果然，没几天，一份完整的名单就到手了。这使金水教练感到这件事情本用不着他来办，他是个多余的人。

拿到的名单让金水教练心情万分沉重。老队友已去了一半，虽然大家都只是个普通得像一片树叶一般的人，但是落叶知秋。

金水教练有些怀旧起来。这种怀旧情绪使他在中午下面为安局长举办的酒宴上，不由得多喝了几杯那种他听过但从未见过的 XO。

二十多年转瞬即过，人世沧桑，回过头来也许就是可怜的一点回想和感叹。人生往前走是一条漫长的路，但往后看却只不过是一幅画。你认为无意义，看不清，也就是如此而已。

金水教练醉了。

下午，安局长同李书记通了电话，李书记非常满意这种工作效率，着实把安局长和金水教练表扬一通。安局长顺带建议，鉴于离赵天雨 5 月 18 日的到来日期还有二十多天，而这些人的家庭住址都已找到，是不是回市里以市委和市政府的名义向他们寄发邀请函，这更隆重，又不必一个地方一个地方去请。李书记同意了。这样，金水教练同安局长于当天下午就往回赶路。

路上要经过北阳县和广阳县，金水教练对安局长说，他想先同黄卫东和马大武见见面。安局长说，这很好。

在北阳县，金水教练见到了黄卫东。谁也认不清谁了，变化太大了，双方都等对方报出了姓名才紧紧抱在一起，这种动作原只有在成功的决赛后才有的。

金水教练告诉黄卫东，赵天雨要从美国回来，想见见老队友，再好好打场球，所以想请这些老队友去聚聚，黄卫东说一定要去，一定会去。

时间关系，金水教练无法同黄卫东细谈，只好告辞。上了车后，金水教练的泪水流了出来，积蓄了二十多年的泪水，每一滴都是一种人生的滋味，一截生活的片段，一支怀旧的曲子。

同马大武的见面也是如此。

金水教练终于修正了自己的记忆机制，一路不由回忆着当年他们生龙活虎、叱咤赛场的情景。他对赵天雨也陡然万分怀念起来。直到这时，他才体验到对往事的回忆的一种快感，一种温馨，才知道对过去的缅怀也会使人生充满盎然生机，有着如对初恋的回忆那般动人的情怀。

回到了市里，根据李书记的指示，给那些人的邀请函由金水教练负责起草。这可让金水教练吓了一跳，他从来不知这种官方的公文是如何写作。好在不须他像曹植作七步诗一般当场完成，一判生死。李书记只是交代，这份函完成后，要交他过目。金水教练不便表示自己的无能，只好应承下来。他想到了妻子，立即同妻子通了个电话。妻子接到电话，惊喜万分，金水教练是从没有往妻子办公室挂过电话的，唯一一次妻子的父亲病危，电话打到家里，他也是打个电话给女儿，让女儿往妻子办公室挂电话。妻子听了金水教练的电话告诉他说不要紧，这很简单，她会在办公室里为他拟了，然后带回家让他抄抄，这事很容易的。以后遇上这类事，就告诉她，由她来负责解决。金水教练放心了，妻子久在官场，这种公文确实难不倒她。

金水教练按妻子的草稿，用一张稿纸认真地抄好，抄得很吃力，每个字都如一次篮下盖帽。第二天就拿去交给了李书记。他随时可以自由进出李书记办公室，这让他有一种三步上篮般很好的感觉。

金水教练来到李书记办公室时，看到了办公室里还坐着一个西装笔挺、扎着一个硕大领结的年轻人。李书记见金水教练来高兴地说："来，我介绍一下，这位是赵天雨先生在本市的代理人，市天龙运动时装公司的吴小如总经理。这位就是赵先生要找的金水教练。"

吴小如听说是金水教练，忙上前紧握住金水教练的手说："董事长这次专门打电话回来，要我无论如何找到你。我只好请李书记帮忙。听说找到了你，他非常高兴。我正准备抽个时间去拜访你。"

金水教练不善这种应酬，不知如何对答，只是随口而出说："不敢不敢。"

说完，他脸又有点热，忙接着问："天雨还好吗？"

"很好很好，他很想念你和过去的队友。"

这是可以肯定的。金水教练心想。毕竟是同患难过来的。

这时，李书记对吴小如说："小吴，就这么定了，你告诉赵先生，他的老朋友都找到了，欢迎他准时来，我要亲自去接他。"

"好，李书记，我先走！"吴小如说完又对金水教练说，"金水教练，改日再拜会你！"

金水教练点点头说："代我问天雨好，欢迎他来！"

吴小如走了，金水教练将文稿递给了李书记。李书记当即认真地看了一遍。然后拿起了一把红笔，在上面圈圈改改，最后递给了金水教练说："你把这份邀请函送到市委打字室，打印好后由你寄，我看你再给他们每人写一封信，一同寄出。请他们无论如何都得来，单位请假有困难，也请他们回个音，由我们市里出面打电话。这工作请你多费些心了。"

金水教练看了一下稿子，上面李书记改了很多，并在原落款中共建州市委处，补上了市委书记李炳荣、市长许长峰，使邀请函变得规格更不一般。里面学问还真多。李书记在稿头上批道："请即打印四份交金水同志，请柬要精美一点。"字并不好，但很独特，大大的，好有劲，像故意带球撞人。

金水教练很快就拿到了制作好的四份请柬。按李书记要求，他提笔准备给那些健在的队友各写一封信。写什么呢,拿着笔,他感到有许多感慨,有许多言语,但不知如何下笔。最后,他只写了几句话,然后写上了家中的电话号码,然后签上了自己的名字,然后哭着封好了信封。

信发出几天后,金水教练就接到了一个接着一个的电话,还健在的四个人都是一接到信就打来了电话,电话中讲着讲着都呜咽起来,金水教练整整流泪了四次,有两次妻女都在场,金水教练也控制不住自己。哭后又不好意思地看了一眼妻子,因为妻子的父亲去世,他没有流泪,妻子曾不高兴地怨过他,他说他从不流眼泪的。

没几天,所有的人都准时到达,因为是市委书记和市长的请柬,下面都专门派车将他们送来了。金水教练向妻子请了假,也住进了宾馆里。

金水教练度过了几天有哭有笑充满人生欢乐和悲伤的日子。

这是如恋爱一般让人颤动的日子。是二十多年前省队的日子。

李书记带着市里的几个头脑,来看望了大家,并同大家吃了一餐饭。他热情地给大家敬酒,谈笑风生。几个老队友都对金水教练说,李书记真好,难得的好领导。

市里在15日又召开了一次研究会议,各部门都准备就绪。但是,审议日程安排时,李书记突然又想到赵天雨父亲的坟墓尚在本市,那么此次赵天雨回来,无疑要给父亲扫墓,便立即指示查找到赵天雨父亲的墓地,这项工作仍由安局长承担。李书记说,找到了墓地,派人处理得整洁一点,赵教练毕竟是对我市体育运动有过贡献的名教练。

会议被给赵天雨送什么纪念品的问题卡住了。赵天雨已是个富翁，吃的玩的用的应有尽有，怎么送？大家立即觉得这确实是个难题。本市没有什么特色产品，送给外商的东西，原则上是要有意义又有特点，让人喜欢又不能俗气。有人提出送几幅本市书画家的字画；有人说送工艺品，如本市产的天石石雕，或是木雕；也有的说送些本地产的名茶。但是，这些都让人觉得一般化。这时李书记又点了金水教练的名："这个问题，还是由金水同志想想，你同他从小在一起长大，相处时间长，应该知道一点他的喜好。"

金水教练想了想说："赵天雨小时没什么特别喜欢的东西，倒是他的父亲酷爱花草盆景，刚到村时，他父亲什么也没带，却用担子挑来了几盆花草，搞得村里人很好奇，那些花草山里多的是，觉得这家人同别人不一样。"

李书记忙问："你记得他父亲最爱的是什么花草？"

金水教练想起来了："他父亲最爱的是兰花。那时我不懂，有一次在他家我们玩球，不小心将一盆花打了，赵天雨吓得脸色发白，说我打掉的是他父亲最心爱的兰花，同我跑到山里躲了一天。"

"好，兰花高洁！我看就送两盆兰花。品种要好，市里没有好品种，就去外面买，花盆最好是明清风格的瓷器。"李书记拍了板。这一问题花去了两个钟点。

会议结束后，金水教练又被李书记留下来。

"老金，我考虑了许久，就是摸不透赵天雨先生要求赛场球的事。他是不是有什么其他意思？所以，再请你想想。"李书记苦恼地说道。看得出这事确实让李书记很耗神。揣摩人的意图，这本是官场的基本功。李书记一生就是在领会上级指示精神中走过来的，随便一份文件或是一份下级的报告，李书记本是看一眼就一目了然。但是赵天雨这个有点意味的要求，却让他一直感到吃不准。吃不准，这是做领导、干工作的大忌。

金水教练没有立即回答，李书记都想不出来，他不能一下就说自己的看法。这段时间他已开始老练起来了。他也装着苦思的样子，过了一阵子才说："也许他真只想见见大家，再同大家乐一乐，再赛场球过把瘾。"

"不会这么简单，听了你说那件事，我想他可能有深意呢。"李书记担忧地说，"这主要涉及这场球该如何打，打得不顺心顺意，就会影响情绪，影响情绪，对我们引进外资，整个工作给人家的印象就会受影响。于细微深处见精神，很重要的！"

金水教练被李书记这么一说，也真得感到很重要。他更小心："有这么些老队友能见着，我想他会高兴的。"

"难说难说，你们原省队的队员只有一半在世，年岁不饶人。"李书记摇摇头，同时想到一个大问题，"对了，只有五个人，怎么赛这场球？是不是要组织另一个队？我们市里有市队吗？"

"市队原来是有的，但是这几年不太被重视了，原市队的几个好手都改行或走了，要组织一个像样的队，还真有点难。"金水教练道。

"是，这几年忙着经济建设，对市里的体育工作确实抓得不够，头脑里也确实没有这根弦。我们市原来是个有名的体育强市，这在我到任前就知道了，当时有点想法，但是经济工作任务太重，实在腾不出手来考虑。这是欠账！"李书记不是本地干部，他是从外地调来的。说到这他突然灵光一现说，"对，赵天雨提出球赛，同这是否有关？"

金水教练不善这种推测和分析，只是含糊地点点头。

李书记沉吟着，顺着自己的思路接着说:"也许真同我市过去是体育强市有关，他在本市的全部投资，也是搞体育用品、器械和运动时装。"说到这，李书记严肃起来，"这就涉及投资环境的大事。老金，要尽快组织起一个市队，这事就交给你，要什么人由市里出面调，你负责到底。"

金水教练离开了会议室。路上，他想做个市委书记也真难。来个外商都要花这么多的精力，还有这么多的事。更何况每天每月每年还要接待不少上级部门来的人和各类领导人物，不是要花更多的心血？讲当官不操劳，真是因为无知。

金水教练回到家中是傍晚近七点钟了。他接下组一个队的任务后，就去跑市体委找刘主任商量，然后跑到有关单位去找人，因是市里的事，各单位都还好说，但是到了个人，有人就问陪外商打球是可以呀，有没有补贴。外商会不会包红包给小费呀？把这事当成"三陪"之外的第四"陪"。

所以，金水教练回到家中时，心情是很不好的。他觉得现在人变得真不成样了，这是球赛，要体现一种体育精神，怎么会提到红包小费。不过妻子说，这也没啥，人家国外一场球赛出场费就多少多少。再说现在接待外商时常举办舞会，那些被叫去陪舞的小姐不是常拿个一百二百的港币？

金水教练想想觉得也是，但又想想觉得不对，不是一码事。过去本市打球是蔚然成风，逢年过节最热闹和激动人心的是全市的球赛。当时，各单位都有自己的球队，只要是打球的，找对象都好办，姑娘们谈对象，见面肯定先问是打前锋还是后卫。那时建州市的篮球场同现在的商店一样，到处都有，小学生上学都爱手里抱着个篮球呢，如现在人手中拎个手包一样。

金水教练是在饭吃到一半时，听到门铃声响的。他没想到是吴小如来找他,忙丢下了饭碗,陪吴小如到客厅坐。

吴小如对金水教练说:"金教练,我一是来拜访你的,赵董事长多次对我讲过你。二嘛是想同你商量个事,李书记说现在只剩下几个人,要赛场球凑不够人数,他说已请你组织一个市队。我看要么这样,临时组一个市队也不易。正好我到公司时,知道赵董事长是运动员出身,而他当时会选择本市投资,据我了解是因为看中本市原是篮球之乡,有很好的体育基础和名气,另外他从小是在这儿长大的,对本市很有感情。所以,我到公司后组建了一支球队,要么由我们公司的队对你们老省队,这不是更好和有意义吗?"

金水教练感到这当然是好,他可省很多事。只是李书记会同意吗?这合适吗?

吴小如似乎知道金水教练的顾虑,接着说:"这事我同李书记说过,他让我找你,同你商量,并由你来决定!"

这下金水教练有些慌了:"不行不行,这么大的事,怎能由我定呢?要由李书记定,我没意见。"

吴小如笑了笑说:"没事的,金教练。我可以告诉你,赵董事长心脏有问题,而且很严重,是不合适进行剧烈运动的。我们公司队就可代表他嘛,这不是很好?"

赵天雨心脏有问题,那么当然是不能进行球赛,弄不好出更大问题。金水教练想了想说:"李书记同意,我没意见。"

"金教练,我来找你,还有就是希望这事由你出面同赵董事长说,这更合适,他会同意的。我去说,这不合适,我只是他的一个雇员,董事长同我是上下级的关系,赵董事长会以为我有一些私下想法。"

"这事我不能拿主意,得请示一下李书记,再给你答复吧,只是你公司队的情况怎样?"金水教练说。

吴小如得意一笑说:"我公司队你放心,我招聘人员时,就注意到这方面的人才,现在人都爱在外资企业工作,这方面人才我拉来了不少,他们平时作为公司的保安人员。"

金水教练知道吴小如说的是实情。中国现在有很多杰出人才在帮外商赚着中国人的钱,这成一种时尚,所以中国人的企业干不过外商企业,这是重要的一点。

吴小如告辞走了。

金水教练在客厅里待着,想着这是否合适,明日如何向李书记请示。这时妻子来了,问:"那人是不是原来市服装厂厂长?他找你干什么?"

金水教练说:"你认识?"

妻子答:"开会时见过几次,他是很出名的人。原来厂子很景气,他是市劳模、省劳模、优秀企业家和优秀共产党员,市里的荣誉就差我妇联的三八红旗手没给他。听说后来给外商干了,还闹了一场风波。"

"是怎么回事?"金水教练想知道。

"据说当时他也想上运动装的项目,并向银行贷款,准备引进一些设备生产国际流行的运动装款式。但是因赵天雨来投资,他当时极力反对引进这个外资项目,认为会使他的厂被冲击并倒闭,使市里失去最景气的企业,结果是得不偿失,因为外商投资市里给了优惠,可以免税三年,服装厂每年给市里上缴的利税是500多万,而引进设备上新项目后,三年就可收回投资,第四年就可逐年上缴利税上千万。结果他挨批评了,认为他开放意识不够,不理解改革开放大局,银行因外商上了相同项目,认为贷款风险太大,也不同意贷款。他也被调到市经委任虚职的副主任。

所以，当时赵天雨的一个代表来本市时，听到此事，专门去聘他出任公司总经理，每月工资是 8000 元。市里不同意，他一气之下辞去了公职，赵天雨的那位代表还在本市为他买了一套高级住宅。"

还有这等事。金水教练有了许多的感慨。

第二天，金水教练请示了李书记。看来吴小如说的没错，这个问题吴小如同李书记已商量过了。李书记说："这事小吴同我讲了，我想这也是个办法，不过只是先这么定一下，等赵天雨先生来后，你去征求一下他的意见，这事你去说会比较合适的。"

事情就这么敲定了，金水教练找到了吴小如，吴小如听后就立即恳请金水教练到公司对球队进行指导指导。金水教练也想了解一下他们球队的实力，同意了。他立即就到了吴小如那里，当然是吴小如派车来把他接去。

这还是个不错的球队，吴小如没有吹牛，他确实网罗了不少优秀的选手，其中好几个是原市队的主力。

赵天雨如期到达。

金水教练被李书记指名参加接待。因此，他看到了整个隆重的接待场面。市里五套班子领导分乘九部小轿车到达本市与外市的交界处等候赵天雨。交警车开道，公安车殿后，四个老队友也乘坐一辆小车前往。

时间是经过精确计算的。他们在上午 10 点等到了赵天雨的车队。

赵天雨从车上下来了。由于是本省最大投资商，省里的几位领导都陪同他来，也跟着下车。金水教练被李书记带在身边，有幸同省委副书记、副省长等领导握手。

赵天雨认出金水教练，走了过来，同金水教练紧紧抱在一起，两人都没言语，热泪流了出来，这是真挚的泪，激动的泪，很自然，没有一点的虚伪。

赵天雨放开了金水，看到了一溜站成一排的队友。走上前一个个拥抱，一次次流泪。所有的人似乎都被感染了，这是他们劫后的第一次重逢。

金水教练这时才发现赵天雨变得苍老了，步态有点迟缓，动作也不流利，已不是原来的那个灵活和充满魅力的后卫了。

在拥抱了所有队员后，赵天雨问："还有几位呢？"

金水教练沉重地说："天雨，许多年了，他们都不在了。"

赵天雨突然有些踉跄。他的两名随行人员立即上前，扶住了他，并给他服下了几粒药丸，解释说："董事长心脏有些问题，不能过分激动。"

金水教练被赵天雨拉上了车。两人坐在后排。赵天雨无言地握住金水教练的手，金水教练感到赵天雨的手也不那么有力和充满韧性了。时间是恶毒的。

许久，赵天雨才说："金水，都好？"

金水点了点头，泪水又差点掉下来。人生如梦。

到市里已是中午。市里为欢迎赵天雨的到来举办了一个高规格的宴会，金水教练被安排坐在赵天雨的身边。

果然如李书记所料，赵天雨要求下午就到父亲的坟地上祭奠。这种场合，省市领导不宜参加，金水教练被李书记找去，说市里全权委托金水教练陪同前往，为了工作方便，市里临时决定，金水教练升任市体委副主任，这种身份比较合适，对金水教练也算是进一步落实政策，任命立即下达。

金水教练做梦都没想到自己也成了个副处级的官，而且就是这么简单。

下午,赵天雨让金水教练陪他上了父亲的坟。坟地整理清洁庄严,赵天雨非常吃惊,听金水教练说是李书记安排,很感谢。

赵天雨的父亲也是金水教练的启蒙教练,来时市里已为金水教练准备好一束鲜花,并以市委和市政府名义带来了两个花圈。

赵天雨放声痛哭了一场。

金水教练是在当晚乘赵天雨情绪较好时,向赵天雨提起了球赛的事。

"你这次来还想赛场球?"金水教练问。

"是的,原来还真想再感受一下我们过去的日子。不过,现在这球赛不赛也行了,人凑不齐了,这是我估计到的,也是我担心的。你们没告诉我,但我心里是有准备的。我已经考虑到这可能是我这次故土之行的唯一憾事。"赵天雨眼里透出了深深的忧伤。

这种忧伤感染了金水教练,他理解赵天雨的心情。

"你是说不赛了?"金水教练许久后才问。

"能见到你们几位,我多少也知足了。"赵天雨一声长叹,"不赛吧,这个日程安排取消。我是有些老糊涂了,心里总还留着一点希望,其实我知道这也是不可能的,毕竟二十多年了,沧海桑田,物是人非,这是天意,也是规律。"

金水教练没再说什么了,一是他感到他无话可说,二是他觉得赵天雨的这个日程变动必须立即向李书记汇报。李书记是花了多少心思在这个事情上,而市里也投了不少的力量在这事上。看来大家都是瞎忙乎,这事太简单了。赵天雨其实根本没有其他更多的想法和考虑。

金水教练向赵天雨告辞后,即找到了李书记,将赵天雨的意思如实说了。李书记沉吟了很久,坚决地说:"不,不行。我们不能让赵先生有半点遗憾带回去,这是个重要原则。特别他又这么说了,这场球赛我看非打不可。"

"那这怎么同天雨说?"金水教练感到为难。

"走,我同你立即到他房里去说。"李书记很果决。

"赵先生,球赛的事,我们市里已有准备和安排,您身体不适,我们也事先估计到了,因此,这件事我们是这么考虑,由您的五个老队友组一个队,同您的天龙运动时装公司队进行一场比赛。您看如何?"李书记说。

"天龙公司有球队?"赵天雨有些意外。

"是的,有个不错的队,我去看过。"金水教练在一旁说道。

"现在市里还是保持着过去的老习惯,每个单位都有自己的球队?"赵天雨来了兴趣。

金水教练不敢说什么,看着李书记。李书记立即点头说:"对,这是本市的传统,我们是个篮球之乡嘛。当然,现在不像过去了,没有那么的热,但不少单位还是有的。我们正在考虑,准备下一段要发挥这个优势和保持这个传统,把它作为我们精神文明建设的一个重要内容来抓,重振我市的体育雄风,同经济建设结合起来。这是金水同志在我们政协会议上的提案,这次将金水教练提为市体委副主任,就是想让他把这个事情抓起来,来专门负责抓这件事呢。所以,这场球赛可算是个开头。你说要不要赛?"

一席话说得赵天雨很高兴地点点头;"这样好,那就赛吧,我将大力支持。如果下一段贵市真准备重振体育雄风,我愿意出资 10 万美金,作为发展基金。"

李书记极为兴奋:"我就代表本市先感谢赵先生的支持了!"

金水教练在一旁愣住了,他不得不佩服李书记反应敏捷。

5月20日，金水教练又被李书记找去。宾馆的会议室里，李书记召集了几个人，再次专门研究球赛事宜。李书记说："球赛明天傍晚进行，所以赛前我们还是碰个头。大家一起来考虑一下，这场球怎么个打法。赵先生这次不仅签下了3000万美金的合同，而且还正式向市里表示愿意为市里的公益事业捐助500万人民币的款项，项目由市里考虑。这么个爱国爱乡的外商，实在难得。同时，他已表示愿意出资10万美元，给本市设立体育发展基金，赛前就搞个隆重的捐赠仪式。这样，打好这场球赛意义就更不同一般了。"

　　大家都很同意李书记的话，外商很多是来做生意的，考虑赚钱和效益。但赵天雨确实是个例外，上午合同的签订基本上按市里的要求，市里原担心是否为本市的利益考虑太多了，怕影响赵天雨情绪，结果赵天雨根本不讨价还价，而且说开发区的有关道路和配套工程只要同他的工厂有关的，他愿再出一部分资。这让在场的所有官员和工作人员真诚地自发地鼓掌。这是一颗赤子之心。

　　如此，大家意见很一致：这场球赛应打出水平，赛出风格，赛球一事因是同赵先生的天龙运动时装公司队比，是否应多多照顾他的情绪，以友谊第一为主，要让赵天雨先生高兴，人家发扬了风格，我们也要发扬风格。

　　金水教练在一旁本想说些自己的看法，赵天雨是个运动员出身，赛场原是他的真正事业，如今情况虽然有变，但他如此热心篮球事业，说明他还心系赛场，应按正常赛法，而可不必考虑输赢。但见大家意见如此统一，也不好说什么了。

　　李书记最后果断地说："大家意见很好，赵天雨先生如此豁达和支持我市，是万分难得。所以，赛场上要尽量控制住节奏，适当考虑让赵先生愉快。他是个赛场老将,赛场上谁都爱赢而不愿输,人之常情,心之常理。所以,金水同志我看还是由你来控制住赛局。"

第二天一早,李书记又叫上金水教练,同时还叫了吴小如,一同去察看了球场。由于困扰多日的问题解决了,又有更意外的收获,李书记心情很好。

球场按李书记指示,修缮一新。

傍晚,球赛正式开始。因市里发了通知,要各单位组织人来,所以,观众席上坐满了人。陪同赵天雨下来的省里领导和市里五套班子领导,全部到场。

捐赠仪式搞得很隆重,也很热烈。然后开始进入球赛。

赛前,李书记特地交代金水教练,要尽可能地把握住赛局,来了这么多人看,不要让赵先生难堪。这意思金水教练已领会了。

一声哨声吹响,比赛开始。按着装分为两个队,红队与蓝队。老队员为红队,天龙运动时装公司为蓝队。

严格说来,蓝队实力是比红队差了一些的。因为,红队毕竟是原省队的老主力,大家虽长久不摸球了,但今天的情绪和气氛都不一般,内在的潜能和过去的技术都被激发出来,加上过去在一起赛球多年,战术配合默契,心领神会,这些天又练了一阵球,所以,很快就占了上风。

第一个争球是由红队抢得。金水教练威风不减当年,很快就进攻到了篮下,有一个攻球机会,但金水教练看到了李书记关切的目光,不由一时放弃了上篮机会,把球传给了黄卫东。黄卫东没有想到金水教练不上篮,结果球被蓝队截走,传给了后卫,红队队员都以为金水教练不会错过上篮机会,以为这球已得分无疑，防守也就出了失误，被蓝队后卫三步上篮，球进了。蓝队得分，旗开得胜，李书记带头鼓掌，场外自然一片掌声。

上半场的前15分钟打得并不精彩。因为金水教练明显心存忍让，而红队其他队员不能理解金水教练的意图，在配合上就总出现失误，进攻上组织不起来，红队与蓝队比分为10∶18。

赵天雨在场外似乎感觉到了问题，他是个行家，突然喊了起来："赛场无人，心中有球。"

所有的队员都一愣，目光投向金水教练，这是复杂的目光。金水教练一时感到回到了从前，他心中一下腾起一股豪气，也不由喊道："赛场无人，心中有球。"

红队全部队员都大喊一声："赛场无人，心中有球。"

比赛顿时炽热起来，金水教练一下放得很开，红队一时屡屡进攻，很快扳平了比分。这时金水教练发现每个队员的脸上闪亮起来，红队在水平正常发挥的情况下，打得灵活，富有强烈的攻击力。场上比分陡然悬殊起来：40∶26。红队遥遥领先。

这时，赵天雨叫了暂停，他成为蓝队的场外指导。他已看出了蓝队的弱点。红队无场外指导，队员们正在抹汗，李书记走了过来，对金水教练说："要注意控制，要注意影响。"

金水教练一下如从梦中又回到现实一般，惶恐地点了点头。

赛场又出现了原来的情况，金水教练屡屡错失良机，而使红队出现因意图不理解、配合混乱、没有章法的现象。

上半场比赛结束，蓝队胜，45∶43。

场间休息。李书记为红队亲自送来了矿泉水，他情绪很好。

金水教练看到了李书记，心里突然有些异样。他很想走过去请示一下李书记这样打下去行吗，但环境不允许，他也不便。他希望李书记能走过来同他说上什么，但李书记并没有过来，连看也没往他这边望上一眼。但金水教练知道，这至少说明李书记现在是满意的。

下半场的比赛很快就开始了。

金水教练总不知不觉地一直分心去看李书记的表情。这明显影响了金水教练球艺水平的正常发挥。他现在是副处级的官。从赵天雨的表现来看，赵天雨今天赛球的目标很清楚了，是想再打一场能充分体现原省队水平风貌的球赛，而不计输赢。但是，按李书记的交代，这场球尽可能应让赵天雨赢。金水教练应该服从，应该不去损害李书记的自尊心。两方面他金水教练都得照顾到。怎么打？金水教练考虑起这个问题，一时失误就多了起来。

其他队员的豪情已让金水教练的失误损害了，水平不能正常发挥。但仅是金水教练水平发挥失当，整场球赛还不会让观众感觉到什么。因为谁也没见过金水教练当年赛场上的威风和神妙，也没见过原省队的赛场威风。再说，红队都是年过五十的人组成，蓝队年龄明显年轻许多。

下半场，红队队员已明白了金水教练的想法和心思，他们可能也觉得这是可以理解的，也是必要的，所以配合相对巧妙了一些，一些失误场外人看不出来，被掩饰得较好。

球赛结束了，蓝队以87∶85胜红队。这是一个适当的比分。

观众们掌声雷动。

这时的金水教练不像过去那样会有的胜利的亢奋或失败的沮丧。他现在急着去看李书记的脸上表情。在众多的人群中，他看到了李书记脸带微笑，正满意地拍着手。金水教练才有些放心，也忘了输球，兴高采烈拍起手，一起鼓掌。

李书记走过来同大家一一再握手表示感谢。最后握到金水教练的手时，李书记高兴地说："老金，这场球赛打得不错，打得不错。"

"李书记满意就行。"金水教练说。他把这当成了球赛的标准。

球赛结束了,那些被请来的老队友完成了任务,也准备离去。原定由市里出面为他们饯行,但赵天雨对金水教练说他希望能由他请这些老友一次,尽尽心意,叙叙旧情,让金水教练安排一个只有他们6位老队友参加的告别晚宴。金水教练向李书记汇报后,李书记表示理解。于是,在第二天的晚上,6个老队友聚会在本市最好的酒楼的一个包间里。

明天就要各奔东西,这时大家那种人生悲欢离合之感又油然生起。这种感觉被酒精刺激了一下,涌动得让人无法把持。回忆、欢笑、哭泣,亦喜亦悲,几十年的一切都被浓缩在这聚会之中。

酒宴进行了近三个小时。临近结束,赵天雨起身举杯,说:"我一回想起往事,总就会想到大家,就会觉得大家当时为了我,所表现出的那份良知和情怀是万分万分的宝贵,特别到了现在这种年龄,到了现在这种生活状况,我就会越想越觉得珍贵,也感到有一种内疚,因为多少是因为我,你们吃了三十多年的苦。这次来,我见到大家都很好,我很高兴。我知道,对大家的那份情,我是无以为报了。所以,我也不怕大家见笑,为你们一人准备了一份薄礼。不管它是什么,你们都不能拒绝收下,不然我将会永远不安的。"

说到这,赵天雨把酒一口干下,接着说:"大家也把酒干下,说明同意我的意见。"

大家的目光又看向金水教练,金水教练知道赵天雨说的是真心话,举杯将酒喝下了,大家也跟着将酒一饮而尽。

赵天雨才从衣袋里拿出了6个信袋，分别递给了大家。大家都打开来看了，每个袋里装着1万美金。所有的人都愣住了。

"你们不收，我会很伤心的。"赵天雨声音有些呜咽，"这点钱对我来说是一点点的，而对你们来说，至少可以生活得稍好一点，你们各自的情况我都已了解了，都不富裕，都生活得很清苦。"

赵天雨又掉头对金水教练说："金水，你带头收下！"

金水教练很矛盾。这些钱收下，对大家来说是有用的。他知道不少队友现在家境贫寒，就拿他家来说，一直等到女儿参加工作，他家才购买上了彩电，而现有的存款才几千元，还是省吃俭用积攒下的。他一辈子的工资加起来也没有这么多。但他现在是市体委的副主任，在外事办这么些日子，也多少知道外事纪律。现在赵天雨又是真心实意，他能拒绝吗？

金水教练望着赵天雨那企盼的目光，终于默默地将信袋放进了口袋中。大家也跟着金水教练放进了口袋中。

赵天雨流下了两行热泪。"谢谢大家，谢谢！"

晚上回到宾馆，赵天雨已喝醉了。金水教练回到了为他安排的房里，怎么也睡不着。他终于拿起了电话，挂通了李书记的手提，这是李书记专门告诉他的号码，让他有事就挂个电话。

赵天雨将这事同李书记汇报了。李书记说，收就收下，这是私人馈赠，同外事纪律没有关系，更何况那些队员不是机关工作人员和干部。

金水教练才有些心安。但还是没睡着。最后，他又挂通了家里的电话，将这事告诉了妻子。

妻子听后，说："你把这事向李书记汇报，这是对的。李书记说没事，你就自己处理吧。"

金水教练说:"我们家不缺钱,这钱拿了,我很不安心,但当时不拿也不行。我想等赵天雨走后,将这笔钱捐给市里,作为市体育运动基金,这样行吗?"

妻子说:"金水,这辈子你总算做了件让我觉得爱你没爱错的事。我会更爱你了!"

原来她过去还觉得爱错了我?金水教练心里有一种甜甜的感觉,带着这种感觉就睡了。

赵天雨在市里的活动全部完成了,准备离去。

在离去的前个下午,市里为他举行了隆重的捐赠500万元人民币作为市教育基金的仪式。李书记向赵天雨赠送了两盆兰花。果然,这个礼物让赵天雨激动万分,捧着兰花,赵天雨似乎想到了已逝的父亲,眼睛又湿润了。他将目光投向了金水教练,那目光分明知道,这两盆兰花准是金水教练的点子。

赵天雨在晚上为市里举办了答谢宴会,并邀请了金水教练一家都参加。妻子果然脸色红晕地用眼睛深情地看着金水教练,那模样活脱脱是刚恋爱的样子。

吃过饭,赵天雨请金水教练同他一同去散散步。两人随意地顺着街道漫步。因为明天即将离别,那种刚见面时的伤感和恍惚如梦的无语,又出现了。

两人走了好长的路,赵天雨才开口说话。

"金水,这次来我很高兴。我要求赛那场球,一是想同大家再见个面,也许这是最后的见面,二呢我知道大家为了我是以一场水球赛结束自己的运动生涯,这对一个运动员来说是一生最痛苦的,所以,我希望再来打一次真正的球赛,让大家在老之将至时,对运动的生涯能留下更深刻和美好的印象。"赵天雨终于说出了他要求安排一场球赛的真正目的。

原来如此。金水教练有些黯然。赵天雨自始至终还保持着一个运动员的可贵品质,也难怪在国外商界他能发展,他能成功,他能把握住自己的人生。

金水教练又有些恍惚起来。他做不到,也没法做到。所以,他只能这么失败地活着。

"不过,我感觉得出来,你们那天在赛场上还是有意让球,这我能理解。因为我是中国人,在中国出生在中国长大,那种心思我懂,也非常感谢。但是,你们忘了那是赛场,赛场是什么?是战场!不论输赢这是对的,但是,必胜的精神和态度是绝对要有的。这是一种竞争意识,更高点说是个心理素质和精神意识。所以,这场球赛让我有着更深的遗憾。"赵天雨沉重地说。

金水教练只能面红地应道:"天雨。我们同你比是老了,真老了!你是真正的运动员!"

第二天,金水教练同李书记一起送赵天雨。路上,金水教练没有对李书记谈起了赵天雨昨晚上表示的遗憾。不然,他相信李书记又会为此苦恼很久。但是,从内心来说,他太希望李书记能知道,全市的人都能知道。

送赵天雨的程序同来时是一样的,他们将赵天雨一直送到了本市的地界边。

赵天雨同各位领导握手告别,最后才同金水教练无言地拥抱。在拥抱时,赵天雨偷偷地向金水教练的衣袋里,塞进了一个信袋。金水教练没有发现,他目送赵天雨的车队远去后,从口袋里掏出手帕想擦去泪水时,才发现口袋里有一个信袋,拿出一看,里面有3万美金,还有赵天雨一张便条:

金水：

  我们情胜兄弟，这些钱算是兄长我的一点心意。我一无所有，能给你的只是一点钱，怕被你拒绝，故只能这样了。

  多多保重。

天雨

  金水教练默然。这天的阳光特别好。金水教练觉得这天其实是太适合训练了。但是，他又知道，当上体委副主任后，他将同训练无缘了。

  车上，金水教练把准备将4万美金捐给市里做体育基金一事向李书记说了，要求将这笔钱当作是赵天雨捐给市里的。李书记同意了，并称赞金水教练了一通。此时，金水教练对李书记的称赞也没有感觉。他想，在他人生的后半段，他不能也不会再打水球了。

  不久，几位队友都将钱送来给金水教练，表示他们经商量一致决定，将此款捐给市里的体育发展基金。

  金水教练心里总算感到安慰，大家仍是一个出色的运动员。

  李书记指示市里报纸、电视台对金水教练和他这些队友的这一举动给予宣传表扬，并亲自写了一篇短评，给予高度肯定。市里果然拿出了重振体育雄风的意见。年底，市里被评为省引进外资先进单位的同时，还被评为省体育工作先进市，金水教练也被评为省体育先进工作者，并上报全国体育先进工作者。

原载《福建文学》1996年2期

我在岩庄做的唯一一件事

一　我关于岩庄的一个自白

应该说岩庄是我的故乡,我是个岩庄人,只不过我在还没出生之时,就被老妈怀在肚子里,同到城里去看门的老爸到了城市,而后我上了学,受了教育,就一直在城里了。小时候,我是否回到过故乡,我记不清了。但从我记事起,我确实没回过岩庄,也不知故乡岩庄究竟是个什么样子。

于是,当领导找我谈话,说因为上面有精神,每个单位至少要抽一个干部下去扶贫一年,部里研究后决定让我下去锻炼一下,问我有什么意见没有时,我说我想去岩庄,我选择了岩庄。

到了岩庄,我才知道它是一个很小的地方,只有近四百户的农家,村部是设在一个土改时没收的地主的院子里,这种院子在如今说来根本就不算什么,只不过是个有多间厢房和青砖瓷瓦的较大的建筑,而厢房多是木板隔成,内部的装修只是用了些在现在很珍贵的楠木做成的房梁,以及现在更珍贵的红木撑起的厅堂和家具。整个村部已被岁月和时光折腾成了一个破败的景象了，砖墙已有些歪斜，丛草在砖缝间顽强地支撑着一点历史悠久的痕迹，瓷瓦破碎变成黑褐色，让人感到过去辉煌的沉重与现在相比的暗淡。

由于处在闽赣山区连绵的群山之中，过去这里没有官道，乃至到现在，也只在过去蜿蜒山径的基础上，修起了一条简易公路，供手扶拖拉机走走。散建在山坡和低洼平地中的幢幢土房，是用两块大木板夹着填土垒成的，用就地取材的长木架起屋梁，然后再铺上一层土瓦。这些就是岩庄人的新居，也是几千年来一成不变的祖居。因此，这一切给我的感觉是，岩庄似乎永远停顿在一个历史的片段上。

我到岩庄后，看到四处都是黑色的古岩。我曾在它整个村落的范围里东窜西走，并且在没事的时候，特别是在寂寞的黄昏，爬上山岗或徜徉于它山中的小径，我见到的都是一些厚实和极富质感的山岩，那些是光秃秃的山岩，或突兀傲立，或堆伏虎视，或横斜凌空。这大概是村子得名的缘由。

我来岩庄，是由阿狗支书到乡里接我走着路来的。

阿狗支书的真名是周长根。我知道由于闭塞和缺少文化，这里的人并不重视所谓续接血脉和认祖标志的姓氏。村里人肯定都是有姓的，但是姓氏对岩庄来说无疑有着更多的麻烦和不便，因此，都爱简称，都使用着最简便的称呼。作为村支书阿狗，自然也就无法免俗了。根和狗的发音，在本地话中是接近的，照此推测，他小时候应是被人叫阿根。估计小时候他绝对不是个听话的孩子，所以村里人把他叫成了阿狗，等到长大，习惯了也就改不过来。

因一直没有找到可替代他的人物，阿狗在50多岁时，仍是岩庄的支书。我见到他时,他完全像个60多岁的小老头。

岩庄已无可供利用和用来换钱的山里资源了。所剩无几的林子,包括一片楠木林,已成为封闭式的保护林,村里和乡里都已无权决定是否砍伐。山上光秃秃的。县乡两级曾帮助村里种上一些树木,但是,山上的土地气数已尽一般,种上多少死多少。没有了树木,就没有林子,也就没有办法从山上再找到或发展什么了。奇怪的是这还影响了村里的其他副业,在岩庄,猪养了两三年还只长到70来斤,鸡和鸭也总是没有像样的成活率,总是养到两三个月,就会莫名其妙地死去。连狗都总是长得比别村的小,这也是我到岩庄后百思不得其解的事。我也曾为我的岩庄请过一些有文化的人来研究这个问题,但是这也是现代科学所无法认识的事情,只好归纳为此地已是穷山恶水。

所以,岩庄成了乡里最穷的村,在1986年,岩庄就被毫无争议地确定为全乡和全县的贫困村,因为它的人均年收入没有超过200元,属于特贫。

我来到岩庄时,当时地区的要求很严格,要我们扶贫干部须同农民们同吃、同住、同劳动。同吃,这是不可能的,所以我只能在村部由通讯员做饭给我吃。住呢,我住在村部的破旧厢房里,阴湿并透着一股霉味。同劳动,我根本不可能去参加什么劳动,因而无事可干,种田我是个外行,田又分到各家各户。这个时候,因为地县刚按省里部署开展扶贫工作,整个工作才起步,我是忽然下来,当时也没实际可操作的安排,只让我对所负责的村进行调整摸底,掌握情况,并含糊地说帮助出谋划策搞脱贫致富,而这些同岩庄的实际多少有点距离,我也就基本上处于无所事事的阶段,我就同阿狗支书很熟悉了,早晨我也总在村头漫步,就遇上他。于是,我同阿狗支书的对话通常都是在清晨,在迷雾散漫的田头。

大约是过了三个月后，一天，阿狗支书告诉我，乡里要开个会，我也一起要去。我问他是什么会，他说去了就知道了，八点钟一起走。于是，我在八点钟就同阿狗支书踏上去乡里的路。

二　岩庄在乡里被点名批评了

乡里的会我是开过并很了解的。虽然乡里很穷，但是乡政府大楼还是盖得不错的，是个小院，有一个不算大也不能说小的会议室。会议室里可容纳50多人，上面是主席台，分别坐着书记、乡长和副书记、副乡长，包括人大主席团主席，也是很壮观的一溜子人。下面是会场席，散坐着全乡13个行政村的最高长官和像我一样的扶贫干部。下面的秩序显然是不如上面规范。书记、副书记和乡长、副乡长等都是年富力强的干部，都是有知识和文化素养的，大多数都是从县里任命下来的，所以衣冠整洁，保持着干部应有的体面，并且同城里的干部开会一样都在面前摆着一个口杯，正襟危坐，不苟言笑。下面的村干部则散漫多了，都是村里土生土长的农民干部，衣着邋遢，绝大部分穿着拖鞋，半挽着裤腿，并将脚架在前面的椅子上，嘴里叼着烟卷，并且很随意和很放肆地高声讲话，一看就知是不受什么约束的。

会议是在九点半后才开始的。这是很通常的时间。书记亲自主持，并说了5次请下面不要讲话了，会场才稍稍安静了些，我也才知道这是一次关于加强村级基层组织建设的重要会议。会议一开始是由书记讲话，年轻的分管组织的新上任的李副书记作重要报告。李副书记是从县里组织部调来的，原来是个股长。据说他才30出头，看上去也确实年轻，穿着件夹克衫，头发打着摩丝。他的报告整整作了一个来小时。然后是书记再强调，然后是乡长再说了近一个小时,然后是人大常委会主任讲话。整个会议程序同省里、地区和县里属一条会议生产线的产品。

村干部们开会是从不用笔记本记录的,因为他们文化程度都不高,领导们的长篇讲话记录不下来,也没这个习惯。我注意观察了一下,每次开会上厕所和走进走出的人都很多的。而且各村领导一般都不容易见面,只是在乡里开会才有机会,所以会议开到后半段,下面的声音比上面的还大。村支书们都是会吸烟的,常是从前排到后排或从后排到前排地相互扔烟,形成很热烈和壮观的场面。

李副书记的报告讲了一个很严重的问题,即全乡近年来发展党员才5个人,而其中没有一个是真正的农民党员,都是乡政府的,说个别村委从1985年以来,在发展基层党员上是一片空白,有的村连写入党申请的人都没有。我知道这是报纸上不登也看不到的,但确是事实,我也知道李副书记讲的个别村是指(至少也包括了)我的岩庄。

大会开完后,下午是小会,留下了全乡5个行政村的领导人。这5个村显然是属于组织建设最后进的村。李副书记和乡党委组织委员小马参加了下午的会议。李副书记又讲了目前关于加强村基层组织建设的意义和重要性等,小马则把这5个村这几年来没有发展一个党员,没有吸收先进和优秀农民入党的事又摆了出来,特别说到了岩庄已有8年没发展一个对象。并说根据省地县三级的文件精神,乡里今年也拿出解决办法和意见,要搞量化,并纳入对村委年度的考核指标中,凡没有限期内扭转局面的,将扣发村干的补贴津费等。李副书记又说,今天在这会上留下大家,就是要大家解决这个问题才能回去,回去后还要落实下来。因为这一事没做好,将影响到今年对乡党委和政府工作的考核，县里也是搞量化考核，将这一工作纳入了乡党委年度工作考核指标中。

各村支书听说不能回去，只好表态今年一定将这一工作做好。阿狗支书也只能表态，说岩庄今年一定发展一个农民党员。这样，会议才结束。

回到了岩庄时已是傍晚7点多了。阿狗支书让通讯员毛头多煮了饭，同我在村里吃了晚饭，并让他再多弄点菜，我知道他一定想吃完饭后就同我商量这个事儿，并且还要开村委会，所以吃饭时也就不说这个事了。

果然，饭吃后，阿狗支书让毛头去通知全体村委来村部开会。各村委住得很散，到齐时已是晚上10点了。

夏季是岩庄电力最差的时候，村委会只能点上了几支蜡烛开了。

因没有记录，阿狗支书传达乡里的会议精神只能凭着他耳朵听到和脑里记着的。耳听到的，本已打了点折扣，脑里记的又打了更多的折扣，加上阿狗支书文化程度并不高，只能讲自己领会的，所以又打了折扣，这样一天的会阿狗支书只传达了15分钟就完了。可能是怕我感觉到他传达的水平不行，所以阿狗支书开会都用本地话说，我自然也就听不懂，也不知他传达了几成的意思了。

阿狗支书说完，几个村委都说了一番话，看得出来他们是在慢慢地议，有些还是不着边际，都用本地话，常是一个人有一句话没一句的，像是大家庭里在开家庭会一般。我也听不来，只能在旁打哈欠，但没人理会我的困意，会一直开到了下半夜的1点多。

会开完了，毛头也煮好了一大锅的稀饭，并在外面的圆桌上摆上了一盘炒花生米、一盘炒蛋和一盘炒肉片,村委们拿起了碗装上饭就吃起来,这是传统的村委会点心,从来都是这样的,但这在村里已算是很好的了。穷村嘛,我也是很熟练地吃起来。

喝完了稀饭,村委们抹了抹嘴就走了。阿狗支书却没有走,我知道他是有事要同我说,所以也就没回屋去睡了。果然,人都走后,阿狗支书也打发毛头去睡,同我在办公室里说起来。

阿狗支书节约惯了,只剩我们俩时,他就吹灭了蜡烛。我和他都坐在黑暗之中,只看见他吸着的烟头一闪一闪的。

这个时候,阿狗支书才用普通话同我说,他说村里已有多年没有写入党申请了,这是本村农民很不感兴趣的事。我知道这也是事实,田分到个人,加上政策又放宽,农民成了典型的自由之人,只要不违法,就没有任何的东西对他们形成什么约束。村里穷,也没任何的集体福利什么的,所以农民们也不管什么组织不组织的了。

我对阿狗支书说,这个加入组织至少是要自愿,至少要写申请,个人没这个要求,不就失去了严肃性?

阿狗支书长叹了一声,显得很无奈。但是,我知道他们已绝对商量出了对策,那种无奈是一种假装出来的无奈,是因为他仍把我看成了外人。

果然,阿狗支书说,现在只有一个人选,是吴根子,他在10多年前向组织写过申请,只是申请书不知被搁到哪里了。

吴根子是什么人?我很感兴趣。

阿狗支书告诉我,就是村东头那个全村最富人家的户主,现在在城里做生意的那个人。他这么一说,我就想起来了。

这个吴根子我到岩庄后只见过两次面,知道他才37岁,长得粗壮。他家的住宅是村里最高级的,其实也就是砖混结构的两层楼，并在县城开了个土特产商行，做起了小老板。回村时总是骑着一辆摩托，很是引人注目，我从村里人的嘴里也听到了多次，村里人是很羡慕他有钱的。

阿狗支书提出这个人选，我一下就明白了他们心中的一些小九九。这种在外赚钱的农民，怎可能再回村来做些村里的事呢？而发展这种人入党，既可完成任务，但事实上是徒有其人，这样也就不怕有人进入村干系列，同他们争权。

我不便明确表示反对，我说十多年前写过申请，说明他只是在那个时候有加入组织的愿望。现在，他的整个情况变化了，又在外做生意，是否还有这种积极的要求？再说，他目前的思想状况我们都不清楚，将他定为培养对象是否合适？

阿狗支书做出一副愁眉苦脸的样子说，你刚下来，村里的情况不了解，现在去动员谁写申请，人家都不愿意，我们想了半天也真没合适的。再说，去叫人家写申请，这不是去求人吗？这样做村委还有什么脸面做事？另外，根子是村里唯一的一个高中毕业生，文化程度是村里最高的，这没人比得上。

我听了心里不是滋味。我不再说什么了。

三　我开始认真了解根子

在下来扶贫时，说实在的，我同地区下来的不少年轻人一样，是抱着一个相同的心思，反正就一年的时间，只求无过，不求有功，然后再回到机关，继续机关里那平淡而等待一级级上提的日子。像我这种在机关待久的年轻人，因见得太多也知道太多，已变得是没有多少想有什么作为和朝气了。因为待久了，就知道没有背景，没有天线，又没有那套讨好领导拉扯关系的特殊天赋，那就靠熬，靠一声不吭，老老实实按领导怎么说就怎做，让时光的流逝和年龄的变老，来培养自己的资历；让不断地吃点亏又不找领导麻烦，等着领导哪天突然感到过意不去了，正好又碰上了别人腾出位置，就一级级地补缺。在这种心态和那种死板的干部制度下，也没有什么机会让我们可能有太多发挥自己主动性和才能的时候，一切工作更多的是靠布置安排，然后按部就班，也不需要你太多的才能，只需反应正常一点，再灵活一点，就足以应付了。

但是，我在这时意识到，我事实上找到了一个能让我一试自己能力和能发挥一点作用的机会和地方，虽然只有一年时间。

这时候，我正好按乡里的布置，在进行全村贫困户的情况调查。地区扶贫制作了一种统一的调查表，要求我们要一家一户地摸清情况，我借机在走访村民时，有目的地了解根子的情况。说来可笑，我是想找到一些充分的理由，来阻止阿狗支书发展根子入党。但是，在同村民的交谈中，我却开始改变想法起来。

岩庄的村民，对根子都有很不错的评价。有几个特贫户在我对他们提起根子后，居然充满了感激之情。一个完全丧失劳力的村民告诉我，这几年来，他家基本是靠根子给他一些救济才能活下来的，根子每次回村，都会来到他家，给他留下一点钱，或送来一些生活用品与粮食。没有根子这种关照，他说他可能已饿死了。我说乡里每年不是有一定的救济款和救济物质下发？他说，那款他一年只能拿到50元，救济物质，他根本没见到过。一个家里有四个强劳力的村民说，他家在分田后，田少人多，四个儿子如四头老虎，所以家里穷，儿子娶不上媳妇，是根子将家中分到的田包给他家种。本来，一般这种包种，是要负责保证人家的口粮的，但根子不仅不要，还在他们完成上缴村里定量粮的时候，每年补给他家200元。不是根子，他家根本没法过。还有一个村民告诉我,他老婆一次得了重病,要送医院没钱也没车,一家人哭着等着人死,根子正好回村,知道后,用他的摩托车将病人送到了乡卫生院,进行了抢救。乡卫生院只能先稳住病情,说要送县里手术,根子又从乡里租了一辆车,将病人送到了县里,照顾到等他们家人赶到才走,并付清了治疗费。到底花了多少钱,根子不肯说,只说等以后有钱再还吧。

这些事让我很震惊,不说根子是如此有情有义,就冲着这几件事,我感到如收集一个先进典型的事迹一般。

我听到的全都说根子好,不管是男女或是老少,这大大出于我的意料,也使我对根子有着浓厚的兴趣了,我于是也清楚了他同阿狗支书的一些关系。

根子在高中毕业后,是以几分之差落第而回到村里。回村后,他在小学里当过民办教师,干了半年,他不干了,向村里提出要承包几口鱼塘养鱼。但是,鱼塘已被阿狗支书的一个堂弟所包了,村里要鱼,都是从他堂弟这鱼塘里买,价格比市面上还贵,有时才两尾,但是到村里算都是算五尾,他堂弟赚了不少村里的钱。所以,虽然他提出的基数极高,但是鱼塘终究没让他包下。后来,他只好种了一段时间的田,不久,不知是为何原因,阿狗支书主动提出,让他当了村里的民兵连长,这时根子常往村部跑,帮着做了不少村里的事。后来,出了一场风波,阿狗支书堂弟承包的鱼塘,不知被谁放了毒,毒死了全部的鱼,阿狗支书极为恼怒,说这是破坏政策之事,要根子去查,并列出了几个嫌疑对象,让根子抓人到村里来审问。根子说没有证据,不能乱抓人,要抓也是乡里公安的事,拒不执行。阿狗支书撤了他民兵连长,让他堂弟当了民兵连长。他堂弟带人抓了几个人,到村部私刑逼供,那几个人家人找到了根子,要根子帮他们代写告状信。

根子写了，并告诉了他们要往什么地方告，结果这事真告中了，县里的一位领导批示下来，公安局派人到村里将阿狗支书的堂弟抓走了，判了他三年刑。这事本是阿狗支书要负一定责任的，但是，他堂弟咬住不松口，将责任全揽了下来，阿狗支书也就没事了，几个受害者家属不服，又找了根子，据说根子又帮他们写了信，告到了地区，县里和乡里后来有人下来查，并找根子了解情况，根子说了很多村领导的一些事。这事最后是阿狗支书写了个检查，也就不了了之。

这些事，阿狗支书并没告诉我，也不可能同我说，我到这时才恍然大悟，根子当时没有被发展入党，准是阿狗支书阻拦的。我明了阿狗支书的用心，他既然在乡里表了态，那么他当然表面上要推出一个人选，而这个人选从村里找，阿狗支书并不放心，也感到困难，真如他所说的，找人写以后村委如何做事？这体现了他的心思，他把这事当着实际上是万分重要的事。因此，他选择根子，他有一种很成熟的考虑：根子是个个体户，又在外做生意，那么这种人选提出，乡里可能通过吗？而且他也许已估计到我首先就不会通过。这样，到了最后，他仍能交这个差，他出了人选，是你们上面没通过。退一步说，即使我和乡里为了应付完成任务通过了，根子在外，也不会回村，因为他就是让根子不会回村的最充分理由，而这也没影响什么，最多根子捞了一张党票而已。这是一个很周密的考虑！

四　我是在这个时候进入了角色的

我是个典型的岩庄人，但我不是典型的岩庄农民，我的思路同阿狗支书当然就不同了。

早晨我也早起，迎着初升的太阳，我又来到了村头。我又同阿狗支书在村头上进行了一次可说是将改变岩庄历史的谈话。我直接进入了话题。我说支书，我想过了，全力抓住吴根子这个对象，这是有许多可利用的价值。

阿狗支书眯着眼看我。我说，第一，现在乡里有硬的要求，这是大势所趋对不对？第二，村里总是被认定为后进支部，这也是事实对不对？第三，形势迫人，我们村应扭转劣势，尽可能改变不利形势对不对？所以，吴根子的价值就在这里，他目前还是岩庄的农民，这是其一；其二他现在是岩庄最富的农民，因此有一定的条件；第三从全乡和全县来看，发展富起来的农民入党，这还是头一个，这就有典型性。有这几条，如果我们发展了吴根子加入组织，那么支书你说不定还有上县里介绍典型经验的机会，这可是个大新闻和大冷门呢，是条了不起的经验！

阿狗支书有些不知所措地看着我，我这么突然地转变思路，让他一下有些反应不过来，他似乎有些心存顾虑地看着我，但我知道他的顾虑是什么。我接着说，这次再没发展一个党员，也是我在这里扶贫很丢脸的事，现在农村情况很复杂，我只能从这方面来考虑，这还是件有意义的事，所以我也就想通了。我只能故意说得隐晦，他感觉到我的表面心思就行了。

果然，他笑了，显然按我的要求理解了我的意思，被我说动了。

阿狗支书点了点头，将目光投向了村子，村子已升起袅袅炊烟。

阿狗支书同我回村部，他告诉毛头，去他家里说一声，他要到县城一趟。我知道他准是去找吴根子了。

我和阿狗支书找到了坐落在县城闹市区内吴根子的商行。商行装修得人模狗样的，有点气派，茶色玻璃配铝合金的门面，里面也有点现代公司的样子，外间很宽敞，坐着几个如花似玉的县城小姐，吴根子的总经理室是在里间，虽然小些，但办公桌挺大的，桌上有电话。吴根子将身子埋在一个大的皮靠椅上，见是阿狗支书，他有些惊讶，又看到我跟后头，他才站起了身。

阿狗支书有些拘谨，我倒不会，说，吴根子，我同支书来城里办事，是顺带来找你，有点事的。

阿狗支书这才说，根子，你到底还是我们岩庄人，这次来是想找你谈，是关于你加入组织的事。

什么组织？吴根子没反应过来。

阿狗支书说是入党的事，十多年前你不是写过入党申请？

吴根子明白了，但他冷冷地一笑说，那是多早的事，现在提它干什么，我现在做生意，也没给村里贡献，再说也不想回村了，这个加入组织的事，还是让支书你定村里其他人干吧。

他这种态度会影响我的计划的，我在一旁马上接上话说，吴根子，你以为这是村里分东西，说让人就可以让的吗？加入组织是很庄重和严肃的事，村里定下来，就是认为你合适。你想想看，没有党的政策，你今天能致富吗？你现在得到一切好处，是靠党的政策，你别过河拆桥。

吴根子一时说不出话来，愣愣地看着我，他对我是比较敬畏的，出来做事后，他长了些见识，知道像我这样有知识文化又是上头派下来的干部，可不同岩庄的村干部。他许久才说，要不等过几天回村里，再说这事好吗？让我想想，然后我去找你们吧。

这样说是最理想的。我知道阿狗支书此次来，无非是有两个目的，一是探探吴根子的虚实，为他认为根子不会回村找到一点有实感的保险；二嘛也希望根子这种态度让我领教一下，让我最好再改变主意，不同意根子作为人选，由我同乡里说那不是更有说服力。

我同阿狗支书是傍晚回到村里的,阿狗支书没有一点不良感觉的脸,让我证实我对他心理的分析和把握是准确的。我这时感到要顺他的心思放点烟雾,就故意不高兴地说,支书,把这种人发展入党,我心里还真有点不对味。态度就不行,又在外做生意,能起什么作用?

阿狗支书又摆出了一副无奈相,说问题是只有他在过去写过申请。你还有认为更合适的吗?

我只好苦笑,装着确实没办法的样子说,算了,我不过是来扶贫的,这事还是你定吧,要不是有任务,我才不去管他的。

阿狗支书就回家了,心情很好。

我还是在村部吃了晚饭。毛头在我吃饭时突然问我,入党要几岁才能加入,得有什么条件?我说满18岁的公民和拥护党的纲领章程的人,都可以申请。他说就这么简单?我说具体操作起来就不简单,还有许多东西呢。毛头就说你有没材料借我看看,你说我合适吗?我这时才明白,毛头是有想法了。我说你想入?毛头说,你们开会说的我都听到了,既然没人愿入,这个机会不如让给我,我入党了,就不会一直当通讯员。你是上面下来的人,帮我说说。这几天我一直想找机会请你帮这个忙呢。

我在村部里住,是毛头煮饭给我吃,并常帮我洗洗衣服什么的,我一时不知说什么好。只好把党章等有关材料,拿给毛头看。这至少使他有几天会不看那些很庸俗的充满了色情和凶杀故事的杂志。

五　根子同我进行了一次决定性的历史会晤

吴根子果然在三天后骑着他的摩托回到了村子。

那是傍晚时分，根子嫂来到村部，她是个在村里打扮比较清楚的女人，是村里唯一戴首饰的女人。我到村后，从来很少同村里的妇人打交道，自然也没同她说上过一句话，所以见到我，她很有点不自然，只说根子让她来请我到家中去，让我一定要去。

我知道这个时候来请，必定还有到她家吃饭的意思。我正想同根子聊聊，他能真的回村来，这让我很高兴，说明他对这事还是认真的，对我还是尊重的。我爽快地答应了，说我立即就到。

根子嫂见我一口答应，连推辞客气也没有，感到意外，又感到高兴。

我告诉毛头，晚上不必准备我的饭。毛头用小眼睛看了我一眼，想说什么，但没说。

根子已在门口等我了。他很小心地把我引进了他家的楼上，我看到楼上厅里已摆好了一个小桌，上面放着我久违多日的一些好菜，这无疑是根子从城里带来的。

酒喝了一会，菜也吃了不少，根子才把话题说出来。

根子说那个加入组织的事，我想过了，你能不能放过我这回，我现在不想当村干，也没想入党，我考虑过了，还是别选我吧。

我此时放下筷子，因限于我的身份，我先同他说了一通入党的大道理，然后才说了一些私下的话。我说，根子你现在是发财了，有钱了，但是在我们这个社会，有钱并不代表一切，一个人有钱只表示了他在社会上有一定的经济地位，但是人的生活中还有很多，譬如政治地位呢？你是靠什么有钱的？说到底是靠党的政策，还是靠政治，一个政治上不图上进不图发展的有钱之人，是个不能说聪明的人。所以，你的眼光要放长远。再说，你现在的条件很好，你致富了，是带头靠勤劳致富的农民，很能在我们

189

这种贫困村成为瞩目之人。这次考虑到你，是因为我们了解到你还是守法经营，又在十多年前就有加入组织的愿望，所以才选你。你想想，在经济上你有基础，在政治上你能发展，两全其美，你还会吃亏？我是同你讲老实话，你说呢？

吴根子听后，有些被我的推心置腹的表面现象所感动。他忙说，陈干部，你来村里的时间也不短了，还不知道村里是个什么样？当时我想加入组织，是感到这也是我的一种发展，同时真想为村里做些事。阿狗支书他有什么水平？但是，他因种种原因挡住了我，这些事我也不愿多说了。我是一气之下才跑到外面去做事的，当时心里真痛苦，也真不愿这就走了，但是没办法。我知道现在有点钱算不了什么，还是被人看作个体户。你说的我也想过，只是没这么透。但我真不想再讨个没趣，阿狗支书他能让我入组织吗？

不能不说我很违背原则，我这时说，你怕什么，现在还有我。

吴根子说，我知道像你们这种有水平的干部，同阿狗支书肯定是不同的，我想过了，想了好几天。我入了组织，就要干些事，至少给村里干事。但村里现在已不是过去，都让阿狗他们给弄坏了，能干什么，要资源没有，要路路不通，要电也不行，再说，现在田分到各家，村里一穷，就更难干了，讲话没人理，也确实无法让人理你，没给村里做什么，没让人家感到有利益，开个村民会都没人来，开一次还要给个误工补贴，才有些人来，讲什么人家也不太听，太松散了。现在政策对有地利和其他优势的村子，是个大好事，但对我们这种穷山村，反倒有个反作用，人更散，心更散，聚不起来。所以，我也怕。另外，我的生意刚做顺手，我也没时间去考虑其他的事。

吴根子这一席话，更坚定了我拉他进组织的决心，原来我还当他是个个体户和生意人，不想他心中还有纯正的一块领地，他对整个村子的大的东西，还是有着很深的思考。他不是个简单的岩庄农民。我认为要发展人选，就是要这样有头脑的比较优秀的人。

我说，根子，你对岩庄还是有着故土之情和乡土之恋的，这使我感到你的条件更具备了。村子的情况你有想法，有见识，如果岩庄人都像你，岩庄还真有希望，岩庄也不会这么穷了。你不要有太多顾虑，这次我是真心地来同你谈。我在这里至少有一年时间，只要你真想主动加入组织，按你的情况，我会尽力也有时间来让你不失望的。村里情况你是很了解的，你想想看，你不去努力争取，那么总要发展人选，你是这里土生土长的人，你愿意再看那些对岩庄一点用处也没有也许还有更不好结果的人进入组织，再来领导和指挥乡亲，让岩庄永远没起色下去？你现在在外，日子好过，当然可以不理这些，但是，岩庄还有这么多人家，还要传宗接代，一直这么落后，这么穷成吗？

吴根子默然无语，许久才说，我是感到我太无力了，所以我才走。现在我即使加入了组织，这对岩庄又有什么用？你们发展我，又有什么意义？

我说，你能想到这点，我太高兴了。我敢向你保证，你会有用的，对岩庄也真有用的。

真有这么重要和必要？根子不解地望着我。我点了点头。根子有些动心了，说问题是我十多年前就没有通过，现在还行？

行！我说，加入组织有人是奋斗了一辈子，死后才被追认；有的人是要求了几十年，才被通过。这才说明真心实意，才更有意义呢。

吴根子终于同意再补写一份申请。我后来又同他喝了许多的酒,这个晚上我喝得有些醉意,但是喝得很舒畅。不过严格说来也喝得很没原则。

第二天一早,我起得较迟。但是,起来后我到村头,同阿狗支书又有了谈话。他见我就问根子的事,我知道我去根子家吃饭的事,毛头肯定同他说了。我很坦然地说,根子同意写申请了,申请一交来,我们就要研究,就应上报,这事要抓紧,阿狗支书没说啥,只用眼睛复杂地看了我一眼,这一眼包含了许多意味。

六　同阿狗支书的第一回合较量

根子的申请是第二天叫根子嫂送来给我的。我拿到了根子的申请,就去找阿狗支书。阿狗支书家在村西头,我还是第一次到他的家。他的房还是土木结构,但是面积很大,原是村里最气派的,但是被根子盖的砖混结构比下去了。在我的岩庄,住房的好坏大小,是一种个人生活穷富的代表,而这也常决定一个家庭的实力强弱,也难怪阿狗支书心里有很强的失落感。

我说根子的申请写来了,同他谈了一次,也算过得去,是不是抓紧就在今天研究一下,然后上报乡里。

阿狗支书点上了一支烟,慢悠悠地说现在情况有点变化了,毛头也写来了申请,昨天晚上就交了给我。这真是半路杀出个程咬金。

那个觉得入党就可以不当通讯员的毛头?我一下就明白阿狗支书心里开始有了较大的变化,这无疑是我对发展根子入党过分热心和到了他家吃请的缘故,这使阿狗支书有了一点想法和怀疑。我说,有人写申请,这是一个很有起色和了不起的变化,说明我们岩庄有觉悟的农民和热爱党的农民还是很多的,那就一起研究吧。

阿狗支书很爽快地就同意了,说就定在晚上吧。

晚上,党员们都到齐了。会议开始。一开始,我就说了话,我知道必须把握住今天的这个会,必须要公开我的倾向性。我说,今天是个党员大会,主要是研究入党人选问题。如何在新形势下做好农村基层党组的工作,是新时期的一个重要任务,也是我下来扶贫时所要做的工作之一。特别是我们贫困村,这个问题是个关键。我开始正儿八经地抬出一些大的道理来。我不能有所含糊。

阿狗支书也说话了,他这时用普通话,说同意我的意见。但是,现在发展谁这更重要。说到这,阿狗支书又改用了本地话,我这时完全听不懂了,这是我的一个致命的弱点,它几乎使我失去了对这个重要会议的控制。好在我已想好了对策,以不变来应万变。所以,我任由他们用本地话来商量,稳稳地坐在那里。

果然,他们用本地话说了许久,最后决定用无记名投票来确定人选,这是一个表面看来很公正和民主的做法,也是常规的做法。阿狗支书用普通话告诉我他们研究的结果,我立即表示反对。我说,这个做法当然好,但是,具体问题要具体分析,这是我党一贯的原则,也是之所以取得胜利的法宝。就现在的问题来看,我们要解决一个问题,就是首先要考虑人选是否合格的问题。发展党员,同民主选举干部有一定的不同,党的最高原则是民主集中制,在党章中也有明确指出,对申请对象,要看条件是否具备,对象是否成熟,才能考虑作为人选,不是说谁写了申请,就可以拿来民主表决,以得票数多少来确定的。这也是组织的惯例。拿根子和毛头两人来说,我们先要考虑的前提是,谁比较合适和成熟,确定人选后再来投票决定。从许多方面来说,根子的条件是比较成熟的。而毛头,他在这种年龄有这种上进心,这应该给予肯定,但是毕竟他才18岁,还年轻,各方面条件离发展进入组织还有一定距离,所以同根子相比,他们两人不能相提并论,也不能作为相同的无记名投票表决人选。

阿狗支书听了我的这番话,脸色很难看起来。

下面默然无语,大家都看着阿狗支书。

我没想到是已过70岁的老支书旺伯,也就是毛头的爷爷这时会出来帮我扭转了整个局面。这位土改干部,多年的村支书说话了,他说陈干部说得有道理,这事是个很认真的事,毛崽太小了,他不懂什么,是不合适,要放在以后考虑。根子这些年是发了,但是他回村对大家都很好,不像有些人,发了就看不起村子的人,我同意就讨论根子这一个人选。村子里现在太穷了,是要找些能人来,我们都是党员,要考虑的是村子里大家的事。不能让人笑话。

旺伯是个很有威望的老人,他这一说,其他村委和党员都同意了。阿狗支书终于无奈了,他不说话了,他只是眼睛不解地看着我,我为何对根子的印象会转变这么快。是因为吃了根子一餐饭?如果不是,那么我的想法是够他想上后半辈子的。

我是个讲究策略的人,我也不想给阿狗支书太难堪,所以最后提议对根子进行无记名投票表决,给阿狗支书一点面子。我知道,这里村委和党员都不是很有主见之人,他们想的也不会很长远的东西,这时投票,不过是个形式了,他们准会同意的。

果然,经投票,根子获得了11票,共有3票反对,这3票肯定是阿狗支书和他几个亲信的。

第二天,毛头很迟才做了早饭,而且早餐只有一个咸菜,他吃饭时也不等我,自己先吃完就走了。我知道他又听到了昨晚会议的全部内容,他恨我,给我一点颜色看。我无所谓,我不是一个没吃过苦的人,小时过得就够苦了,长大了拿工资,早晨吃自家的稀饭配咸菜这也是常事。我只对自己的嘴巴表示安慰,等回机关后吃会议伙食时再补偿吧。

七 一切开始按预计的想法进行

按照程序,经支部大会通过,根子正式成为考察的对象。我自然成为他的介绍人和考核人,但是这必须是两个人才行。于是,我又一次耍了个花招,找旺伯作为人选,旺伯在村里的党员中是党龄最长、威望也最高的,旺伯若能成为根子的介绍人和考核人,乡里是没问题,而阿狗支书也只能敢怒不敢言。

我是在一个上午找到了旺伯家的,旺伯虽然是70多岁的人了,身体很好,思路也敏捷,我将目的一说,他就点头了。他说我是个上面下来的人,论水平能力肯定是村里最高,同村里也没什么个人利害关系,知道我是真心为村里想,他相信我。这使我很受鼓舞和感动。

这些事全做好后,我专程到了乡里一趟,找小马和李副书记汇报情况。

我如实说了关于发展根子入党的情况,并说了我已在村里表示过的想法,小马和李副书记一下就领会,并赞许说我的考虑是周到的。但是,李副书记也提醒我说乡里接到了署名岩庄群众的信,说我是吃了根子家的饭,被根子拉拢腐蚀了。我听后一笑说,这种饭在地区常吃,要被拉拢腐蚀,早就腐蚀了。小马和李副书记被我这么一说也笑起来,对我有种更亲密的感觉了。这些基层工作的人,我是很了解的,这么说反倒会使他们觉得我比较成熟和世故,也比较有人情味和见过大世面。

不久，乡里进行了入党积极分子培训，我通知了根子嫂，让她通知根子一定要如期参加培训，根子直接从城里到乡里参加了学习，没有回村。三天之后，根子回村了，并带来了一个县报道组的记者和李副书记的一张便条，李副书记指示我接待这位记者。原来，这位记者刚好到乡想找点有关农村基层组织建设的材料，采访李副书记时，李副书记谈到了乡里改变过去的思路大胆发展致富农民入党的事，讲到了根子，这个记者一下感到有文章可做，就跟下来采访了。

我接待了这位记者，我感到这是一个迷惑阿狗支书的一个难得机会，我把全部的功劳都归给了阿狗支书，大谈根子在多年前就如何要求入党，致富后仍不忘党的恩情，热心帮助村民，而以阿狗支书为主的村委是如何考虑引导致富根子的上进，将吸收致富农民入党作为新时期村级基层组织的一个重要工作。我还提到了旺伯，说这位党龄比我们俩年龄加起来还长的老村支书是如何支持，并自愿作为根子的介绍人和考核人的。我建议记者去采访一下阿狗支书和旺伯。

记者果然兴趣极大，去采访了阿狗支书和旺伯。我不便陪同前往，也不知他们谈了什么。只是记者后来回村部同我一起吃饭时，笑了笑对我说，这应是你的功劳，那位支书是绝不会有这种思路和想法的人，他基本上还是 20 世纪 70 年代农村干部的水准。倒是那位老人家，还真是有着老党员的风范。

这位记者是有新闻头脑的，他回去后居然写了一篇长篇通讯，在省报的头版发了出来，省报还加了编者按，说发展致富农民入党，是个很值得思索和引人关注的问题，特别是在贫困村，如何搞好基层组织建设，这篇报道给人提供了个典型云云。我已记不太全了。这是我预计到的。只是这位老兄，在报道时泄露了一些天机，他按我的介绍，写了阿狗支书和旺伯，但也把我给写了一截，显然是采访根子时他了解到的。我看到后心惊肉跳，特别是讲到扶人，这是阿狗支书最敏感的问题，弄不好会让我前功尽弃。

好在阿狗支书的初中文化程度可能有些水分，加上他从未被记者采访并被如此隆重上省报，他居然没有注意到这个关键性的东西。村里也没多少人读报，能读的也同阿狗支书水准差不了多少，他们不如城里机关干部那么多的敏感和疑心。阿狗支书由此对我的态度又好起来。在一个清晨，他又主动同我谈了话说，一切都被你说中了，岩庄是历史上第一次上省报。他似乎很佩服我了。

我终于同阿狗支书实现了表面的和解。这也是下面基层干部比较厚道的地方，阿狗支书不是个太坏的人，他的水平让他坏也坏不到哪里去，这是我感到更为悲哀的地方。相比，我应该主动承认，我不是个地道的人。

倒是毛头这小混账，他这些天对我态度有所改变，在吃饭时突然问我，扶人是什么意思？我被他吓了一跳，忙说你读过书，有句名言叫十年树木百年树人，扶人就是培养合格党员人选的意思，这是公文里的简称，城里人都爱用简称，如我在地区机关，我那个部的部长姓宫，两个副部长一姓马一姓庄，我们在称呼他们时，都爱称宫部（弓部）、马部（马步）、庄部（桩步），大家开玩笑说我们单位是个武馆。这一说让毛头笑得饭都差点呕出来，说那简称你不就叫陈干？

省报登出的东西，引起了县里的重视，正好县里要开一个关于农村工作的会议，就打来电话给乡里，要乡里对发展致富农民入党一事准备一个材料，在会上发言。李副书记打电话把我找去了，要我来整理，我也没推托，就到乡里住了几天，这几天的伙食由乡里负责，很改善了一番，要不是怕被他们感到我太没水平，我这份材料真想写上他妈的半年。

八　我又同阿狗支书交锋一回

农村工作本就有阶段性，如一些旅游点一样有淡季和旺季之分。这时，上面对扶贫工作有了比较全面的认识，也比较客观地要求做好这一工作，认为要弄些比较实的东西，并提出扶贫不是救济，因此给各贫困村下拨了一些扶贫贷款。这个贷款直接下乡到乡里信用社，自然是无息的，手续要求也较严，要贫困户报出具体用款项目，经过村委审核报乡扶贫办认定，才能领回款项。

本来，乡里已将意思表达得很清楚了，不是救济，是贷款，贷款就要还的。但是，我不懂阿狗支书是如何传达乡里意见的，岩庄人都认为这是救济款，纷纷要来申请表。可笑的是，全村除了根子家没填表外，其他都填了表交了上来。这使我在最后的审批上同阿狗支书又发生了一次冲突。

按乡里的分配，岩庄贷款总数是控制在6万元的规模。我的想法是，对那些确实拿来投入生产项目的贫困户，款数可以适当的多点，那么这样一算，6万元只能分到150户至200户之间。因此，在交来的表格中要剔除近一半。

开头，对剔掉几十户无还款能力诸如五保户或丧失了主劳力的人家，这方面我们意见还是比较统一的，因为若出现无法还贷，将由村里负责，阿狗支书对这一条还是明白的。但是，到后来要再剔除一批时，就卡住了。大家的项目不是稻田养鱼买鱼苗，就是买牛或种果树，也有写买猪崽的，情况都差不多。

阿狗支书是这时发话的，他说先保证村干部再说，他们是村里的主要骨干，按上面要求要先带头脱贫致富。我看过那些村干的申请表，包括阿狗支书的，都是写500元，最低也写了400元。其他的村干我不懂，但阿狗支书要这500元我知道绝不是用来搞生产项目，他的项目上写买牛，事实上他家里已有一大一小的两头，他是想要这500元来给儿子娶媳妇用。

我知道在他们的认识中，这种款虽是说贷款，但是，到时大家不还，你乡里有什么办法？敢像过去地主那样逼债？要从村财政扣，村财政本就是赤字，你又能扣个啥？说到底是国家损失。我说，这次贷款是僧多粥少，国家能拿出这些钱来是很不容易，也不是救济款，所以，在这种情况下，是不是村干部发扬一点风格，先将这些款落实到村民，这样没有分到的村民也不会有意见，也是村委为帮助村脱贫致富的一个实际行动，等明年应该还会有，那时再落实到村干的，也就不迟了，村民们也不会有话说，这有利于工作。

阿狗支书不同意了。他说村干也是贫困户，怎不能要扶贫贷款？我们村这些村干是同别的村无法比的，乡里只补贴村支书、村长和会计，每月是50元，不足的由村里自己贴，村干的津贴由村里视情况来定，我们村定得是最低的，所以村干没有积极性，有这个机会不显示一下当村干的同村民不同，以后谁还有积极性？村里工作就更没人来做了。

我第一次在阿狗支书面前显得没有了口才。我知道他说的是事实，从另一方面来说也有道理。但是，我知道这些村干再穷，也比村民们好，村里定下的各岗位津贴，一个村干部每月至少可拿100元至150元，也就是说一年可比村民多收入1000元至1500元。这笔钱看是小数目，但在贫困村，是笔大收入。虽然村里财政是赤字，不能每月兑现，但到了年终，对这种贫困村，县乡两级都会给村里一定的财政贴补，这钱一下来，他们就能拿到。

我说，不管怎么说，村干的情况是比一般村民好些的。再说，这次贷款，如果我们这么做，会给村民造成一种错觉，以为是救济款，工作更不好做。

不行，村干部一定要保证。阿狗支书把对我积了一段时间的恼怒全发泄出来了，你可以不管村干而管村民，我不行，我不管村干，以后这支书还当得下去吗？我在村里还能指挥得动人吗？你是上面下来的干部，下来一年你就走人，你可以不管这里面复杂的关系，但我要在这里待一辈子！

阿狗支书终于发了火。

说来也不该，面对比我年龄大一倍的阿狗支书，我也忍不住了。这是在机关工作中被宠坏的自尊心的作用的结果，像我们这种地区干部，到了县乡从来是很受人表面尊重的。我说你知不知道我也是岩庄人，我的祖父是过去西头的老二叔，我来这里是自愿来的，完全是为了岩庄好。这是我的故乡！

我说这些话是有效的，阿狗支书有些吃惊地望着我，你是老二叔的孙子？你爸是牛崽？是本地人，在这种落后的农村是有着一种奇妙的效果。

我爸小时是放牛娃，这我知道。是不是叫牛崽，就不清楚了。到了城里，用的是全名。但阿狗支书说的肯定不会错，因为岩庄人没有不知过去村里的老二叔的，就是我祖父，他是岩庄的第一批土改干部，任过该村的农协会长，1953年这里闹匪时，和我祖母一同被土匪杀害了。据说死得壮烈。所以，我爸自小是个靠烈士抚恤金养大的孤儿，长大后也是靠在地区当了领导的原同我祖父一同闹革命的一位老干部的帮助，进城成了非农业户。

我发过火后也后悔了。心里也平静下来了。我突然有种自嘲，有必要这样认真吗？那几百元的扶贫贷款能解决什么问题？真有用吗？这不是个什么大是大非的问题，我确实不过下来度过一年就要回去了，再说给村干就给吧，他们更有能力还款，而不使国家受什么损失。这么一想，我也释然。

但有意思的是，过了不久，乡里贷款批下来了，结果有一位村委，在乡里取出了钱后，就直接到乡里的一家小饭店，自斟自饮，痛快了一番，并在回村时，在市场上砍了10斤肉挂在肩上回村。这事乡里知道，又批了村里一通。

九　我私下说服了根子为村里捐了一笔钱

山里的暴雨是很可怕的。它连续下了几天，给岩庄带来了一场怪异的山洪。岩庄人的土墙是经受不住这种山洪的，房屋大量地倒塌，田被淹没，当然整个乡里的不少村庄都受害，全县和附近的几个县都出现了灾情。

因水土恶化，岩庄是重灾区，地势低的土房全都倒塌或被淹，有三分之一的农产严重受灾。灾情在和平时期是头等大事，立即受到了各有关方面的重视。省地领导闻讯后就赶了下来，村里接到乡里通知，说领导要到岩庄来慰问灾民。

阿狗支书此时变得很老练，他立即找我商量，说能不能帮助整理一份全村受灾情况的汇报材料。这是我应做的分内事，我二话没说就照办了，详细地列出了掌握到的有关受灾实情和一系列数据，然后交给了阿狗支书。

到岩庄的是省里的一位副省长，地区来了一位副专员。两位领导都带了农、林、水、电和民政、卫生等有关部门的领导，想现场解决一些问题。我在机关待久了知道如今这种层次的领导对灾情是充分重视和关心的，也是不会含糊的。这是实情，会出一些问题，常是在基层这一个环节。

那天天气已开晴了，日头很毒。灾后出现这种天气，更毒。许多来不及处理的污水污物和动物死尸，被烈日一晒，就很容易引起流行病传染的。我建议阿狗支书立即组织村民清理一下，但他不同意，说要让领导看到实情和感受一下灾情，这对村里有好处。我想他是想为岩庄多争些支持，也就没多说了。

副省长和副专员等领导认真地察看了受灾情况，副省长的心情是很沉重的，特别是看到了那些阿狗支书介绍的站着无语的一片群众，我看他眼睛有些湿润，他立即指示县里和乡里，尽快拨出专款，让卫生和防疫部门，清理一下环境，确保灾民不受疾病危害，他还强调这事必须认真做好，出现病害，要追究领导和有关部门的责任。

副省长是在简陋的村部听了阿狗支书的汇报。阿狗支书汇报时，我才发现，他将受灾情况夸大了一倍。这种数据按惯例是不会复查的，乡里也希望灾情重些，这同过去报喜不报忧形成一种反差，如今受灾是多报忧而不报喜，是基层一种时尚。我在一旁自然不便说什么。

应该说我这次的汇报材料是写得有些不足，这种不足，无意中害了阿狗支书，所以，当副省长听完灾情汇报后，又问了村里现在和今后将采取什么具体措施来开展灾后自救，进行生产重建，力争减少损失时，阿狗支书傻了眼，他那种水平是回答不出的，而实际上他头脑中也想都没想过这事，只想着能从上面拿到多少的救灾款和救灾物资。

副省长还是很了解农村基层干部的素质的，虽然不悦，但也没表示出来。他出了村部，见到了站在外面的村民，他走上前去，讲了几句，说代表省委省政府，向灾民们表示慰问，并请灾民们相信，党和政府对灾民们将负责到底，将通过各种渠道，来具体解决灾民面临的一些生活困难。同时希望灾民也能发扬自力更生的精神，自行开展灾后自救工作，配合政府做好整治灾后环境和恢复生产的工作。

村民们木然地听着，两眼望着副省长。整个场面让我感到外面站着的不是一群人，而是一片向日葵。我的心里充满了一种深深的悲哀，我的岩庄百姓！

这次水灾，使原已破旧的村小学整幢教学楼倒塌了。时已近新学年的开学，村里无钱重盖。这是一个很严重的问题。但是，这么重要的事情，阿狗支书根本没有考虑在内，是小学校长找到了我说，给阿狗支书反映，阿狗支书让他去找学区和教育局，他无奈才找到我。我听后就想到了岩庄的那些可怜的孩子，那些可算是我的弟妹的孩子，我对校长说，你马上写一份报告，我盖上村里的印，我们去县里和地区跑跑。

第二天，我就同小学校长踏上了去县里的路，来到县教育局。县教育局局长是认识我的，因为我在地区跟着部长多次到过县里，多次见过这位局长，他也陪同过我的部长视察过县里的一些学校。他很热情地接待了我，听了我说明的情况，他告诉了我一件事，说去年岩庄小学就被列为危房，当时县教育局就下拨了一万元专款下去，但这一万元专款却被村委挪用了，为此被通报，村委写了一份检查，就这么完事了。按照规定，出现这种挪用情况，将在五年内不予考虑再拨款项了，所以岩庄小学今年不能再予拨款。我听后怒火腾起，我问校长有无此事，他痛苦地点了点头。我知道发火无用，只能对局长说，现在是特殊情况，规定当然要执行，但遇上特殊情况，能否变通一下？另外，你若按规定来执行，受害的是那些贫苦的孩子，你忍心吗？能不能考虑一下？局长面对我是没办法的，我是上级主管部门的人，他无法用官场上的公事公办的言辞来应付我，他终于说，这次上面在救灾款中有下拨一块给教育，但我不能多给你岩庄，不然别的地方会有意见，也不利于以后规定的执行，我只能以救灾款形式戴帽一笔给到乡里，先寄放在乡里，等你学校动工了，才能下拨到户，给你三万吧。这已是很慷慨的数目了，我只能干谢万谢。

三万元是不够的，按报告预算，需十五万元。我出教育局后，想到了在团县委任职的一位同学，他现是团县委书记，我找到了他。他见到我，埋怨了我一阵，说知道我在这里扶贫，等着我找他，但是一直等到现在，怕是有事了，才来。我已没同他客套的心情，就说，只怕找你会烦。他说什么事，你说。我说了情况，他考虑了一阵，说这是公家事，解决下面困难，你运气好，正好团省委希望工程为我们灾区筹到了一批专用于解决灾区教育的捐款，必须落实到贫困灾区的教育上，你那里条件具备了，我能帮你弄两万！但是，这个款是不能乱用的，你需要监督落实到位，不然你要害我丢了职务，还要成为千古罪人。我说这款若一分钱没用到学校上，我以后每月工资都由希望工程派人代领，一直到还完。

之后，我又带着校长来到了地区，我找到了部长，同部长说明情况时，说希望他同地区教育局打个招呼，能否下拨一些。部长被我说的情况震动了，他拿起了电话，挂到了教育局，地区教育局有这方面的款项，立即同意给五万。还短五万，部长想了想说，我让部里再发动一下地区宣传口为岩庄小学捐一次款，必须让孩子们准时上学。我立即到秘书科说，这个月工资不必汇给我了，全部作为这次捐款。我真想多捐一些，但实在力不从心。我是拿工资的人。

宣传口的捐款共一万八千多元，其中每位部长捐了五百元。我心里说不出的有一种被彻底净化的感受，他们每人为灾区已捐了两次款了。

这样，近半个月的奔跑，我为村里小学共筹到了近十二万的款数。还差三万多元，我已无能为力了。校长对我说，这个数字已够开工了，你已经尽力了，我真想替孩子们给你下跪，感谢你！说完，他泪流满面，一个50多岁的男人，像孩子一样地哭了。我也真想哭，为了我的岩庄的孩子！

回村后，还缺三万元的事，成了我的心病。这时，根子来找我，拿来了一张申请。这次他家没受淹，但是猪栏和用土垒成的围墙被山洪冲走了。他想借此机会将围墙用砖砌起，并再扩大点面积，盖上几间房子。他说用地申请阿狗支书不批，乡里关系他都有，只要村里盖个印，其他事好办。希望我能帮个忙。

我就在这时突然有个想法。我说，根子，你准备了多少钱？他说想再投三五万的，搞一搞。我说，你的孩子是不是在村里小学上学？他说是。我说你家房是不是也够住？他说够是够，但以后村里批地会更困难，这次受灾，村里干部不少都乘机多要了一些面积，他也想要。我说，你不是一直说想为村里做些什么事？现在重建小学还差三万元，你能不能借给学校先用用？

根子一时没说话。许久才说，要说借给学校，这不是不行的，但是，你不知道，你走后上面的救灾物资运来了，是各地捐的。到了村里，这些东西就被阿狗支书全挑了一遍，新的好的衣服、被褥、鞋子什么的，都被村干先挑走了，他们数量上不敢多拿，表面上看是同村里人拿的一样，让人没话说。这样的干部，我钱借给学校，以后找谁还我？你又是干了一年就要走的。

我再次吃了一惊，这个阿狗支书，他永远是个农民！我知道根子说的肯定是真的，阿狗支书会这么做的。我久久无语。

可能我的脸色很难看，根子说，那算了，我那批地的事就算了。

我这时才说话，根子，同你说的事我知道你很为难，三万元不是小数目，你不同意我也能理解。但批地的事，还是真算了，你不要学他们，你很快就要加入组织，这种事不能干。

校长将这次为学校筹款之事，在村里家家户户中传开了，他对我的溢美之词使村里人对我一下无比敬重起来了。

几天后，根子突然来到村部找我，他对我说，你为村里学校的事我听说了，那三万元我想过了，同意借给学校。

我听到非常的高兴，我说，你不怕还不了你？

根子说，这钱我已没准备收回来了。我服了你，也服了你的那些领导和同事！我下定决心。

我这时又有了说来不好的念头，我说，根子，既然你已不准备拿回，为什么不捐给学校呢？你一直想为村里做些事，现在是个时候。岩庄现在最需要的是什么？是孩子们应受良好的教育。你知道吗，当年甲午海战日本将中国的赔款是用于什么？用来建学校100座！连侵略者都懂这点，而我们呢？你现在的住房在村里是最好的，也够住了，那围墙可建可不建，这钱花了也就花了，不如就为村里的孩子提供一个好校舍，这不是更有价值和意义？

根子听得很入神，想了想说，你是我见过的最不一般的人，你说的事我相信是正确的，我就听你的。行，这笔钱就捐给学校！

我在岩庄为根子搞了个隆重的捐赠大会。我跑到了乡里打了个长途请我的部长,他是地委常委,能来规格将是够高的。我说三万块是小数目,但是这里是贫困乡贫困村,捐款的是一个并不算大富的贫困村的农民,意义比那些富裕之地的30万捐款还要大。部长立即就同意来了,他说这确是不同一般的捐款,他一定来。有部长这块牌,我就很容易地请来了县里的书记和县长,还有县委宣传部、县教育局和乡里的领导。

捐赠仪式由县长亲自主持,部长来时还带来了地区新闻单位的记者们。部长亲自给根子颁发了捐赠证书,并讲了话,高度赞扬了根子的捐赠,县里领导和乡里领导也讲了话。老校长让全体学生向根子致以崇高的敬礼,并让两名少先队向根子献了花。根子感动得流了泪,到他讲话时,他只说一句,我今天真正明白,人有比赚钱更重要更有意义的事可以做,也应该去做。

听了根子讲这句话,我在下面泪水也流了下来。我没想到根子能讲出这么深刻而有哲理的话,这话已表明我的岩庄终于有了希望。

十　阿狗支书请我去他家里吃一餐饭

在这一系列事情结束后不久,根子被发展成为预备党员。而此时我在岩庄的时间仅剩下三个月了。

这天,我正好在村部,乡里来了电话,要我第二天到乡里开会,就我一个人去。打电话来的是小马,我问会议是什么内容,他说是关于村级班子换届的事,乡里想召集我们这些地区下来扶贫的干部,先向我们摸摸各村班子情况,听听我们的意见,做些前期准备工作。

放下电话,我看到毛头就站在我身边,他显然很想知道电话的内容。他见我放下电话就问,是乡里的吗?要开什么会?阿狗支书要去通知吗？

我说是找我的，这会只我一人去。

他显得一脸的失望，然后走了。我知道他准是去找阿狗支书汇报去了。

果然，等他回来时，他告诉我，阿狗支书叫我去他家一下。这时候已是快吃晚饭的时候了，我一下明白，我可能要赴一场阿狗支书的鸿门宴。

到了阿狗支书家后，我问，找我有事吗？他笑了笑说，是请你来吃餐饭的。我一直不知你是牛崽的儿子，你的母亲的表姨是我表叔的弟媳，我们说来是亲戚。我和你父亲小时还经常玩在一起，我们是一家人。另外，你过不多久年限就到了，也要回去了。我们村委准备给你单位寄上一封感谢信，并给你写上一份好鉴定，这都是要搞的。你在地区大机关工作，这对你今后前途是有用的和有好处的。

我说这千万不要。鉴定是要写的，但是由乡里搞。阿狗支书立即插话说，乡里搞也要征求村里的意见，以村里意见为主的。我说，你不知道地区机关的事，我下来不是挂职锻炼，是因为要从各单位抽人，而我在单位资历最浅，年龄最小，所以我自然而然地作为第一人选。

阿狗支书嘿嘿笑道，这个我当然知道，正是需要锻炼才要下来，村里给你写上感谢信和鉴定还是有用的。

这时，阿狗支书的胖老婆送上了酒和菜。看得出来，这顿饭阿狗支书还是放了不少血，有鸡仔炖红菇，腌肉炒辣椒，红烧草鱼，两种新鲜蔬菜，一碗蛋汤。酒是四特酒。

他既然说和我是亲戚，我吃起来也不别扭了。

喝了一会酒，阿狗支书终将话题引向了他今天请我吃饭的本意。他说，你快要走了，我在这村里也干了许多年支书，不好干呀，现在快要换届了，我在上届就同乡里提出年龄大了，不想干了，但乡里说找不到合适的来替我，让我再干一届再说，你看在村干里，谁比较合适，帮我建议参谋一下。

我这时有些可怜他。我觉得也应借这个机会劝劝他。我说在岩庄这里当支书，是比较辛苦的，也真不容易。这里可说是一穷二白，穷吧，是集体经济垮了，集体收入没有，村民们除了种田，无其他收入，日子过得很苦；白呢，是地处山区，但却没有山区应有林木资源优势，另外水、电、路这些基本建设和基础设施上，也是处于低水平，要想在短期内迅速富裕起来，真不容易。问题是，现在形势发展很快，农村政策也很活，你再不想些办法赶上去，农民意见很大，村委工作也交代不过去。

阿狗支书插话说，是的，我是辛辛苦苦干，不是我不想把村里工作搞好，但你们这种上面下来的干部可以看得出来，是真没办法。这里客观情况就是如此。

我点了点头，装着很同意的样子。我说，现在农村产业结构发生了巨大变化，农村的发展已同经济的产业革命紧密结合起来了，所以在现在农村，粮食虽是个基础，但是，发展已不是以田为主了，必须同整个经济的变革相适应了，像岩庄这种以田为主的农村，当然也就不行，富裕不起来。这是社会发展和历史发展的变革结果，不是谁或哪届村班子的责任。所以，你也不要太过于难过，你不想干，我觉得还是对的。要承认人都有他的历史局限，也有他相对的历史的责任，能在一定的历史条件下尽了一定的责任，也就行了。不可能要一辈子对多变的历史负永远的责任。你想退下，这表明你对现在变革的历史已负不起相应的责任，那么不如让给能负起这个责任的人。

阿狗支书当然还是明白我的意见，有些失望地说，你们这些地区干部是有水平的，想的东西同我们是不一样。只是你说村干里谁能来接我这个班呢？我想了许久，想不出个人选来。没有人选，乡里还是要我干的。

人要了解自己，真是比了解别人还难。阿狗支书还是认为自己行。我说，村里的村干，要说合适接班的，我观察了很久，真还没有。这时，我看到阿狗支书脸上露出了笑容。

我说完后举起碗又同阿狗支书喝了一大口酒，酒劲很大，也很辣口。我装着有些醉的样子说，我们是亲戚，所以我今天说了真心话。

阿狗支书说你记住我们是亲戚就好了。

我不想再待下去了，就起身告辞，装着已半醉了的样子说，我吃饱了，回去了。

阿狗支书把我送到了门口，我离开了他家。外面天色很黑了，山风吹来，我真有点酒劲上涌的感觉。走了很远，我回头看到阿狗支书还呆呆地站在门口，我明白他今天请我的意思，我也明白他今天因没有达到目的很失望，但是我宁可让他失望而不想让我的岩庄父老乡亲一直在更大的失望中生活着。

十一　我终于做成了在岩庄的唯一一件事

第二天，我到了乡里，岩庄这块由李副书记和小马来同我谈，还来了一位副乡长，所要了解的是几个内容：一是对村现班子的评价，二是对村班子主要干部个人的评价，三是推荐认为合适的人选。

我虽同李副书记和小马很熟，但这时是公对公的谈话，所以这种谈话也就不宜在我的这篇小说中全部表述了。我只说，岩庄现班子是很弱的，乡里对他们的情况比我更清楚等等，然后郑重地推荐了我认为的人选——吴根子。对村班子和阿狗支书的评价，李副书记和小马都是会意一笑，但是推荐吴根子，这使他们吃了一惊。

李副书记沉吟了一会说，这个人不错，很灵活，也见过世面，年龄也合适。只是他长期在外做生意，是个体户，对党的方针政策接触少，了解也不多，让他来挑一个村的主要担子是否合适？

副乡长也说，根子才是个预备党员，按规定是还不能在党内担内领导职任的。

我知道我推荐根子是会有阻力和风险的，在我的整个岩庄计划中，这最后的结果是我无法把握的，我只能争取。我说，你们说的，我都很慎重地考虑过了，岩庄目前是一定要有强有力的村班子和强有力的一位领导，才可能有改变现状的希望，这是有目共睹的。阿狗支书人总的不错，但年龄太大，任期也太长，在整个观念和意识上是跟不上发展需要，在工作已染上了村级干级的一些不良习气，必须换下来，但在现有的村干里，我认为是没有一人可能会超过他的。根子是个体户，长期在外做生意，按说发展他入党，本来都不是很合适的。但是，我力争让他加入组织，用意也是在为岩庄培养一个人选。他对村里极有感情，也想为村里做点事情，在外做生意，使他在思想意识上比较开放，接受的东西也多，个人的能力素质也受到一定的锻炼和提高，这对岩庄今后发展有好处的。虽对党的农村政策他不很了解，但这补课是容易的，再说农村村这一级是比较特殊的岗位，只要对他把握得好，他绝对是个好苗子的。至于他是预备党员，目前还不能担任党内职务，我是这样看的，他可先作为村长人选来选举，在岩庄暂不设置支书这一职务，先让他干上一段，合适了让他兼任，这里面还留有余地。这既放开让他干，又对他有所约束，假如确实不合适，还是有办法制约他的，不会带来不良后果。因此，预备党员反而是我们在这次考虑他作为人选的一个有利因素，不让他一步到位，是因为有规定，这也不影响他的积极性。

李副书记仍显得很犹豫。我接着说，让个体户来当一村之长，这可能在你们这种乡里没有先例，可能也是会引起不同意见的。但是，对这种贫困村，在这种现状下，不采用一点超常规做法，是很难突破的。现在我们在发展中都在讲要大胆，要超常规，这村长若是选错了，也就是一村之长，不怕会带来什么变色或变质问题，更何况，我们对他还有着强有力的约束机制。

这么一说，他们又笑起来了。

我也笑着说，主要还是看乡里的决心了。

李副书记点了点头说，好，这个意见我会建议乡领导考虑，大胆使用一些干部，也是现在干部制度改革的一个方向。但这事还是比较重大，我们还要向县里请示一下，征求一下意见。

这时，小马说，这里面还有个问题，像吴根子这样做生意的人，他愿回村来干吗？不要我们一厢情愿，弄出个不好影响出来。

他是个挺厉害的人，毕竟是搞组织工作的。这才是我真正担心的，我真还没同根子谈过。但我说，我有把握说服根子回村，正因为我感到有把握说服他，我才会这么认真地推荐他。他若肯回村，也说明我们没有选错人，这也是个考验！

我的运气也不错，这时，正好碰上县里一位分管组织的副书记下来，这个时候县里领导都会下来走走，了解一些情况，以示对换届工作的关心和过问。这位副书记正好是原来的组织部部长，李副书记的老上级，李副书记将我的建议向他汇报请示了。他表示了很大的兴趣，立即要求同我见面谈谈。于是，在乡里请他吃饭时，我被叫去作陪了。我同他也认识，他同我的部长关系极好，又是老乡，我陪部长来到县里，他都要来看望部长一下，并陪部长吃上一餐饭。他见了我后，说原来是你，我还不知你到这里来扶贫呢！怎么也不到我那里坐坐？你这个小陈！

副书记接着说，你在这里的事，我听说了，你为岩庄干了不少实事，这次的建议非常之好，我们准备采纳，把它作为一个改革农村基层干部选拔制度的一个尝试。个体户入党，担任主要村干，为农村脱贫致富、改变面貌出力，这是多好的事，你们乡党委要有这种头脑和眼光，要多向地区干部学学，在观念上要变一变，这是大好事，也是今后一个好思路。

有这位副书记的支持和表态，乡里又留了我几天，让我介入具体的筹划。最后的方案是我提的，我毕竟是党的干部，为此，我提出了一个更合适的方案，将岩庄村村长人选，拿来公开招聘，这一方面省了不少比较复杂和不便说明的东西，另一方面使我的提议变为是一种乡里改革用人制度和加强村级班子的具体举措，同时这种公开招聘，也使像阿狗支书记这样在基层干了多年的村干多少有些退下来的理由，我预计，阿狗支书是不会应聘，村长菇仔，也不会应聘的，他们没这水平和能力，将无法具体提出一些村里发展的思路。而根子将由我来说服他主动应聘。当然，这点是不能同乡里说白的。

十二　根子回村应聘了村长

我一回村，过了没多久，李副书记和小马来到了村里，我当然知道这是来宣布在岩庄公开招聘村长的事。由于事先已打过电话了，阿狗支书张罗得很卖劲，全体村干和党员在李副书记到村后不久，全都到齐了。阿狗支书让毛头去弄了一些好菜，他知道这次是很难得的，乡里领导已多年没到过村里吃饭了。

然而，他的热情很快就没了。李副书记端出了我在乡里设计的全都计划，说根据阿狗支书曾多次主动向乡里提出，他年纪偏大、任期也太长、愿主动下来的实际情况，乡里按照当前农村改革的实践，决定在今后逐步实现对村级干部实行公开招聘，然后再经村民选举通过，不再采用过去由乡里或村委推荐候选人的等额选举办法。乡里今年决定先在岩庄初步实施，搞个试点，对村长进行公开招聘。他接着说了一通实施这一改革措施的重要性和意义，以及做好这一工作的必要性。

李副书记说完，小马接着说了，他主要是详细地说明公开招聘的一些原则、方法和应聘人应具有的条件及在任内应达到的基本目标，并解释说这有两个好处，一是能实现能人治村，同时强化责任心和任期压力，能者上；二是又能增强村民的监督机制，没有作为、不为村里着想就要下。同时，也给聘用者以更大的治村治穷的权力，保证他能按自己的想法来开展工作，但又必须是按照党的农村政策和县、乡两级的安排部署来执行。

这一做法一说出，所有的村干大吃一惊，这是他们在做梦中都没想到的，我看到阿狗支书整个脸色变青，但很快就挂上了一个干笑，他带头说话了，他说："乡里的这一措施是很符合农村改革形势的，也是一个好办法，古代就有张榜招贤，现在连厅级干部都公开招聘，我服从乡里决定。只是有几点意见想说说，供乡领导参考。第一我们村是个穷村，村里是否有人应聘，这是个值得考虑的事，若没人愿做，那么到时将怎么处理？第二如果有许多人应聘，那将怎么办？村里谁不知道谁，大家的水平、条件都差不多，这又怎么办？第三，应聘要经村民表决通过，如果都没过半数，那么又怎么办？"他在这时还是一下抓住了要害，说到了点子上。这正是我想侥幸绕过的几个问题。

李副书记将目光转到了我身上，他是希望我来答复这些问题。但我是不能说话的，我避开了他的目光。李副书记只好自己回答了，他说："这些我们考虑过，现在是搞试点，是尝试，当然有许多不周到的地方。是否有人应聘，村干可以带头争取嘛。关于候选人问题，我们搞的不是无条件的，必须具备一定的条件，才有资格来应聘，还必须有方案嘛，这点村里和乡里都要把关。至于表决，我想要相信群众，群众是有头脑的。"李副书记回答这些问题，还是老练的。

下面是冷场，没人说话。阿狗支书脸上仍挂着干笑，说道好吧，既然是上级精神，我们这届村委会积极配合，站好最后一班岗，帮助做好这件事。

李副书记知道再说也没什么意义，就做了最后指示说，这件事希望村里党员干部要多向群众做好宣传工作，这是一件大事，要抓紧抓好。

李副书记和小马吃完饭就走了。阿狗支书留下了来开会的人，继续开会。我虽是参加了这个会，但是我一句也没听懂他们说什么，而阿狗支书也不理睬我，最后他们讨论了什么，有什么结果，他都没同我说。散会后，他很快就走了。

毛头是个投机的家伙，他听到了一切，准是感到阿狗支书也没什么靠头了，他开始来投靠我了。吃晚饭时，他问我，你真听不懂本地话？我点点头。他说："他们下午开会说的，你一点也没听懂？"我说："是的，你全听到了？能不能告诉我一点意思？"毛头说："可以，但是我这次帮你，你也要帮我，若新村长选出了，你帮我说说让我继续留在村里,当通讯员。"这没问题,他手脚勤快,头脑也简单,当个村通信员还是合适的。为了掌握阿狗支书的心思,我同意进行了这种交换。毛头于是说:"他们说这是对村里工作的全部否认,要拧成一股劲,不让你得逞,全部村干都不准参与应聘,也动员村里人不要理睬;让乡里做不下去,让你也难受一下,等你走后再说。"

我已猜到是这个结果。阿狗支书想造成这种局面,让乡里只能再任命他继续干下去,他全都想对了,就是没把根子考虑进去!

阿狗支书第二天就让人将乡里意见告诉了村民,并将招聘公告和有关事项张贴在村里的几个地方。整个岩庄一下议论纷纷起来了。我不便出面了解情况,又找到了毛头,我很严肃地对他说,这是考验他的时候,他想继续当村里通讯员,就必须现在开始工作,帮助我收集一些村里人的反应,并要保密。不能说出去,我这种做法也是非常不地道的。但我知道我只能这样了。

根子是打电话从他老婆那知道消息的,他终于回到了村里,并又请他老婆来叫我去吃饭。我这次拒绝了,我说你让他吃完饭后,在村边的河边等我。为了同他谈这次话,我这些天故意每天晚上都在河边待上一段时间,假装散步。

我是像地下党接头一样,在河边等到了根子。他见了我,第一句话就说起了公开招聘村长的事,他说这太好了,很开心和高兴。

我却一脸苦恼说,这有什么好,弄不好其实会反帮了阿狗支书巩固政权呢。根子听后吃惊地望着我说,怎么可能呢?这不已表明乡里对他不信任,要他退了吗?我说你真没头脑,你想想看,村里这种样子,谁会主动出来挑这个担子?村里有谁合适来挑这个担子呢？这着棋是着险棋，它的致命处在如果没人主动站出来，那么乡里将无法收场，并且到最后只好再回到任命制上。平心而论，村里谁又能有阿狗支书的优势呢？谁能取而代之？最终支书还是他当，一切努力也就白费了！

根子被我一说，马上就明白了，他的脸色一下暗淡了，说这不是换汤不换药？我说何止是换汤不换药，会让阿狗支书更得意和神气呢！

根子想了一会，问我说难道没有办法？

我摇了摇头说，目前没有。我已知道，阿狗支书已同他的村干想好了一个可怕的对策，即村干中不许有人应聘，让这次乡里的计划流产，这样还会带来很多的副作用，乡里以后就不敢轻易动些点子，会让村里在很长时间里，仍是被他们所控制，并永远没有希望下去。这几天，他们也开始做村民工作，想在最后造成即使有人应聘、在村民的投票表决中也不能通过的事实，这是很阴毒的，但也是有效的。

根子急起来了，你不能阻止他？

我说这如何阻止，他都在暗里活动，那些村干又都是听他的，并知道他下了他们也要下，利益都合在一起了，反倒是我孤军奋战。再说，他们利用的多是亲缘的关系。

根子被我说得没话可说了，他无比黯然地低下了头。我见到时机已差不多了，说道，现在只有一个办法可以解决，只是也是实在的难。

根子眼睛一亮说，什么办法？你说出来："我也许可以尽力，我相信我在村里还是有点人缘的，村里有不少人，我还是说得动他们的。"

我点点头说："我想了很久，能为岩庄尽力的人，应有三个条件：一是他有文化有头脑有点子不自私，二是他有能力有群众基础想为村里做点事，三是懂政策懂形势能适应目前发展需要。你是村里唯一一个高中毕业生，又长期在外做生意，见识广，年龄也轻，还有你多年来帮了村里人不少忙，大家对你反映很好，你做的一些事，我都了解了，最关键的是你还很正直，有为家乡尽份心意的责任感。所以，现在只有你站出来应聘，也许有希望变劣势为优势。"

"我？"根子惊讶极了。

我说："你自己想想看是不是。你是阿狗支书他们唯一没想到的一个人选，他们以为你不会舍得丢下手中的赚钱生意和机会，回到村里来；其二他们认为即使你想回村，乡里也不会同意将一村主权交给你一个个体户。所以，只有你才有力量对他们进行一次回击，并令他们措手不及。"

根子许久才说："这个也是，只是……我手中生意是不便放下的，我自己也没想过村里事要怎么做，这些年来，我的心思都放在生意上。我生意也才起色，我回村怎么合适呢？"

我知道根子会拒绝的。不拒绝他就不是根子了。

我说："你说过一句话，人有比赚钱更有意义的事。回村，是难为了你，你要放弃你个人的生意和利益，个人的损失是巨大的。但你想过没有，你现在已是党员，不是一般的农民，目前也只有你有能力来帮村里做点事，你不回村，村里将变得更没希望，这是你愿看到的吗？你目前当然不愁吃穿，但人除了解决自己的吃穿问题，是否还是要有一点应有的社会责任感和义务感？"

这……根子想说什么，但说不出来了。他内心矛盾是激烈的。

我接着说："你不回来，我也不勉强你。人都有自己的活法，也不可能要求每个人要如何的高尚和有很强的责任感,并要他做出牺牲。只是,我已想不出更好的其他办法了,也没其他办法了。我反正也要走了,只是我为自己的家乡和故土悲哀!在这块土地上,居然找不到一个能为她做出一点牺牲的人。她将一直贫穷,一直落后下去,不知到何时,她才能富裕。"

根子咬了咬牙说:"你真觉得我合适?我行?"

我心中暗喜说:"我知道你真行!"

根子说:"但我只是个预备党员,还有我真还没对村里的事好好地想过呢。"

我说:"这个我已想好了,预备党员这不是个问题,我可以建议乡里将村支书位置暂缺一下,村里交你负责,至于村里的事,我这段也有考虑,我还有点时间,可以帮你筹划。"

根子突然笑起来说:"你其实早就想好了?"

我也笑了说:"是的,但我凭什么要求你主动做出牺牲?"

根子说:"那好,我可以下这个决心,我回村应聘。只是,你告诉我,你对村里的事是怎么考虑的?"

我说:"乡里已同意聘用者将对村干实行聘任制。你有权找一批你认为合适做村干的人。另外,村里其实有个资源可开发,我找人验过了,那山上的石头都是上好的花岗岩,现在城市建设和室内装修正热着用花岗岩,所以,村里可以此来壮大集体经济实力,搞些石材企业,由此来启动。你做过生意,外面路子也广,这更合适你。"

根子点点头说:"这想法是不错,但是这需要投资,资金怎么解决呢?还有路、电和运输,这都需要大量投资。"

我说:"我想过这事了,村部现在很破旧了,是村里唯一的集体财产,它的用材是楠木,还有不少的红木,这些是很值钱的东西，可以拆了卖掉，这样就可先有些启动资金。另外，电的问题，我找人也了解过了，毗邻的乡电力供应有富余，可向他们买电。路吗，这是非要修的，可算在投资内。这样投资是大了些，钱也不足，但可申请贷款，我可以帮你跑些关系，你这里是贫困村，项目好，可以说服农行贷款支持。另外，办的企业还可享受国家对贫困村办企业的免税优惠，资金不足部分还可考虑同别人合资来办。"

根子惊奇地看着我说："你原来早就深思熟虑过了。"

我说："也不是，是这段时间，我才花了点心思，我只能等有合适的人选，才可能会去想这些问题。"

这个晚上，我同根子谈了很多，我几乎倾尽了我的谋略，帮他设计了应聘的方案，并提出了较合适可行又对村民和乡里有吸引力的任期工作设想和发展目标，还有村里村干班子组成和如何运作等等。等这些谈完，天已透出了曙光，我感到这是我在岩庄待过的最美好的清晨。

根子在这个时候突然说了一句，他说："其实你是比我合适多的人选！"

我被他如此一说，心中有着无限的愧疚。我自己无疑是太合适了，这点我很清楚，也绝对自信。但是，我可能说服自己留下来吗？人说服别人总是比说服自己容易。我这时得承认，我终归是个劝人无私但还是比较自私的人。

我苦笑着什么也不说。

十三 不得不做的有关交代

一切都按照我的设想实施下去了。我终在这扶贫的一年里，为故乡做了唯一一件事。这件事因我做的不是很光明正大，也采用了一些很不好的手法,所以我也就一直不好说了。我离开岩庄也是悄悄的,只让毛头将我一封简短的告别信在我走后交给根子。我同时很守信地对他说:"你可以继续当村通讯员,根子同意了。"

我是在雾蒙蒙的早晨告别岩庄的,我心中既充盈又空荡,既轻松又沉重。在村头,我遇到了仍背手转悠的阿狗叔(他这时已不是支书了),他见着了我,干笑地说,走了,不会再来了吧!

我说:"不知道也说不定。"他不说什么了,就转悠走了,瘦小的个子,在迷雾中若隐若现,像个不安分的幽灵。

我又回到了按部就班的机关。我知道在那里我是不可能再干在岩庄干的事了。

原载《福建文学》1999年第2期

人猿之恋

哥伦博士把吉普停在山脚下,因为放眼望去,前面就是著名的拉普拉亚热带森林。

这一片森林透着一种怪异的气息,站在它的面前,人的视野中竟会渐渐出现一片五彩缤纷的神秘幻象,如面对一个大门正开启的巨大宝库,它会使人莫名其妙地紧张起来、激动起来。

当然,作为一受过高等教育且学有所成的人类文化学研究专家,哥伦博士深知那种幻象绝对有物理学的原因,他并不是被幻象的神奇所吸引,才来这里探险的。

"亲爱的,我们到了目的地了!"哥伦博士对在车上的妻子阿芭拉说。

"感谢上帝,再走一段路,我会给颠死的!"阿芭拉疲惫地从车上下来,但脚才着地,她嘴里却大声惊呼起来,"哥伦,我看到了在森林的上空,有一片光彩,太美了!"

哥伦微微一笑说:"这下总算不虚此行了吧?亲爱的,我没骗你吧,这个地方很有趣,对吗?"

哥伦同阿芭拉才刚结婚一个星期,结婚前,阿芭拉请求哥伦无论如何要带她到一个有趣的地方旅行。哥伦正在进行关于人类起源的研究,他从一个考古学家那里获得了一个四千年前士雅古猿的头骨化石,经检测,这个化石所体现出的智力,竟是现代人类的三至四倍。这样,哥伦有了一个设想,他问明了这个化石是采自拉普拉亚热带森林后,决定到拉普拉实地考察一趟,因此,哥伦决定把阿芭拉一同带来,做一个有意义的考古旅行,他答应了阿芭拉,他们在新婚的第二天,就从北半球来到了南半球。

"太不可思议了,哥伦,这是怎么回事?没有亲眼看到,我绝不会相信这是真的!"阿芭拉完全被眼前的幻景迷住了,她才二十一岁,金色头发,碧蓝的眼睛,是一个汽车商的女儿。

"没什么大惊小怪的,大概是这里的大气层里所含的物质同别处的不同,加上在地球的一个特殊位置上,所以会产生这种神奇的现象,如南北极的极光之类,道理可能是一致的!"哥伦耸了耸肩接着说,"更深奥的东西,我就不懂了,不过,也没有必要去管它,我们现在的任务是在这个地点住下来。"

"什么?晚上就住在这里?"阿芭拉吃了一惊,这时她才明白,丈夫并不是真的带她来旅行,"你原来……"

哥伦走上前去,搂住阿芭拉,亲吻了她一下,说:"这不很有趣吗?你只要求我带你到有趣的地方,我带你来了!"

"我上了你的当!"阿芭拉笑起来,"你还是念念不忘你的研究,难道那一切比我重要吗?"

"阿芭拉,你当然比研究重要,不然我何必把你一起给带来呢?"哥伦说完,放开了阿芭拉。

两人从车上拿出了帐篷、睡袋等生活用品,就地扎营。哥伦为这次旅行做了精心准备,带了一长一短的两支枪和两台不同功率的无线电发报机，以防不测。

等扎好帐篷，生起炊火时，已是黄昏了。

黄昏的拉普拉森林更具有奇诡的神秘气息，那片五彩缤纷的幻象消失了，森林被一层蓝幽幽的光芒所笼罩着。

这片森林确实隐伏着一种神奇的魔力，难道人类最早的诞生之地，就是在这里？哥伦思索着。他一直坚持人类的起源是外星人的杰作，他们在很早很早以前来到了地球上，发现环境适合人类的生存，他们就选择了当地在各种生灵中智商较高、形体接近人形的古猿，用人工方法将人的精子输入母猿的体内，创造了人。哥伦觉得，事实应该如此，不然无法解释清楚，猿至人这个关键的环节是怎样产生，猿何以会进化成人。那个四千年的古猿头骨，是一个很好的证据。头骨所表明的脑部的发达，是现代人的三至四倍。也就是说，当时的人类比现在还要聪明得多。只有大概经历了一个什么巨大的自然灾难，人类被毁灭过一次。这可以从无论是东方还是西方神话传说中所记载的"上帝"对人类的毁灭性"惩罚"中窥出一点证明来。当然，这里面还要有许多的印证，那是一件很复杂的事情。哥伦目前只想从拉普拉森林中，看看还有没有更重大的发现，看看有没有史前"外星人"来到地球的痕迹。

"亲爱的，这个地方是非来不可的吗？我们明天难道不能离开这里吗？"阿芭拉靠过来，偎在哥伦的身上。

哥伦抚着阿芭拉的肩头说："这地方是非来不可的。别害怕，凶险只是人类自己想出来的和心理作用。明天我们不是离开这，而是要闯进去。"

哥伦到过很多人迹罕至的地方，对凶险他已经很习惯，也无所畏惧。既然这里能挖掘到四千年前古猿的头骨，且这头骨表明当时古猿的智力比现代人还要高出三至四倍,哥伦想,是否这里曾生活过一大群高智力的人类祖先呢?是否除世界已知的五大文明发源地之外,这里曾还是一个尚未被外界所知的更早的文明发源地呢?在所知的文明发源地中,没有一个地方的生态环境被完好地保存下来,如果这片森林,曾是人类祖先最早的乐园,那么它至今仍然完好的生态平衡,又是靠什么得以保存下来的呢?靠那神秘的光彩和蓝幽幽的灵光?哥伦觉得他可能步入一个没有人会想到的离奇古怪的领域里去,他可能会有重大的发现和收获。

也许是哥伦无所畏惧的从容和镇静,使阿芭拉也不感到害怕了,她帮助哥伦一起生火煮饭,又恢复了无忧无虑的快活。

拉普拉森林的清晨是没有迷雾的清晨,这大概又是它的一个怪异之处吧。太阳在天空上出现得很早,金色的阳光倾泻在森林之上,使森林充溢着金光,呈现出一派有如圣地般的辉煌气象来。

哥伦被透进帐篷的阳光照醒过来,阿芭拉也醒过来。

"怎样?"哥伦微笑地问道,"亲爱的,习惯吧?"

阿芭拉露出甜甜的一笑说:"很有趣!"说完就起身,披上一件长睡衣,往帐篷外走。

"还早,阿芭拉,你去干什么?"哥伦问。

"我想看看早晨的森林是个什么样,有没有你给我描述过的那么美妙、迷人!"阿芭拉在外面回答道。

哥伦哈哈一笑,翻动了一下身子,全身放松地躺着。他看了下手表,时间才五点十分,他想再躺一会儿。

就在这时,阿芭拉突然在外面惊恐地叫了起来:"哥伦,快出来!"

哥伦一跃而起,顺手抓起放在一旁的一杆枪。"怎么啦,阿芭拉?"

"你看,脚印……"阿芭拉偎在哥伦身旁,指着帐篷外的地面说。

顺着阿芭拉指的方向,哥伦看到了许多脚印。这分明是人的脚印,但又比普通人的脚印显得长些。

"是猿类的脚印,别紧张,亲爱的!"哥伦判断着说,松了一口气。

"猿猴?"阿芭拉听后惊奇地睁大眼睛,接着格格地大笑起来,边笑边说,"是猴子,我还以为是魔鬼呢!哥伦,猴子干吗围着我们帐篷转呢?"

是的,这是为什么?哥伦心里想着,他常在野外考察,知道猴类爱模仿人类,但这是第一次碰上这种奇怪的情况,这猴子围着帐篷转是什么意思呢?而且还是在晚上。

哥伦只能对阿芭拉耸了耸肩,表示自己也不清楚。

"你真是个大学者,这也不明白那也不知道!"阿芭拉善意地讥笑哥伦。

阿芭拉看到前面不远有一股涌泉,泉水喷射有两米多高。喷出的水形成了一个清潭,不由得走了过去。

"阿芭拉,别走远。"哥伦说完就动手拆除帐篷。

"好的!"阿芭拉觉得这一切很有趣。她是在别墅里长大的,父亲从未带她到过森林里。她是第一次见到森林,进入森林。

清潭前,阿芭拉停下了,清澈的泉水透出一种温柔的诱惑。她慢慢地蹲下来,注视着水中自己的美丽倒影。她有些陶醉,水中的那个女人,非常年轻,有一头金发,长长的睫毛和深蓝的眼睛。一张动人的脸,通过宽阔的额头,表现出了一种开朗、高贵和活泼的气质,从敞开的睡袍领口,可以看到雪白、晶莹的肌肤，一对高傲地耸着的乳房。

这是一幅很优美的画面，一汪清泉，一个美丽的女人，一望无际的森林。

然而，阿芭拉发出的厉声一叫，使整个画面的气氛被破坏了。

阿芭拉看到水中多出了一个黑乎乎的倒影，这个倒影是个高大的猿猴，它一双小眼睛正盯着自己。

哥伦已经将帐篷收拾好了，正在扎捆行装，准备进入拉普拉森林。阿芭拉的叫喊，使他吃了一惊。他举目望去，看到了一只猿猴正向阿芭拉靠近，阿芭拉正恐怖地后退。

哥伦把手中的行装一扔，连枪都忘了拿起就冲上前去。

"你给我站住！"哥伦冲到阿芭拉跟前，护着阿芭拉，然后愤怒地对那只猿猴喝道。

这是一只雄性的黑猿，被哥伦一喝，它吓了一跳，后退了一步，垂着前肢，眼睛茫然地望哥伦，好像注视一个怪物似的。

哥伦见黑猿站住了，对阿芭拉轻轻说："后退着走，别怕，它没有发怒，看来不会伤害我们的。"

阿芭拉给吓得够呛，瘫在哥伦的怀里，手紧紧地抓住哥伦，话都讲不出来。

哥伦搀扶着阿芭拉，慢慢地离开喷泉。

黑猿呆立着，显得垂头丧气。但又不甘心似的，一会儿就跟了上来。

哥伦把阿芭拉放在一块草地上，见黑猿靠近过来，就拿起了枪，把枪举起，对着愈来愈近的黑猿。

黑猿显然发现了哥伦把枪对着它，有些发怒了，小眼睛透出凶光。它没有停住脚步，仍然一步一步地逼近。

哥伦紧张起来，他感到这只黑猿绝不是一只普通的猿猴，它似乎有一定的知觉。他手微微颤抖起来。

黑猿靠得更近了，六米、五米、四米……

哥伦决定开枪。可就在他扣动扳机的同时，黑猿以快捷的几个跳跃，冲了过来，把哥伦打倒在地，抢走了长枪。

哥伦躺在地上，心中想道，完了，这回准完了！他把眼睛闭上，等待着死亡降临。

黑猿把枪抛到一边，喘着粗气。它嘴里突然发出吱吱的尖叫，声音透出一股愤怒，慢慢地走了，消失在森林密密的灌木丛中。

阿芭拉见黑猿把哥伦打倒，惊得叫不出。见黑猿走远，她才跑过来，伏在哥伦身上，摇动着哥伦说："哥伦，哥伦，你没事吧！"

哥伦只觉得在半昏迷状态中有人叫他，他睁开了眼，见是阿芭拉，便问道："那头黑猿呢？"

"它走了，往森林里去了！"阿芭拉说。

"走啦？"哥伦从地上站了起来，他有些茫然，如做了一场梦才刚醒过来，脑袋里出现一片空白。

"哥伦，我们回去吧，这一切太可怕！"阿芭拉说。

"不，阿芭拉，我们一定要进去看一看，森林里面也许会更有趣的。"哥伦把目光投向拉普拉森林，发现那五彩缤纷的光环又在森林上空出现了。

森林里的世界恍若是个新伊甸园。花香鸟语，煦风拂面，一切显得生机盎然。

哥伦非常惊讶。他走过世界许多森林，非洲的热带森林，美洲的亚马逊，澳大利亚的原始森林等，所有的森林，一跨进去，强烈的腐叶气味和刺目的动物死尸，向人预示了更深处隐蔽的危险。而独独拉普拉森林，目光所触之处，居然是一派春意。它向人透出的是种强烈的诱惑，使你想向深处前进。

阿芭拉原先情绪不佳，黑猿的出现在她心上抹上了一层阴影。但这阴影渐渐地被拉普拉森林的和风所吹去，面对眼前的美景，她又变得活泼起来。

"哥伦，没想到森林这么美，这么有趣！"阿芭拉天真地说。

哥伦心不在焉地应了一声。他当然不会告诉阿芭拉，森林里面有毒蛇猛兽，有置人于死地的沼泽地、各式各样的昆虫和可怕的瘴气。他也为眼前的自然之景所陶醉，并在陶醉的同时生出困惑。为什么？为什么？

走了一个上午，阿芭拉直叫累。哥伦决定休息一会，吃点东西。

阿芭拉躺在草丛里，一动不动。

哥伦捡了一些树枝，架起一个支架，把火点燃，拿起一个小铁桶去附近找水。

附近没有发现水源。奇迹就发生在哥伦提着空桶回来的路上。哥伦看到路旁放着一小堆新鲜的野果，这些野果他过去全都吃过，知道是些上好的解渴野果。

哥伦不敢相信这是真的。但那些野果却真实地放在那里。

哥伦走了上去，把野果装进了水桶。正准备起身走时，他突然听到灌木丛中传来声响。他警觉地转过头去。天哪，又是那头黑猿。它从灌木丛中走出，对哥伦善意地笑着。那咧着的嘴，露出两排发黄的牙。

哥伦怔住了。

黑猿走了上来，伸过手把哥伦的水桶抢去。然后嘴巴又发出吱吱吱的音,用另一只手推了推哥伦,意思是催促哥伦快走。

哥伦的头脑也清醒过来。这是一头颇具灵性的黑猿,它是在表示自己对人的亲近。

哥伦迈开了步伐。

黑猿显然非常高兴,在哥伦前面手舞足蹈起来,并从小桶里拿出一粒野果,递给哥伦。见哥伦接过去,放到嘴里吃掉,它似乎更高兴了,不停地用手搔着自己的头和身子。

阿芭拉躺了一会,就坐起身来,抬眼望去,她大惊失色,不由喊起来。但她同时又用手捂住自己的嘴巴,因此,喊声只发出短促而沉闷的"噢"……

哥伦和黑猿走上来了。阿芭拉简直就要晕过去了。

"亲爱的,别怕!看来它是想同我们和好,而不会伤害我们的!"哥伦安慰阿芭拉说。

黑猿似乎听懂了,它急于表示自己的善意,拼命地点头,睁着小眼睛,把水桶里的野果全部倒出来,嘴里发出叽叽叽的声音。

阿芭拉有些莫名其妙,但不很害怕了。

"哥伦,它真的不会伤害我们?"阿芭拉胆怯地问。

哥伦还没来得及回答,黑猿就窜上前去,拼命地摇头。

"我想不会!"哥伦望着黑猿说,"它也正向你表示它不会!"

黑猿听了哥伦的话,又把头点得如打鼓。

阿芭拉不由被黑猿的举止逗笑起来。

黑猿见阿芭拉一笑,它兴奋起来,跑上前去,用黑乎乎的前爪,拿起几个野果,递到阿芭拉面前。

阿芭拉吓得往后一退。

黑猿失望地站住了,垂下了手。但它似乎不甘心,左右旁视了一会，它把野果递给了哥伦，又指了指阿芭拉。哥伦明白地点点头，接过野果，把野果送到阿芭拉手上。

"阿芭拉，它要你吃。这些全是它采的！"

"它采的？能吃吗？"阿芭拉惊奇地问。

"这些都是上好的野果，难得到！阿芭拉，吃吧，这头黑猿很有意思！"哥伦说完，坐到阿芭拉身边。

阿芭拉挑了一个较干净的野果，送进了嘴里。一股清凉、甘甜的滋味，一下弥漫了整个口腔。

黑猿高兴极了，几个跳蹿，就跑到不远处的一个地方。那地方长满了野花，它伸手一扯，抓了一大把，就奔回来，送到阿芭拉的面前。

阿芭拉望着连根被拔起的野花，不由咯咯地笑得前俯后仰。

黑猿给阿芭拉笑傻了，睁着小眼睛，不解地望着阿芭拉。

阿芭拉笑后，轻轻地说："谢谢！"便伸手拿起了野花，放在鼻下嗅了嗅。

黑猿恢复了高兴劲，提着水桶，跑了，消失在树丛中。不会儿，又提来了一桶的野果，放在阿芭拉面前。

阿芭拉不惧怕黑猿了，反而觉得它有趣，大胆地从水桶里拿起野果，吃了起来。

黑猿静静地坐在一旁，看着阿芭拉吃着野果。

"哥伦，你也来些吧，这味道好极了。"阿芭拉恢复了体力，显得生机勃勃。

哥伦拿起一个野果，递给了黑猿。示意它也吃。

黑猿伸手一接，整个塞进嘴里，有滋有味地吃起来。

哥伦陷入了沉思。这黑猿明显具有非凡的智力，它似乎爱亲近人类，对人类有一种天然的好感。它能听懂人类的语言，并理

231

解人的指令。它像受过极严格的训练,但在这人迹罕至之处,谁来训练它呢?

哥伦又想到了外星人。它是否是外星人的杰作?抑或是那四千年前智力超常的古猿后裔呢?

哥伦对拉普拉森林兴趣更浓了。

"我们继续前进吧,阿芭拉!"哥伦站了起来,挎上了行装。

"哥伦,那它呢?"阿芭拉指了指黑猿。

"它会跟我们去的。它一直跟着我们,我们也甩不了它。有它跟着我们,这会更好,我们会更安全!"哥伦说道。

黑猿又叽叽叽地叫起来,点着头。

阿芭拉拿起一个小挎包,轻轻地说:"走吧,同我们一起走!"

黑猿蹦跳着,跑在前面开路。

有黑猿的帮助,哥伦和阿芭拉省去了许多的麻烦。黑猿很会寻找食物,并熟悉森林里的水源所在处,使哥伦和阿芭拉能轻而易举地获得水和食物。当然,更难能可贵的是,哥伦和阿芭拉遇上了许多的毒蛇猛兽,但黑猿总能提早感觉到,发出报警信号,然后护卫着他们。哥伦发现,那些毒蛇猛兽,都很惧怕黑猿似的自动躲开。这使阿芭拉很惊奇,哥伦则感到不可思议。

阿芭拉渐渐同黑猿熟悉了,开始喜欢上了黑猿。而哥伦也看得出,黑猿也极喜欢阿芭拉,有好吃的它都是先给阿芭拉。它总是围着阿芭拉转,休息的时候爱偎在阿芭拉的身边,常同阿芭拉逗趣,显出极亲密的样子。哥伦只认真地注意观察黑猿的一举一动,而没有更多的想法。一直到发生了一件事,哥伦才意识到,黑猿对阿芭拉居然有人的感情。

那是一个傍晚,经过一天的跋涉,哥伦和阿芭拉都疲惫极了。他们跟着黑猿寻找水源,想痛痛快快地清洗一番。他们找到了一条山溪，清清的溪水，使阿芭拉不顾一切地跳了下去，泡在水中。她有整整一个星期没有洗过澡了，浑身黏乎得难受。因此，到水中之后，阿芭拉脱去了全身的衣裤，湿漉漉地扔上岸边来。

"哥伦，太舒服了，你也下来吧！"阿芭拉在水中喊道。

哥伦站在岸边，观赏着水中的阿芭拉。清澄的溪水使她赤裸的全身一切展露无遗，雪白的肌肤，丰腴的身躯，高耸的乳房，柔软的腹部，以及腹部下那迷人的"三角"，太美了！哥伦陶醉了。

"哥伦，你快下来！"阿芭拉见哥伦沉迷地盯着自己，有些不好意思，"你傻看什么。"她说完一翻身，钻进了水中，畅游起来。

哥伦脱去衣服也下水了。到了水中，他无意往岸上一看，发现黑猿傻愣愣地站在一旁，小眼睛喷出如火一样的目光，盯着在嬉水的阿芭拉。

哥伦这时感到有些不对劲了。他们不应该忘记有这只黑猿的存在，不该忘记这只黑猿通晓人性，具备接近人的许多因素。

"阿芭拉，你快游到那边隐蔽一点的地方去！"哥伦对阿芭拉说道。

"哥伦，难道你发现有人过来了吗？"阿芭拉不明白哥伦的意思，停止了游泳，站在齐腰深的水中，说道。

溪水温柔地绕过阿芭拉的腰，阿芭拉像一枝出水的芙蓉，挺拔着身子，胸脯一起一伏，使两个圆挺的乳房微颤着，粉红色的奶头挂着水珠，娇艳欲滴。

哥伦看到黑猿在岸边骚起来了，不安地搔首弄姿，嘴巴不住地一呲一呲的，小眼睛射出了暗红的光亮。

"阿芭拉,你快蹲在水中,我上岸给你把衣服扔下来!"哥伦有一种预感,要出事了,便向岸上奔去。

阿芭拉被哥伦一喝,有些莫名其妙,但还是把身子埋进了水中。

然而,黑猿终于按捺不住了,它以快捷无比的速度,窜到水中,长长的猿臂一把将阿芭拉抱起,然后跃出水面,几个蹿跳,就消失在森林之中了。

阿芭拉大叫一声就昏了过去。

哥伦则被眼前发生的一切惊呆了。等他清醒过来,黑猿和阿芭拉已无踪迹。

哥伦痛苦地抱住头,嘴里呢喃着:"我真傻,早就应该明白了,它是因为爱上了阿芭拉!它爱阿芭拉!"

哥伦把事情前后一串起来,终于明白这头黑猿是因为爱上了阿芭拉才跟着他们的。那天在喷泉边,黑猿就迷上阿芭拉。而它围着帐篷转,可能是阿芭拉刚来时身上还带着浓郁的化妆品香味把它引来了。

哥伦在溪边默默地坐了许久,一直到拉普拉森林那幽蓝幽蓝的光出现,他才拿定主意,无论如何,他要找到阿芭拉。

夜,慢慢地阵临了。哥伦他什么也吃不下去,想着阿芭拉。

迷迷糊糊中,他恍若看到赤身裸体的阿芭拉,正被黑猿按在地上蹂躏。阿芭拉泪流满面地呻吟着,嘴里喊着:"哥伦,快来救救我……救救我……"

哥伦大叫一声,心如刀绞般地难受。

帐篷外静悄悄的。这种静寂更刺激了哥伦的痛苦,他再也睡不下去了。他起了身,拆去了帐篷,他决定去找阿芭拉,去找黑猿!

幽蓝的光亮渐渐褪去，拉普拉森林在清晨的晨光中，再次显出了它一望无际的辽阔，以及它博大的深邃。

到哪里去找阿芭拉呢？哥伦迷茫了，迷茫使他变得疯狂。他开枪射杀了三只猿猴，以此来发泄痛苦和仇恨。

阿芭拉醒过来。

她被掳进了一个巨大的岩洞里。岩洞很干燥，她被安放在一块平坦的岩石上。这块岩石在岩洞的一角，像一张石床。

她记得那可怕的一幕。黑猿用长长的毛臂箍住她，她感到身子如飞一般，耳边有嗖嗖的风响。后来，她就什么也不知道了。

阿芭拉坐起身来。这一坐使她吃一惊，她依然全身赤裸。好在岩洞里很暖和，她不感到冷，只觉得身子光溜溜的，实在不习惯，也实在不好意思。

这是什么地方？亲爱的哥伦在哪里？阿芭拉眼泪流出来。

那只黑猿进来了，蹑手蹑脚地。见阿芭拉醒了，坐在那里，它似乎很开心，小心翼翼地靠过来，咧着嘴笑，小眼睛一直在阿芭拉赤裸的身上溜来溜去。

阿芭拉向后蜷缩着，双手本能地护住胸脯，惊恐地望着黑猿。

黑猿不再向前了，有些失望。它用毛茸茸的手挠了挠脑袋，转身出去了。

阿芭拉全身瘫软，伤心地抽泣着。

黑猿又进来了，用两张大树叶包着一堆野果，把野果放在阿芭拉面前。

阿芭拉仍在抽泣。哭声使黑猿显得烦躁，它在洞里气恼地走了个来回，嘴里突然发出一声吓人的尖叫。

阿芭拉猛地止住了哭声，抬起了头。她看到更使人惊骇的一幕：洞外涌进了几十头大大小小的猿猴，它们一下把整个岩洞挤满，好奇地看着她。

黑猿蹦跳着，嘴里发出吱吱的声音。几十头大大小小的猿猴做出各种各样的怪相丑态，好像马戏团耍猴式的表演。

阿芭拉开头有些不解。但她很快就明白，这是黑猿让它的部下为她表演，要惹她开心。

黑猿站在一旁，盯着阿芭拉。

若换在平常，阿芭拉看着这些猿类丑态百出的表演，可能会笑得喘不过气来。但此时此刻此地，她如何笑得起来。哥伦不知在哪，自己生死难卜，她内心涌上的是难言的痛苦和悲哀。

黑猿见阿芭拉没什么反应，嘴巴里又发出吱吱吱的声音，这声音显得很气怒。几十头猿猴一下变得鸦雀无声，接着都不声不响地出洞去了。

阿芭拉不由打了个寒噤。她看到黑猿满面怒气地又向她逼近，毛茸茸的手伸过来，伸向她雪白的胸脯。

阿芭拉举手打去了黑猿的手，嘴里大喊起来："不！不！你这头畜生！"她又抓起黑猿送来的野果，向黑猿一股脑地掷去。

黑猿被阿芭拉的暴怒给镇住了，它一声长啸，窜出了岩洞。

阿芭拉全身瘫软，像经历了一场生死搏斗，一种虚脱的感觉使她再次闭上了眼睛。

等阿芭拉再次醒来时，她嗅到了一股清香，这清香如有药疗作用似的，让她精神有点振作。她睁开了眼睛，看到四周是一簇簇的鲜花，每簇鲜花都用细细的青藤捆着，排得很整齐，她置身在这花海之中。

阿芭拉冷静下来了，看来这些猿猴不会强行施暴于她。她现在首要问题,是给自己弄身衣服穿。

阿芭拉看到了垫在野果下的大树叶,用手把野果推到一旁,小心地拿起树叶。只有三张!阿芭拉有些失望。

这时,黑猿又进洞来了。它努力地对阿芭拉做出笑脸。

阿芭拉灵机一动,开口说道:"黑猿,我要这个。"

阿芭拉把手中的树叶晃动了一下。

黑猿见阿芭拉讲话要东西了,高兴起来。吱吱叫着,连蹦带跳地出洞去了。

不一会儿,几只猿猴在黑猿的率领下进洞了,带来了一大堆的树叶。它们把树叶放在阿芭拉跟前,就出洞了。只有黑猿留下,它似乎想看看阿芭拉要干什么。

阿芭拉挑选了一些树叶,拆下了捆在花束上的细长的青藤,用青藤慢慢地把树叶穿起来,穿成长长的一条,然后一圈一圈地缠绕在身上。忙乎了大约有几个钟头,阿芭拉终于穿上了"衣服"。

阿芭拉欣喜地站了起来,她身上挂满了树叶,凉丝丝的,她觉得非常舒服。

黑猿一直在一旁看着,它好像明白了阿芭拉干什么了,出洞了。

阿芭拉在洞里试着走动一下。树叶轻轻刮着她的胴体,搔痒似的。她又觉得不适应,但只好将就了。

哥伦发疯似的在拉普拉森林里搜索着,他忘记了此行的目的,忘记了那四千年前的古猿头骨,忘记了那个外星人创造地球人类的设想。他什么都不顾了,只有一个念头,找到亲爱的阿芭拉。

他变得消瘦了，眼睛布满了红红的血丝。他认真、仔细地搜索猿类的蛛丝马迹，从足印到粪便，他找到了几群猿猴，毫不犹豫地开枪，把它们全部打死。然而，他始终没有发现黑猿，没有发现他的阿芭拉的踪迹。

这天，他在丛林里继续寻找。他发现了一头黑猿，他禁不住心中一阵狂喜，悄无声息地跟踪着。

这头黑猿似乎在森林中悠游惯了，全然没想到会有人来打扰它的清悠的生活，所以，它完全丧失了警惕。不然，哥伦的跟踪它很快就会感觉到。

哥伦跟踪着黑猿，来到了一处乱石堆旁。这堆乱石透着一种怪异，寸草不生，连藻类苔藓类的植物都没有，黑黝黝的，如被什么巨斧劈削过一般。

哥伦专心地注视着黑猿，没有注意到这堆乱石的古怪。

黑猿进入了一个大岩洞。哥伦伏在外边窥视了一番，就小心地跟进了岩洞。

哥伦看到。洞里有不少的猿猴，或坐或躺或靠着，正在休憩。洞的四壁很光溜，没什么隐蔽的地方。

没有阿芭拉！哥伦绝望了。阿芭拉是否已经被它们糟蹋死了，弃尸于深涧？想到这里，哥伦胸中激荡起一股强烈的仇恨。他选择了一个位置，举起了枪。

这一枪很准，黑猿中弹后连哼一声都来不及就倒地了。猿群被突如其来的袭击惊呆了，但很快反应过来，上蹿下跳，嘴里发出尖利的惊叫，争着向洞口逃窜。

哥伦把所有的愤怒都装进枪膛里，一枪一个，猿群死伤惨重，只有几只得以逃生。

岩洞成了屠场，充满了血腥味。

哥伦深深地喘出一口气，望着尸体狼藉的地面，他疲惫地坐了下来，靠着岩壁，头脑里又是一片空白。

几束阳光从洞口外射进，照在对面的岩壁上，哥伦清晰地看到，被阳光照着的岩壁，刻有许多古怪的符号，密密麻麻的。哥伦猛地站起，扑了过去。那是他从未见过的神秘符号，是否是外星人留下的语言文字？哥伦暂时忘记了阿芭拉。

岩洞的四壁十分平坦，上下找不到一点缝隙，地面也是岩面。这绝不是自然形成的岩洞，而像是被什么东西凿成的。

哥伦跑出了岩洞。从外面看洞口，洞口就是从一块巨大的山岩下部打凿进去的。在不远处，哥伦又找到了许多碎石片，是凿洞时凿出的石渣！

这意外的收获令哥伦振奋，他复进岩洞，从大帆包里掏出了纸笔，对着岩壁的符号，细心地进行临摹。

这项工作是一件十分复杂、琐碎的工作，普通人绝对受不了。然而，哥伦却沉醉进去，忘乎所以了，什么黑猿、阿芭拉，他这时都抛到脑后了。

阳光缩出了岩洞，洞内光线愈来愈暗了。哥伦只好停下手中的工作，找了些枯枝，燃起篝火，靠火光的照明，继续临摹那些不可思议的符号。符号显得极有规律，哥伦更加信这是种尚未被发现的语言文字。

一直到头仰酸了，脖子发麻，整个手臂木了，哥伦才不得不停了下来。

洞里的血腥味已经开始变成一股腥臭味，刺鼻而来。哥伦从忘我的工作中清醒过来，心里变得空荡荡的。

他又想起了阿芭拉，不由有种刻骨铭心的痛楚。

哥伦踏灭了篝火，提起帆包、行装，挎着枪，走出了岩洞。

外面已是满天星斗,拉普拉森林特有的幽蓝的光,已把草木笼罩在一派神秘的气氛之中。

哥伦感到了饿,他一天没吃一点东西了。他同时感到累。

他决定把帐篷就搭在这乱石堆外。

简单地吃了点东西,哥伦就躺下了。身体是极度疲劳,但脑神经却高度兴奋。迷糊中,他听到外面有极轻微的动静。是野兽?哥伦警觉起来,伸手抓起了放在一旁的枪,轻轻地打开了保险。

声响愈传愈近了,哥伦撩开了帐篷的一角,向外望去。他看到了一个熟悉的影子,脑袋嗡地冲上了热血。那正是他一直寻找的黑猿!这回他绝没有认错!

哥伦激动得全身颤抖起来。他努力控制着自己,把枪管悄悄地伸了出去,但无意中碰到了地上的一块石头,枪管发出一声闷响。

黑猿听到了,一晃就钻进了树林中,从哥伦的视野消失了。

哥伦控制不住了,嗖地冲出了帐篷,想去追赶黑猿。这下,是真的惊动了黑猿。黑猿又是一闪,就没了。

哥伦怒火万丈地对树林里开了几枪,枪声划破了静谧的夜空,回荡了许久。

第二天凌晨,哥伦又继续他的临摹工作。为了能避开恶臭,他把岩洞里的猿群尸体,一具具地拖出了岩洞,抛在乱石丛中。

才工作不到两个小时,哥伦突然听到岩洞外传来尖利、凄楚的长啸。

"黑猿?"哥伦放下了手中的工作,冲出了岩洞。

在洞外,哥伦被眼前的情景惊呆了。在他弃尸的乱石丛旁,那头他恨极的黑猿蹲在一块岩石上,正悲伤地哭泣着。两件自己的衣服，被黑猿揉在手中。

哥伦后悔忘了带枪。

黑猿发觉了哥伦，它站了起来，咧着嘴，一脸怒气地向哥伦逼近。

哥伦后退了两步，很快就无所畏惧地站住了，愤怒使他鼓起了勇气。他猛地弯下腰，拾起一块石块，举起来向黑猿砸去。

黑猿一闪身，躲过了石块。它变得暴怒了，冲了过来，长长的猿臂抓住了哥伦，然后用力一扬，把哥伦摔到两米外。

哥伦被这一摔，眼冒金花，像被从鼻子里灌进了一瓶醋，又痛又酸又呛，说不出的难受。但他还是挣扎地爬了起来，勉强站住。

黑猿又窜过来，再次把哥伦摔倒，这一摔让哥伦感到全身骨架都散了、碎了。他再也没有力气爬起，胸口冲上一股腥味，吐出了一口鲜血，昏迷过去了。

鲜红的血使黑猿怔住了。它看了看哥伦，嘴里又发出长啸，然后慢慢转身走向乱石丛，在猿群的尸体前站了许久。

哥伦醒了过来，浑身到处都感到疼痛。他动了动手，动了动脚，又动了动身子，感到骨头没有摔坏，只是胸口闷痛，大概肺部被震伤了。

哥伦坐了起来。但眼睛一下就直了，他看到黑猿不停地从树上折下树枝，一堆堆地抱到乱石丛里，把猿群的尸体掩盖起来。

这情景并没有打动哥伦。他头脑中想的是阿芭拉，阿芭拉现在在哪里？黑猿重新出现是为什么？哥伦想的是这些问题。

哥伦坐了一会，感到好受些了，就站了起来，跟跟跄跄地向帐篷走去。

黑猿回头看了哥伦一眼，又继续掩盖猿群的尸体，没理睬哥伦的举动。

哥伦艰难地走到了帐篷旁。帐篷已被黑猿翻得乱七八糟，睡袋、帆包等被扔在地上，帆包的东西全被倒了出来，散落满地。

哥伦顾不得收拾东西，他进了帐篷，找到了枪和子弹，就出来了。

哥伦拿着枪向黑猿靠近，他要选个最佳位置，打死这只黑猿。

黑猿已把猿群尸体都掩盖好了。它用小眼睛盯着向它走过来的哥伦，一声不吭。

哥伦在离黑猿三米处站住了，举起了枪。

黑猿毫无反应，站着不动。

哥伦心又颤动起来，他感到黑猿的一种压力，这压力使他很紧张，他手发抖着，但他屏住气息，决定开枪。

啪啪啪……

哥伦把枪膛里的子弹全部射出，他感到黑猿中弹倒了下去。

然而，等他停止了射击，把举枪的手垂下后，他却发现面前并没有黑猿的影子，黑猿怎么躲过他的子弹，他看都没看清。

一块白白的东西一闪，那是哥伦的白衬衣。黑猿窜跳着，眨眼就没了。

哥伦沉重地回到帐篷前。他无意中看到了扔在地上的两台不同功率的无线电发报机。他猛然醒悟了，对了，为什么不求救呢？向当地政府求救！

哥伦扔掉枪，跪在地上，用不同的频道和功率，发出 SOS 的国际通用呼救信号。

阿芭拉几天没见到黑猿了，服侍她的是两只小红猿。它们给她送来野果和水，并在一旁牢牢地看住她。几天下来，阿芭拉有些冷静了。而冷静使她渐渐适应眼前的处境。送来的水她喝,送来的野果她吃,脑袋里开始琢磨怎么逃。

这天中午,阿芭拉在洞里憋不住了,她想出去看看。可两只小红猿一旁警觉地看着她,没有丝毫的松懈。

怎么办?阿芭拉苦苦地想着。那只黑猿具有一种超自然的魔力,只有乘它不在,赶快逃走,这大概是唯一的机会了。

阿芭拉不由向洞外走去。她很顺利地走出了岩洞,那两只小红猿居然没有阻挡她,只是牢牢地跟着她。

它们没有不让她出洞的意思!这想法让阿芭拉心头一喜,但喜悦之火还没跳几下就灭了,它们敢让她走出岩洞,不就从另一方面说明,它们有把握不让她跑走。

阿芭拉心头又蒙上了阴影。不过,她安慰自己,它们是动物,它们会有这些心计和阴谋?会有这么复杂的思维?

阿芭拉决定试着逃一次。再苟延下去,她也许永远被黑猿缠住,求死不得,求生不行,说不准像"狼孩"一样,成为一个古怪的"猿妇"!

阿芭拉拿定主意。

她装着散步的样子,慢慢地向远处走去。她瞅准前面有片密匝匝的灌木林。

两只小红猿跟着她,它们显然不会理解阿芭拉的意图。大自然使它们又恢复淘气的本性,它们不时地互相调皮地戏耍一下。

已经接近灌木林了。阿芭拉觉得最好能甩掉这两只红猿,哪怕少一只也好。不然,她的奔跑速度绝不如它们。

一块石头绊了阿芭拉一下,阿芭拉差点跌倒。这给了她一个启示,她有办法了。

阿芭拉突然大叫一声,装着副万分痛苦的样子,捂住肚子,弯下腰。然后跪到地下，接着死了一般地扑倒在地上，一动不动。

两只小红猿被阿芭拉一声大叫吓了一跳，见阿芭拉痛苦万分地倒在地上，它们惊吓地吱吱乱叫，围着阿芭拉打转。好一会儿，它们才静了下来，吱吱地似乎商量一下，一只就奔跑着向岩洞方向去了，另一只则蹲坐在阿芭拉身旁。

阿芭拉睁开了眼睛，见只剩一只小红猿了，心中暗喜。她动了一下手，见小红猿没在意，就紧握住一旁的一块石头，突然举起，击向小红猿头部。

小红猿没有防备，被砸晕了过去。

阿芭拉扔掉石块，向灌木林里狂奔。树枝、杂草刮着阿芭拉的双腿，阿芭拉跑了没多远，赤着的双脚就受不了地上的一些尖刺。她不得不停了下来，一看，自己的一双白嫩的脚，从上到下已经血肉模糊了。

灌木林外传来了高低起伏急促的猿啸声。猿群追来了！阿芭拉咬着牙又跑了几步，但气馁地停下了，她走不动了。

啸声愈来愈密，跟着阿芭拉看到有几十只猿猴围过来，她绝望了。

一只雄健的母猿把阿芭拉抓住，扛上了肩，几个纵窜就出了灌木林。

阿芭拉又被送回了岩洞。

躺在岩石上，阿芭拉觉得双腿胀痛。不久，胀痛扩散到全身，她失去了知觉。

一种黏湿湿的东西在腿部摩擦着，使阿芭拉全身有一种痒痒的舒畅。她醒过来，看到了黑猿。

黑猿正伏在她的腿边，用舌头舔着她的伤口，每舔一处，同时给伤口敷上一些绿绿的草渣。草渣透着一种清凉，经过神经末梢，传遍阿芭拉全身。

阿芭拉一动不动，一直让黑猿把全部伤口舔完，并敷上草渣。她全身的疼痛消失了。

黑猿直起了身，看到了阿芭拉睁着的眼睛，它咧嘴笑了笑。

阿芭拉不知为何，也对黑猿笑了笑，这笑连她自己笑后都莫名其妙。

黑猿似乎很快活，它拿出了哥伦的两件白衬衣，讨好地递给了阿芭拉。

原来它去取衣服了！阿芭拉伸手接过了白衬衣，把衣服放到身边，对黑猿点了点头。

黑猿蹦跳起来，兴奋地吱吱叫。但很快，黑猿阴沉下了脸，傻呆呆地看了阿芭拉一会，闷闷不乐地出洞了。

阿芭拉不明白黑猿为什么这样。她不惧怕黑猿了。她张嘴喊道："黑猿！"

走到洞外的黑猿愣了一下，立即应声而来，小眼睛温柔地望着阿芭拉。

黑猿看到了白衬衫，眼神一下变得凶恶了。但恶光一闪就熄灭了，它又变得很悲伤，嘴里哀哀地叫起来，走了。

这个夜晚，阿芭拉没有睡着，因为黑猿一直在岩洞里坐着。

第二天一早，黑猿老早就出洞。等它再回洞时，它捧来了一堆新鲜野果：榴莲、芒果、番木瓜、人心果和红毛丹等。

阿芭拉没有食欲，只勉强地吃了几个。

黑猿默默地看着阿芭拉，确信她不吃了后，它走了上来，双臂突然抱住阿芭拉。

阿芭拉大叫起来："你放开我，黑猿！"

黑猿摇着头，几个纵窜就出了洞口。

阿芭拉见黑猿并非用强，而好像是想带她去哪里，也就不挣扎了。

许多树林一闪而过，耳边嗖嗖风响，阿芭拉这次真正领教了黑猿神奇的奔跑速度。

到了一处密林，黑猿停下了，放开了阿芭拉，走到了一堆草丛中，拨开了一层杂草，杂草下是几具猿猴的尸体。黑猿嘴巴对着阿芭拉吱吱惨叫。阿芭拉见着猿猴死尸已经十分害怕了，再被黑猿一叫，更觉毛骨悚然。

黑猿盖好了同伴尸体，又抱住阿芭拉。这回阿芭拉明白黑猿是带她去什么地方，没有恶意，也不反抗了。

黑猿又把阿芭拉带到一堆树枝旁，它掀去了树枝，阿芭拉又看到了更多具猿猴死尸。这回，阿芭拉认真地看了，她看清这些猿猴死尸上都有致命的枪口，蓦然明白这些全是哥伦干的。而黑猿带她来看，是为了让她劝劝哥伦？还是为了发泄仇恨？

阿芭拉决定问问黑猿。

"黑猿，你是不是让我劝哥伦不要再杀害你的同伴了？"

黑猿嘴里又吱吱起来，拼命点头。

阿芭拉泪水落了下来。这么说她可以见到哥伦了，黑猿是带她去找哥伦，把她还给哥伦！她又可以同哥伦在一起了！

这是一只太可爱的黑猿了！为了自己的同伴，它居然懂得做出牺牲！

阿芭拉深受感动。

黑猿把阿芭拉再次抱起。在黑猿的怀里阿芭拉感到一种如同人一样的温暖。

黑猿不再是那么丑陋了。

发出了呼救信号后,哥伦就等待着当地政府的救援。

一小时后,一架直升机出现在拉普拉森林的上空。

哥伦欣喜若狂,立即用发报机同直升机取得联系。直升机就降落在离哥伦帐篷不远的一处平地上。

一个救援小组共五人从直升机上下来。为首的是一个干练的中尉。

哥伦用拉丁语同中尉对上了话,把自己的国籍、职业及遭遇告诉了中尉。中尉惊讶地耸了耸肩,感到无法理解。

"博士先生,我们很同情你。但这么大的森林,毫无一点线索,叫我们如何去寻找你的夫人呢?天晓得是猿猴干的,你夫人已经失踪一个星期了。我想,不会有什么希望了!你跟我们走吧,这已经是个了不起的胜利了!"中尉说道。

"中尉先生,我夫人她一定活着。那头精灵般的黑猿,它今天上午还偷去了我两件衣服。这一定是给阿芭拉的,这黑猿有很高的智力,它给理解人的意思,听得懂人的语言!"哥伦说。

"你没有患'森林综合征'吧!"中尉完全不相信哥伦的话,说道,"许多探险家患有这个病,因为他一人在森林中太孤独和苦闷了,因此,他很容易染上一些莫名其妙的臆想,而且固执得吓人!"

"中尉先生,这里猿类是很奇特的,那头黑猿,据我观察,它的头脑可能比你我都发达二至三倍,只是它因为没有受到文明的熏陶,它没有人的语言,所以它的头脑潜能没有发挥出来!它很可能是孤种!"哥伦争辩地说。

"得了,先给你检查一下身体,然后我们试着找找吧!只能这样,博士,希望不大,不大!"中尉说。

哥伦非常恼怒,但他不愿再同中尉争论下去了。经过检查,一个士兵同中尉叽咕了一阵后,就给哥伦注射了一针。哥伦立即感到睡意袭人,明白他们给他注射了安眠药。他们要他休息一下,这是没错的。哥伦自己也认为太有必要睡一觉了。

这一觉一直睡到第二天上午,哥伦被一阵惊叫吵醒。

"中尉,那边来了一头黑猿!它抱住一个女人!博士没对我们说谎!"一个士兵向中尉报告。

哥伦一听,一跃而起,抓住枪冲出了帐篷。他看到了他亲爱的阿芭拉正被黑猿抱着,向他走来。

"哥伦,黑猿把我送回来了。它希望你不要再杀害它的同类。"阿芭拉哽咽地说着。

"阿芭拉,阿芭拉!"哥伦扔掉了枪,迎了上去。

黑猿把阿芭拉放下了,警惕地看着中尉和四个士兵,他们的乌黑的枪口都对准它。

阿芭拉冲上前来同哥伦热烈拥抱,嘴里呢喃着:"哥伦……哥伦……"

哥伦发现阿芭拉全身赤裸,且带着许多伤痕,猛地推开了阿芭拉,捡起地上的枪。

"哥伦,不准你开枪打它!"阿芭拉惊呼一声,挡在哥伦前面说,"它没有欺负我,这身上的伤痕是我自己逃出来时被树枝割的!你杀得太多了,哥伦!它放我回来,就是为了使你不再对它的同类开枪!"

哥伦叹了一口气,扯下了自己的外衣,披到阿芭拉身上。

"中尉,那边来了许多猿猴!"一个士兵又叫起来。

果然,许多猿猴从树丛里涌过来。

"博士,快带上你的夫人上飞机吧!"中尉说着,便让两个士兵护着哥伦和阿芭拉,自己领着两个断后,匆匆奔向直升机。

他们顺利地上了飞机。

直升机发动了,渐渐升高。阿芭拉透过玻璃,看到黑猿突然奔过来,发出凄惨、痛苦的长啸。

阿芭拉泪水落了下来,不禁伸出一只手,向黑猿挥动着。

看着在地面上跟着直升机狂奔的黑猿,哥伦怒火中烧,他偷偷地向黑猿瞄准。然后,他扣动了扳机。

黑猿彻底丧失了警觉。这一枪击中了它,但它仍跟跄着跟着直升机跑,啸声更加凄厉。

"哥伦,你怎么可以这样!这样……对一个动物背信弃义!"阿芭拉痛苦极了。

黑猿终于跑不动了,倒了下来。许多猿猴冲上来围着它,接着齐声长啸,像是对人类提出愤怒的抗议。

阿芭拉闭上了眼睛。她此时的心情,比被黑猿掠走时还要难过。而哥伦则感到了一种终于复仇的快意。

哥伦的快意没有持续多久,他听到驾驶员惊慌地叫喊:"不好,前面有一个光环向我们撞来!"

那光环正是拉普拉森林上空的光环。此时,它耀目灿烂,旋转着向直升机撞来。

"完了,所有的仪器都失灵了!"这是驾驶员最后的一声叫喊。飞机爆炸了。哥伦在失去知觉的那一刹那,还下意识地抓了一下他那临摹有神秘符号的笔记本。

拉普拉森林仍藏着一个谜。那个神秘的五彩缤纷的幻象仍旧不时地闪现。

原载《福建文学》1990年第7期

一念之差

当传达室的门卫将一封信递给林小山时,他并没有在意。每天的来信很多,作为公安干校的教官,他的弟子极多,遍布全省各地,常写信来请教这位刑侦教官一些问题,他把这封信仍当作一封一般的来信。

来到办公室,他处理完案头上的事,才想到口袋里的信,便随手掏出,眼睛一瞄,发现是一个完全陌生的发信地址。这时,他仍没有在意,仍是很随意地撕开了信。娟秀的字体,令人一目了然这是出自一个女性之手。

小山同学:

你可能已经记不得我这位中学时的同学了。出于无奈,我才写这封信。我的未婚夫柴林,是一个个体户。前一段他去芗城做了一笔牛仔服生意,便将现金兑成了18根金条,回到南沿市倒手。但在转手时,他被公安拘捕。写这封信给你,是希望你能帮忙,使对他的处罚能轻些。你身为省公安干校的教官，我想关系是很多的。所以，请你看在我们过去是同学的分上，帮个忙。我原定国庆结婚，现在婚期已成泡影。当然，促使我给你写封信，还有一个原因：柴林原先兑换的金条，全是真金，但不知为何，在被抓时，真金却变成了假金。据说，倒卖假金，罪加一等。但这是天大的冤枉。因此，万般无奈，我只得请你伸出援助之手。

盼尽快回音。无论如何，请给我一个答复。我家电话为5633888。

同学：崔莉莉
六月五日

看完来信，林小山脑海里浮现出一个清纯、漂亮的少女身影。他当然记得崔莉莉这一个同学。当时她坐在他的前排，他被她的美貌所深深所吸引，尤其被她那清澈的大眼所迷惑，曾偷偷给她写过约会信。但崔莉莉并未回信。这件事使他苦恼了好一阵子，由此也影响了他的学业，使他的高考成绩并不理想，考入清华和北大的愿望也落空。真是世界很小，像个家庭。一件完全与他无关的事，使崔莉莉会想到他，同时又勾起他对过去的回忆，以及他久已淡忘的情愫。他心里荡起了涟漪，但他很快又克制住了自己，他被信中的一件事所吸引，即真金变成了假金。他点燃了一支烟深吸了一口，产生出一种莫名的亢奋和冲动。他猛地想起，过些天学校正好要派教师去一些县市招生，南沿市正好是其中一个招生点。他决定主动向学校申请前往。

林小山如愿以偿地坐在了前往南沿市的火车上。

坐在卧铺车厢里，他又感到自己的决定有些可笑和唐突。案子是下面公安部门侦破的，他下去横插一杠，算什么名堂？而且侦破案件都必须经过严格的审批，有严格的办案程序，作为一个刑侦教官，他这样做不是有点明知故犯地违反纪律的嫌疑？

干吗一定要来呢？是因为崔莉莉的缘故？他问自己。但现在已坐在火车上，火车已经开动，他已别无选择。既来之则安之，他开始说服自己。倒卖黄金，这是很一般的案子，这类案子，如今可谓多如牛毛。但像数量多达18根，这在全省还是首例。他身为刑侦教官，帮助说情，是不可能的，既然不可能，他干吗又要来呢？无非是一个直觉。他非常相信直觉。崔莉莉的来信，使他嗅出里面有不对味的东西。

南沿市离省城并不远，火车五六个钟头就到了。因为是以招生的名义来，市局派了车和人来接他。他一下车，就被接进了南沿市宾馆，被安排在一个普通的单间。

在房里，他洗漱了一下，然后就被带去吃饭。吃饭时，陪同的市局同志告诉他，他的警校同学、现任南沿市局刑侦处处长的李大宝向他问好，因去乡里侦破一个案子，要过两天才能回来看他。林小山嘴上说没事，心里却感到自己运气不佳。这次来南沿市，他太需要这位身为刑侦处长的同学的帮忙，而这位老兄关键的时候却不在，这无疑对他此行不利。

吃过饭，已是傍晚。市局的同志问林小山晚上要不要去舞厅或去听歌什么的，林小山推说晚上要去看几个老同学，回绝了。市局的同志说了些客气的话就走了。林小山回到了自己的房间，洗个澡，斜躺在床上点着了一支烟。他的眼睛看到了那部红色的电话机，崔莉莉洁白如玉的脸和樱桃般的红唇陡然闪现出来。他决定给崔莉莉打个电话，先问问情况。

他拿起了电话机，挂通了崔莉莉家。

"喂，找谁？"一个很好听的女声。是崔莉莉的声音。在学校，她因普通话标准，人又长得漂亮，年轻的语文老师常让她领读课文。这声音一下使遥远的记忆变得很近似的。

"你是莉莉同学吗？"林小山用很公事公办的口气说，"我是林小山。"

电话一下断了似的，许久，才传来崔莉莉的声音："小山，是你！我真没想到！你现在在哪？"

"我正好有事来南沿市，我现在住在市宾馆408房，你的信我收到了，你能来谈谈吗？"

"好，我马上来！"电话被挂了，对方显得迫不及待。

崔莉莉一会儿就到了，她穿着一套海军蓝呢衣裙，依然那么漂亮，身材丰满，过去那种少女的清纯已被一种女人成熟的鲜亮所取代，裙子是鱼尾裙，衬着她婀娜多姿的腰身，很对男人构成一种威慑。脸上略施淡妆，隐隐透来一股暗香。

林小山毕竟年轻，还未正儿八经地接触过女性。他不由深深地调息一下。毕竟是教官，他觉得应该摆出一副平静和威严的样子。

"坐，你还是那么漂亮和迷人！"林小山不知为何说出这么一句风流潇洒的话。但想想，如今说说这种话，给人以现代的感觉，他也就很坦然。

崔莉莉淡淡一笑，在沙发上坐下。眼前的林小山个子变得更加高大，脸膛的线条更加硬朗，眼睛黑而精亮，像似一下能看透人的五脏六腑。这是职业性的目光，这目光使崔莉莉一下有种恍惚。面前的这位精明、强干、深沉的男人，就是她人生的第一位求爱者，她接到他的约会信时，心情激动万分，真想前去赴约。但少女的矜持使她犹豫不决，她一直等着他的第二封来信。如果他再写第二封信，那么她一定会前去赴约，也许生活将是另一个样子,也许命运虽不能改变但至少多了一份浪漫。可惜,她的这位后排同学没有勇气写第二封信,她只能将一切埋藏心底。

崔莉莉在心中轻叹了一声,从坤包里掏出香烟,递给林小山一支,自己点燃一支,深吸一口,来掩饰心中的几多思绪和感慨。

"我真没想到你会来。我以为连回信都接不到!"崔莉莉说。

林小山吐了口浓烟,遮住了自己内心的翻腾。人毕竟是人,永远没法逃过初恋的回忆和折磨。尤其是愈成熟愈会怀念过去的美好,哪怕当时仅是一个念头或是一种幼稚的罪过。

"我这次来可能会令你失望。正因为估计你会失望,所以,我觉得找你谈谈有必要。"林小山说,"你的忙我无法帮,我是个刑侦教官,身份和职业使我只能服从法律和正义。凡是触犯法律的,我都爱莫能助,所以请你原谅,我并不是来帮你的忙的。"

林小山看到崔莉莉的大眼从明亮一下变得暗淡。

崔莉莉失望地吐出一口浓烟。"其实我知道那封信是白写。人有时就是那么傻,明知毫无希望,偏偏又仍抱着希望。"

林小山苦笑了一下,说:"我知道,也理解,你怪我,我也没法。如果是其他的事,我一定会尽力。"

"你不会理解,我也没怪你,只能怨自己命苦。"崔莉莉摁灭烟头,"好,我想你要说的话都说了,我该走了。"说完,起身就准备离开。

"莉莉,我还有事。"林小山叫住她。

崔莉莉回过头,脸上又流溢出光彩,这使她变得更有诱惑力。

"我有个问题,这是我来的目的。"林小山说。他不敢正视崔莉莉。

"什么问题?"崔莉莉重新坐下。

"你信上说真金变成假金,这是什么意思?"林小山问。

崔莉莉失望地叹了口气:"原来是为了这!"崔莉莉站起身说:"这个问题,我无法回答,现在也不愿多说,我并不是为这求你的。"

林小山还想说什么,崔莉莉已站起身说:"再见!"说完就走。走到门口,崔莉莉又折回头说:"你能来,我仍感谢你!"她说得很温柔。

第二天上午,林小山忙着应付招生事宜,也就无暇考虑其他的事。

下午,他在房里接到崔莉莉的电话。崔莉莉请他晚上在双福酒楼吃饭。林小山很想拒绝,但想到必须找崔莉莉问清真假黄金一事,就答应了。

晚上六点整,林小山准时来到双福酒楼。崔莉莉已等在门口,一套黑色的流行衣裙,紧身的短裙更衬出双腿的修长和身材的婀娜。

崔莉莉把林小山引进一个包厢。包厢内是粉红色的柔和灯光,很有些情调。侍者立即送来了菜单,崔莉莉看也不看点了几样大菜,并要了一瓶蓝带马提尼。

举着酒杯,崔莉莉幽幽地说:"今天请你,纯粹是因为我们过去是同学,以后也难得见面,没有任何其他目的和用意,所以你可以安心地吃喝!"然后她没有同林小山碰杯,自行一饮而尽。

林小山默默地举杯也一饮而尽。他心里有说不出的滋味。此时,餐厅内的音乐响起,是名曲《致爱丽斯》。餐厅里放这样的曲子,可见这家酒楼的档次是很高的。

两人默默地喝着酒。崔莉莉一杯接着一杯。林小山心情格外难过,他用手按住又举起酒杯的崔莉莉说:"莉莉,我很抱歉!你别喝太多。"

崔莉莉推开了林小山的手:"你不必道歉,我明白,这种事我不会不明白。只是我真想知道,当时你为什么不写第二封信。如果你有这样的执着来追我,也许我们今天的见面就不是这样的。"

"莉莉,过去的事,不必再提了。"林小山也有许多感叹,人生就是如此,许多事现在讲不清,也说不准。

"要提,现在我更恨你!"崔莉莉又喝进一杯酒,大眼直视林小山,眼睛里透出无限的哀伤。

林小山情不自禁地伸手抓住崔莉莉的手,他感到崔莉莉的手颤抖着。

"你还是爱着我?对吗?"崔莉莉目光变得迷茫,又充满了兴奋,紧紧地攥住林小山的手,嘴里呢喃着,"这就够了,这就够了!"

餐厅小姐进来上菜,林小山连忙放开了同崔莉莉紧握的手。他冷静下来。

"莉莉,我真的很想知道,你所说的真金变假的事。"林小山又进入正题。

"我们今晚能不谈这些吗?"崔莉莉说,她很沉醉在刚刚的那种瞬间的战栗中。

"不,这对我很重要。"林小山坚定地说。他已记住自己是一个警察。警察有时必须放弃和牺牲个人的一些东西。这是职业的痛苦,也是职业的崇高。

"这件事真说不清。"崔莉莉眼光又变得冷淡,"他放在家里的金条,我看过,绝对是真的。他当时还告诉过我,他找人验过。但他被抓后,我找人去了解过,怎么变成了假金条?我无法见到他,也就无法问他,我不知他搞什么名堂。但据说他也承认是假金。"

林小山思索了一会儿,问:"当时柴林将金条藏在哪里?你知道吗?"

"他用密码箱装着,放在家里的大衣柜里。"崔莉莉说。

林小山没再问什么了。这个案子他意识到案中还有案,他的直觉是正确的。

吃过饭已是八点多了,崔莉莉请林小山去楼上的歌舞厅,林小山不好拒绝,就同她上了楼。

坐了一会儿,崔莉莉请林小山跳舞,林小山说不会。于是,崔莉莉便要了一个包厢。林小山想制止,但还没来得将话说出口,侍者已热情地将他们引进了一个配有振动舞池的豪华包厢里。

林小山只好客随主便在沙发上坐下。

崔莉莉点了几首歌。第一曲《哭砂》,屏幕上很快就送了音乐。崔莉莉唱起来,嗓音依然很美。她唱得很动情很悲伤:风吹来的砂落在悲伤的眼里,谁都知道我在等你……林小山听着心里很难过,他当然明白崔莉莉的意思。他看见泪水从崔莉莉的眼中流出。是伤感?抑或还有别的意思?

崔莉莉唱完歌后情绪低落,低头抽泣起来。林小山一时不知所措,不由地用手拍了拍莉莉的肩膀。

影碟又送来了第二支歌,是《一帘幽梦》,充满了缠绵、感伤的旋律在灯光暗淡的包厢里响起。

"来跳舞吧,我知道你会的,只是不愿,对吗?"崔莉莉幽幽地说。

林小山无法拒绝。他是会的,只好起身。

崔莉莉几乎是投进林小山的怀里,两人跳起来。

一曲完毕。林小山回到沙发上。崔莉利靠着他坐着。

"莉莉,请你原谅我,我是一名警察,我不能给你什么安慰。你很爱柴林吗?贩卖黄金,明显是非法的,当时你为什么不劝劝柴林?"林小山希望能让莉莉有点清醒,并将话题引向他想了解的东西。

"你永远都是那么认真。现在是20世纪90年代了!"莉莉点燃了一支烟,"我无所谓爱与不爱。他很有钱,而我当时没有工作,又希望过上一种富裕的生活。他看上了我,追求我,我觉得他不太坏,就这么认可了。但我同他在一起,总感到一种空落。我不太管他的事,他做生意,我不愿多管,反正现在做生意都是那样,我开头并不在乎。但是,他被抓了,我……"

莉莉说到这儿,似乎有种难言之隐,不说了,叹了口气。

"我想我要回去了,时间不早了!"林小山感到再待下去将有可能出现更不好的结局,所以决定走。

莉莉看了看林小山,默默地起身。

在酒楼门口,林小山正要同崔莉莉道别,崔莉莉却抢先开口问:"你送我回家吗?"她深情地并几乎带着哀求。

"好吧。"林小山点点头,他不愿再让崔莉莉失望,再说,他想去崔莉莉家看看。

崔莉莉启动摩托,林小山说我带你吧,崔莉莉坐上后座。林小山开动了摩托,摩托在灯红酒绿的街道上奔驰。

晚风轻拂,带着丝丝凉意,撩动着人。崔莉莉突然用双臂从后面紧紧搂住林小山,使小山吃了一惊,差点把车撞到人行道上。他感觉着身后那柔软的躯体的激情和温柔,他无法做出什么反应,只好把车开得飞快。

崔莉莉的家是一幢单门独院的小楼。林小山熄了火，用极平静的口气说："下车吧。"崔莉莉才不情愿地放开了双臂。

"我得走，莉莉，再见。"林小山用眼迅速地打量了一下楼房。楼房地处偏僻，四周极为安静。

"我希望你上楼坐坐，就算我求你。"崔莉莉说。

林小山想拒绝，但还没说出，崔莉莉就挽住他的手，说："走吧！"林小山只好硬着头皮随崔莉莉开门进了楼房。

楼房装修得极华丽。上楼后，崔莉莉把林小山引到客厅，给林小山拿了一罐饮料，然后进卧室更衣。林小山借机把房内外看了一遍，没有有价值的发现。也不可能有什么发现。

崔莉莉从里屋走出，她换上一条真丝睡裙。睡裙是白色透明的，崔莉莉居然去掉了里面内裤和胸衣，使林小山能够清晰地看到她迷人的胴体。

这种情况是林小山始料未及的。作为刑侦教官，他在给学生上课时，讲述过许多办案时可能出现的种种难题，但这种情形倒从未考虑过。他连忙点燃一支烟为掩饰自己的窘态，糟糕的是崔莉莉却在他的对面沙发上坐下，一股暗香直冲他而来。他一抬眼，就能看到崔莉莉那浑圆、诱人、微颤的胸乳。

"那藏金条的大衣柜在哪里，我想看看。"林小山说，他想摆脱眼前的窘境。

"在卧室里，我带你去看。"崔莉莉粲然一笑，拉着林小山的手。

林小山这时才意识到，到卧室去不更糟？他无意的问话把自己推向更危险的境地。但此时已无法反悔，他只能跟着崔莉莉走进卧室。

卧室内只有一张高级铜床，一个多用梳妆台和一个衣柜。林小山认真察看了一下衣柜，问道："这卧室的门平常都锁住吗？"

崔莉莉在床边坐下："我们极少锁卧室的门。"

林小山点点头，看来要潜入卧室内盗换密码箱并不难。

"好，我要走了。"林小山说，眼睛不敢正视崔莉莉；

"别……"崔莉莉站起身，扑入林小山怀里，"我爱你，小山，今晚你别走，好吗？我是无条件的，真的！我心里很乱，很空虚，我需要一个依靠。小山，我求你……"崔莉莉把头埋进林小山的怀里，抽泣着。

林小山坚决地推开了崔莉莉："我是警察，我无法像一个普通的人一样来生活。有许多事，普通人也许能做，但警察不行。原谅我，莉莉！"说完，林小山快步下楼。

"站住！等等！"崔莉莉冲了下来，拦住林小山，"好，我让你走，但你必须让我送你走，因为现在回宾馆没有车了。"

崔莉莉走上楼去，一会儿，换了一套衣裙下楼。

林小山发动了摩托，崔莉莉抢了过来。林小山只好坐在后座。

崔莉莉把摩托开得飞快，摩托疯狂地飞奔着。

到了宾馆，林小山迫不及待地跳下车。他飞快地吻了一下崔莉莉，逃也似的进了房间，他在房里许久才听到摩托发动的声音，那声音似无奈的悲伤的呜咽。

女人都很脆弱，也无法要求每个人都坚强。但警察必须坚强！林小山这样想。他能理解崔莉莉，她不是个坏女人，这个时候，她从内心深处渴望一个坚强的安慰，渴望空虚的心灵有充实的补偿，这是人之常情。但这不是警察的责任，那已经超过警察的职权范围。

林小山整夜没有睡好，同崔莉莉的接触，使他已经可以确认，柴林贩金案中许多的疑点。而这些疑点，照理说是不可能会被忽视的，但确实又被忽视了，这说明里面绝对有文章。所以，一早，他就给李大宝家挂电话，但李大宝仍没回来。他踌躇一阵，决定还是等李大宝回来再说。按办案程序，他无权调看案子的卷宗，也无权要求过问此案并提出怀疑。没有李大宝的帮助，他不便做什么事情。

吃过早饭，林小山无聊地把自己关在了房间。他把了解到的一切在头脑中理了理，感到这个案子确实有许多奇怪的东西。他突然想到了一个人，那是他在警校时的得意门生吴品德。现在在本市黄峰派出所。

林小山决定先打个电话到黄峰派出所。

吴品德在电话里说："林老师，你等着，我立即就去看你。见面再谈。"

林小山在房里等着。他想起了在校时的吴品德，浑身充满灵气，极能适应警校艰苦的训练，善于发现一些细小的线索，无论是侦破试验考核还是射击、格斗，他都能获得好成绩。林小山极满意他，觉得他具备了许多可能成为一名优秀警探的良好素质。吴品德来自很偏僻的农村，毕业后，他想留在城里，到南沿市局。是林小山帮助推荐给李大宝，要他留在刑侦处。但局里研究后，决定让他先到基层锻炼，把他放到了下面的派出所。后来，他还给林小山来信，表示感谢。

吴品德很快就到了。一进门就高兴地"林老师"叫得甜，并同林小山亲热地握手。

面前的吴品德有些变了，变得更成熟和壮实。

"难得你能下来，有事？"吴品德问。

"来招生。"林小山说。

"好，刚来吗？"

"不，来了快两天了！"

"快两天才打电话给我？来前就应通知我，我去接你。"

"我是公事，再说你在基层也很忙。"林小山说，"怎样？工作生活都好？"

"是的，过得去。"吴品德说，"至少你教出的学生，不会太差！"

"对了，听说这次局里搞了个大案，18根金条，是全省首例数额这么大的。"林小山希望探得一点东西，有意问。

"那就是我们所经办的。当场人赃俱获，是我带人抓的。"吴品德得意地说。

是吴品德所办的，还是他亲手办的。林小山心里十分惊讶，但也同时"格登"的一下。他决定不再问下去了，于是转开话题："你已是所长了？"

"是的，靠老师教导有方，已当了几年了！"吴品德说，很注意地看着林小山的脸。

不简单。林小山很感欣慰。自己弟子能有作为，这是当老师最高兴的事了。但是，他心里又感到更加不对劲，凭吴品德的能力，他难道没发现这个案子有些不合常情的东西吗？林小山差点说出自己的想法，然而他忍住了，这是下面办的案子，从常规上来说，他不便细问，还是等李大宝回来后再说。他这次来的目的是招生。

同吴品德又聊了一阵，林小山推说有事，吴品德就起身告辞了，他原执意要请林小山吃饭，但林小山坚决推辞了，内心是想好好地想想。

吴品德走后，林小山到外面转了一圈，回到了房中，在房中踱步细想。这时，他感觉到外面虚掩的门被悄悄地推开。林小山有一种本能的警觉猛地回过身来。一看，一张笑眯眯的脸正冲着他，原来是警校的同学和好友李大宝。

"老兄，你同我玩这种花招！"林小山笑着说。

"我想试试你的机敏有没有退化。"李大宝在沙发上坐下，"怎么，居然会对招生感兴趣？还亲自来？我一听说，就觉得奇怪。所以刚从乡下回来连家都不敢回来就先来你这里报到，我想，你必定还有其他的事。"

不愧是刑侦处长，一下就点着了要害。林小山笑了笑："学校人手紧，所以我出来帮帮忙。怎么？不可以？不欢迎？"

"岂敢！"李大宝仍是一副不相信的样子，"学校人手再紧，也轮不到要你这么一个王牌教官出马。我敢肯定，不是你自己想来，学校绝不会派你来招生的。如果有事，招呼一声。"

林小山淡淡一笑，不否认，也不肯定。

两人闲聊了一阵。林小山把话巧妙地引出来："听说最近你们办了个大的贩金案，18根金条，挺轰动的。"

"这个案子是你的得意高徒吴品德办的，不是我们刑侦处破的。怎样，你弟子还是很给你争脸的？"聊起案子，这是很正常的事，所以，李大宝也没有在意。

"他是黄峰派出所的所长，这个派出所，在他手上很有起色，办过几个大案，是优秀基层所。这次破获这个案子，局里还给他记了三等功。局里已研究过了。准备把他提上来做刑警大队的队副。"李大宝说道。

林小山这时不再掩饰自己对这一案子的浓厚兴趣，因为他同李大宝有着密切的关系："这一案子最后以贩卖假金案结案的，是吗？"他问。

"这是人赃俱获的案子，已经定案了。"李大宝说，"难道这里面还有什么不对劲？你来就是对这案子另有想法？"

李大宝一下也明白林小山的来意，他看来真是太了解林小山。

林小山点点头。李大宝则吃惊地望着林小山，他头脑中快速地把案子重新梳理一遍，实在发现不到有什么不妥的地方。

林小山拿出了崔莉莉的来信，递给了李大宝。

李大宝接过来认真地看了一遍，这信使他也大吃一惊，他明白林小山想了解什么了。"小山，这……"

"按说，这么一条重要线索，任何一个办案人员是不可能不注意到的，如果崔莉莉反映的是真实的。"林小山说。

"但是，抓获柴林时，那确实是假黄金。黄峰派出所的全部干警都参与了行动，而罪犯柴林也对此供认不讳。"李大宝说。

"柴林对此供认不讳？"林小山眼睛一亮。

"是的。我看过审讯记录，柴林在上面签了名，并摁了手印。"李大宝说。

林小山沉思了一会，说道："大宝，如果是这样，里面更有文章。这里至少有几种可能。第一，柴林为保住真金，故意承认贩卖假金，如果是这样，案情也不算结案；第二，被人偷梁换柱，黄金在柴林毫不知觉的情况下，被人调包，这里面还牵涉一个盗窃大案；第三，就是柴林确实购买了假金，而崔莉莉认为是真金。不过这种可能我认为不大，因为他们并不是那种分不出真假金的人，且数目又这么大，自然会慎而又慎之的。这年头谁买金会含糊？贩金者会这么蠢？难道那些假金制作得很高明吗？"

"不会，那是些连镀金工序都没有的铜条。你这么一说，我才想起，当时我心里也有一点奇怪，这么粗糙的假金，柴林如何敢拿来出手,因为那一眼就能让人看出。但当时这只是一个闪念。我没有去更多地注意,因为这是在现场当场逮获的案子,这种案子也确实太多,让人不会过多地去注意它,而罪犯很快承认犯罪事实。"李大宝神情变得严肃起来。

李大宝的这席话,使林小山兴奋。他问:"你是说,那些假金条一眼就能使人看出是铜条?"

李大宝点头"嗯"了一声。

"我有些眉目了,大宝,这个案子疑点很多,我建议你重新立案,这会有收获的。"林小山道。

"已定案的东西要重新立案,这里面有许多困难。这需要局务会讨论通过,程序很复杂,必须有充分的证据和理由。还涉及与下面基层单位的关系。"李大宝面露难色,"不过,案子经你这么一说,确实结案太快,疑点太多。要重新立案,必须先把情况了解清楚。你既然来了,帮助我们一起做如何?"

"这绝对不行。我此次是前来招生,无权介入地方案子。"林小山说道,"还是你们自己干,不过我可以帮助了解一些线索,我觉得目前最重要的是重新找柴林谈谈,最好重新提审柴林。"

"我们现在就去如何?"李大宝已经坐不住了,拿起手机要通处里,让处里的小车即刻就来。

一起去,林小山没有反对。他也很想尽快弄清楚自己的判断是否正确。他只提了个条件:"我无审讯权,我只能在一旁听听。"

李大宝望着林小山,无奈地摇摇头说:"你呀,真只能是个教官。要知道,在下面办案,可无法像在学校里做案例侦破实习似的。"

"这个我知道,可现在我还是个刑侦教官,我并不是个地方警官。"林小山微笑地说。

刑侦处的小车很快就到了。林小山和李大宝坐上了车。车子直奔郊外市局看守所。

在看守所的审讯室里，林小山和李大宝提审了柴林。

"柴林，我问你，你对自己的罪行是否彻底地坦白交代清楚了？"李大宝问。

"我不就做点黄金买卖生意，都已交代了，你们不也结案了。这年头，做这种买卖的多的是。"柴林一副无所谓的样子。

"你撒谎，你没有彻底交代。"李大宝严厉地说，"我问你，你当时明明买下的是真金，为何在犯罪现场被缴获的却是假金？"

柴林吃惊地望着李大宝："你们会相信我是做真金买卖，而不是假金买卖？"

"我们已基本查实你当时购的是真金。"李大宝说。

"我们并且知道你还找人家验过。"林小山在一旁补充道。

"是呀，我以为你们会不信。当时因为数量大，我特地找一个银行的朋友验过，他是用试金石验的，告诉我成色是在95和96之间，绝对的24K货。但真他妈的见鬼，被公安抓时，金子全变了假的，我也莫名其妙，我还能说是真的吗？只好认作冤大头。我说我贩的是真金又有什么用！"柴林神情沮丧。

"这事你当时说了没有？"林小山问。

"我说它干吗？箱里全是铜条，我还能说吗？反正都全砸了。"柴林说道。

林小山和李大宝彼此意味深长地对视了一眼，看得出柴林说的是真话。

"帮你验金的是谁？"林小山接着问。

"他并不知道我是拿来做买卖的，这事与他无关。"柴林说，看来他还挺讲义气的。

"只要他没有参与倒卖活动,我可以保证不会为难他,你可以放心地说出他来,这对你也有好处,要知道倒卖假金,罪加一等。而他若能证实你贩卖的是真金,对你的处理也许就会轻些。"李大宝说。

"你说的可是真话?"

"我绝无戏言!"

"好,他叫童景刚,是人行的。他知情。"柴林说。"能给支烟抽吗?"他接着又说。犯人常利用被提审时讨烟抽,林小山从口袋里拿出烟,整包扔了过去。

"我想再问你一个问题。"林小山说,"对真金变为假金,你自己难道没什么想法?"

"怎可能没有!"柴林叹了一口气说,"这些日子我一直想着,这是怎一回事,我的东西是放在家里,而且还没多少天。如果有人偷,那人整箱拎走不就是了,为什么还玩这个把戏?我实在弄不清楚是怎回事,也只好自认倒霉。"

问题的关键就是在这。假如后面确有个罪犯,他盗走真金不就得了,为什么他会制造假的来调包?目的是什么?这里需要至少两次的作案时间:一次是先必须弄清楚密码箱的规格、型号、具体的藏匿地点和箱内的金条数,一次来进行作案调包。这必须精心谋划,且必有更深的用意。从犯罪心理学来看,一般的罪犯在盗窃作案时是图愈省事愈好,用不着这么的费劲。这一罪犯这么做,用意何在?

"柴林,我们希望你能积极配合,把这一问题搞清楚。"林小山说,"你是否认真地想过,你在整个过程中,有没有感到不对味的地方?就是说是否感到反常或可疑的地方?"

柴林想了许久摇了摇头。

"再认真想想，随便是哪方面的！"林小山耐心地又问。

"对了，有一点。"柴林终于想到了一个重要的细节，"我的密码箱我记得原来我上了密码锁，但后来我去开箱时，发现居然没上锁。我原以为是自己糊涂，我这人从来都很粗心，所以也没在意，经你一问，我想起来了，我绝对上了锁。因为数码是用莉莉的出生日期编的。"

这可是条重要而极有价值的线索。如果柴林没记错，那么说明密码箱在他家中已被人偷换过。一模一样的密码箱很好找，金条也很容易仿造，但密码却只有上码人自己才知道。

"你的密码是否告诉过别人包括崔莉莉？"李大宝听出了名堂，立即问道。

"没有，莉莉也不知道。"柴林肯定地说，不过说完又有些动摇，"莉莉也许会知道，我常爱用她的出生日期做密码。"

林小山显得兴奋，一切终于有了眉目，他的直觉没有错。

"有谁知道你有金条？"李大宝继续问。

"知道的人并不多。一是没多长时间，二是这种事，也不太可能去声张。我只找三个人，要他们帮助联系脱手。"

"这三个人是谁？"

"一个是黄峰首饰店的老板江沿，一个是区外贸公司经理刘胜利，一个是王麻子，他没工作，但很神通，很多人家办不了的事，他轻而易举。"

林小山立即记下了这三个人的姓名。

回来的路上，李大宝显得闷闷不乐。

"大宝，这事如今亡羊补牢还不晚，你也不必难过。下面办的案子，你们疏忽可以理解。"林小山理解这位老同学的心思。

"我只是奇怪，这照理说不该被疏忽……"李大宝说，"我必须立即回局,要求重新立案。"

李大宝一回局里,立即向局里领导汇报了有关情况,请求重新立案。局领导高度重视,立即召开了小范围的紧急会议,并让李大宝请来林小山参加会议。会上,李大宝简要地说明了案子疑点发现的经过和提审柴林的情况。所有到会的人员面孔登时都严峻起来,意识到这一案子的严重。局领导请林小山发表意见。林小山知道这已不便推辞,就说了自己的看法。他认为,这个案子现在可确定一个立案的前提,即确实有18根金条的存在,并且这18根金条目前至少是不知去向。根据提审柴林的结果看,已可排除柴林以假乱真,留着一手的可能性。这样,这案子就只有一个可能,即被人巧妙地盗走。也就是说,这至少还有一个盗窃大案。而这一盗窃案有一个很令人不解的地方,罪犯盗走金条是目的,但他却敢冒着很大的风险精心设计一个调包计,他用意是什么,现在还不得而知,但有一点可以明了,他差点把我们蒙住,使他可以极巧妙地躲过我们的视线而逍遥法外。同时又置柴林以有口难辩的境地,手段是很高明的。这是一个非同一般的罪犯。依柴林提供的线索看,目前嫌疑较大的是三个知情者和柴林的未婚妻崔莉莉,但崔莉莉是对假金案第一个提出疑问的人,从心理分析来说,她不可能是这个高明骗局的设计者和参与者,不然所有行动不就前功尽弃。因此,目前的涉嫌者,只有三人:江沿、刘胜利、王麻子。应对这三人立即监控。当然,为了麻痹罪犯,我们可以欲擒故纵,因此,此案的侦破宜秘密进行,愈保密愈好。

经过讨论,局里形成决定,立即重新立案,成立秘密侦破小组,由李大宝负责,同时恳请林小山大力协助。

会议一结束,林小山和李大宝驱车到了人行,找到了童景刚，询问柴林验金一事，童景刚很紧张，经再三解释，才说柴林共拿来三根金条让他帮验，他是等柴林出事后才知柴林有那么多的黄金，且是拿来倒卖。他肯定，柴林拿来的金条是真金，这点他可以保证。

回局后，林小山让李大宝调来了三个涉嫌者的档案资料：

江沿，黄峰首饰店老板，无犯罪前科。他经营守法，照章纳税，是一个比较安分的个体户。这次柴林贩金案，双方交易人是他牵的线，因涉案被拘十五天，现已被释。

刘胜利，区外贸公司经理，国家科级干部。人很活络，但未发现有违法行为。

王麻子，真名王卫东，黄峰街道居民，无业。曾因打架斗殴被派出所拘留过，有前科。

从这些档案中，无法获得什么有价值的东西。林小山思索许久。猛然想起一个问题，就问李大宝："大宝，这次破获此案，线索是如何来的？"

"据卷宗记载，是有人举报。"李大宝回答。

"是谁举报？有没有具体的姓名？"

"没有。是一个匿名电话。"

"这就对了！"林小山点点头，"匿名电话，这个举报者是如何知道这宗交易的？而且能准确地提供交易地点？"

"你的意思是说江沿？"李大宝问。

林小山没有肯定也没否定。

"能否把那天接这个举报电话的民警找来？"

"这很容易。"李大宝说完，就拿起了电话，要通了黄峰派出所。

不一会，黄峰派出所的民警小吕就到了。

李大宝把林小山介绍了一下，林小山客气地同小吕握了握手。

"我想问一下，柴林贩金案的举报电话是你接的对吗？你能否将当时的情况说一说？"林小山说道。

"在案发的当天上午，正好是我当班。大约十点半，我突然接到一个电话，说有重要事情，我按规定请他报姓名和联系地址，他说他纯粹是为尽一个公民的义务，没有必要留名留姓。我问他要反映什么情况，他说要所长接，我于是就去找所长。所长一听这情况就立即来接电话，并请我记录。后来所长又问了他的姓名，他就挂断了电话。"小吕有些不解地看着林小山，这个案子已结案了，面前的这位省城来的刑侦教官问这些干吗？

"电话是否有录音？"林小山问。

"我们所里没有这一设备，电话从来只有记录。"

"举报电话是否说了罪犯交易的详细地点和时间？"

"说了，而且还说了柴林的姓名，他似乎很了解一切情况。"小吕说道，"举报人似乎认识柴林。但也因这个原因，我们觉得他不肯留下姓名可以理解。"

"你参与现场拘捕吗？"林小山思索一会问。

"我们所里的人全部参与了。密码箱是我亲手缴获的。"

"好，谢谢！"林小山若有所思地说，"今天的这个谈话，请你一定要保密，跟谁都不能说。"

"这是纪律，希望你遵守！"李大宝在一旁说道。

小吕莫名其妙地点了点头。

小吕走后，林小山陷入沉思。这个举报人是谁？他为什么会知道得那么清楚？他举报真是因为尽公民的义务吗？这举报本身是否也是罪犯精心的安排？是罪犯计划中的一个环节？

林小山和李大宝两人都静静地坐着，案子的发展，愈接近关键愈让人一筹莫展，罪犯似乎近在眼前，又远在天边。

"我有想法。"许久，李大宝说，"柴林的金条在家中仅放了一个星期的时间，这么短的时间里，要仿造出那些金条，我想罪犯可能只能在本市附近有关工厂里仿造，而不太可能到外地进行。所以，我们是否从仿造金条这一线索查下去。"

"对，可以试试！"林小山眼睛一亮，"这是一个好办法！一定能有收获的，罪犯在这里可能有一个估计上的错误，就是他会认为柴林在现场被我们当场抓获，人赃俱在，不可能死咬住金条的真假问题，另外，对这种人赃俱获的案子，我们也不会将视点注意在真与假金条上。这样，在这方面，他不可能会考虑得天衣无缝，一定会留下蛛丝马迹的，这将是他的致命点。"

果然，从仿造金条这一线索查下去很快就有了结果。一个郊区的铸造厂反映：前些日子，他们确实铸造了18根铜条，前来联系的是一个脸上长有麻子的人，他出高价。脸上有麻子，无疑是王麻子。侦察人员把王麻子的照片给他们辨认，他们说就是这个人。这使案情一下有突破性进展。

李大宝立即下令逮捕王麻子。

但就在同时，监视王麻子的刑警紧急报告，王麻子在一家商场内失踪了，气得李大宝将这位刑警大骂一通，并发出通缉令。

几天过去了，等林小山办完了招生事宜，仍未发现王麻子的一点踪迹。李大宝沮丧万分。

"看来，可以不要再找王麻子了。"林小山思索了一会儿说道，"很明显，罪犯已察觉了我们的行动，他先下手了。"

"什么意思？罪犯先下手了？"李大宝不解地问。

"这个案子中，可以肯定王麻子不是主犯。"林小山说，"如果王麻子是主犯,他绝对犯不着搞这么一个调包计。因为,他有一个非常难解决的前提,就是如何能在柴林被捕后,顺利通过由真金变假金这一关。他凭什么有把握能使我们在抓获柴林之后,不会对调包一事有所察觉,而继续追踪下去?因此,可以想象除王麻子外,案子还另有罪犯。另外,王麻子的失踪实际上是罪犯的自我暴露,他唯一的选择是让王麻子彻底地消失,这能使我们的注意力转向对王麻子的追捕,同时又形成一个王麻子畏罪潜逃的假象,使我们认定王麻子是此案的罪犯,左右我们的侦破思路。"

"你的意思是……"李大宝听懂了林小山的话,无比惊讶。

"这个案子现有明显的几个疑点:一是罪犯的目的是18根金条,但是,盗走金条按理是罪犯的目的,可为什么罪犯要制造假的来调包?二是那个报案电话,是谁打的?目的何在?三是我们已知王麻子至少参与了对真金的调包,但王麻子为什么要这么做?"林小山像自言自语,"如果把这些联系起来,那么我们就有一个结论,但……"

"我真希望我的分析是错误的。"林小山眼里透出了深深的痛苦,看了李大宝一眼后说,"我建议你立即查抄王麻子家,并找找王麻子的妻子谈谈。"

李大宝看了林小山一眼,转身就走了。

王麻子家住在黄峰街道的一条小巷里。李大宝同几名干警身着便服,敲开了王麻子的家门。开门的是一个30多岁的女人。

女人见了几个陌生人,问:"你们找谁?"

李大宝说:"你是王麻子的老婆?"

女人点点头。

李大宝出示了搜查证和工作证说:"我们是市公安局的。"

女人慌张起来，不知所措地站到一边。

几名干警立即进屋，在床下的一个木箱里，搜出了两根金灿灿的金条。

看到金条，女人脸色苍白："我不知道……这天杀的！"

李大宝走上前："我正式通知你，王麻子涉嫌一个大案，你必须配合我们，回答几个问题。这对王麻子有好处。"

"我……"女人机械地点点头。

"王麻子现在哪里？"李大宝问。

"我不知道，他好几天没回来了。"

"他什么时候走的？"

"几天前，他在家接到一个电话，我刚好也在屋里。接完电话，他好像很紧张，让我跑到外面看看是不是有人。我按他话出去看了一下，没什么不对劲的，就问他什么事，谁打来的电话，他没说，只说他去找一下派出所吴所长，然后就没再回来了。我这几天心里总慌着，猜想他又犯事了。"

"你男人没说找吴所长干吗？"李大宝问。

"没有。他这段时间同吴所长经常来往。吴所长常挂电话给他。"女人说。

李大宝又问了些问题，女人一一回答。

"有些收获！"李大宝说，然后将情况告诉了林小山。

"好，现在我们可以做另一件情，就能知道吴品德是否知道我们对此案重新立案的事。"林小山说，"这个案子的立案是绝对保密的。只有几个人知道。罪犯能察觉，说明有人将情况透露出去了。"林小山说。

"你是说黄峰派出所的小吕？"李大宝问。

"是的，你可以去问问他。"林小山说道。

李大宝拿起了电话,要通了黄峰派出所,不一会,小吕就到了。

"吕明同志,我严肃地问你一个问题,请务必说真话。"李大宝板着脸说,"你是否同谁说了我们那天向你了解情况的事?"

"没有……"吕明紧张地回答,"我回去所长问我局里找我什么事,我只同他说了,他是所长,我想这没什么关系。"

"糊涂,我不是交代你要守纪律?"李大宝气恼地说,"你立即去写份检查,这几天就在局里,就说局里借你来帮忙。"

吕明脸色苍白地走了。

"我真不明白,难道真会是他,会是吴品德?黄峰派出所是省里的先进所,而吴品德是基层先进所所长,他受过多次奖励。"李大宝无比沉重。

"我也希望这一切不是真的,但是,正是罪犯采取的行动暴露了他自身,使我将几件事情联系起来考虑,终于有了个思路。"林小山叹了口气,"这其实是件很简单的案子,它根本经不起推敲。但是,能把我们蒙住的,就是它有绝妙的前提。这个前提就是它利用了调包计使被盗者在自己都不知情的情况下,成了当场被抓的罪犯,然后根据一般的心理和自身的便利,把案子引入我们的死角,企图蒙混过去。这是它的高明之处。它充满风险,但从另一个角度说又很安全。这只能是我们内部的人作案,才具备条件并能顺利实现。大宝,世界上没有绝对纯洁的东西,我们的队伍中也难免会有败类,关键是要除去这些败类。"说到这,林小山面前浮现了吴品德那张表面憨厚而诚实的脸孔。他实在不愿将这张脸孔同犯罪联系起来。

"我立即向局里汇报,逮捕吴品德。"李大宝说。

"你可以向局里汇报,但目前无法逮捕吴品德,确凿的证据呢？我们没有，这是吴品德高明的地方，他除掉了王麻子，就等于消除了他可能留下的犯罪证据，我们至少是短时间内无法获取他犯罪的证据。你凭什么可以逮捕他呢？所以，这也是我断定王麻子已从这个世界上消失的原因。现在案子已一清二楚，但这正是我们最陷入困境的时候。我们的推理可以成立，但是有证据能证实这些推理能够成立吗？"林小山说。

"妈的，那我们就没有其他办法？"被林小山这么一提醒，李大宝也有些踌躇。

"目前没有。"林小山说。

"我们从外围来查。"李大宝说。

"只能这样试一试了。"林小山说。

对吴品德的调查立即秘密进行。

但是，最初的调查并没有结束，反倒列出了吴品德一连串的成绩。

1988年，吴品德被分配到黄峰派出所任段警，他所管辖的片区原是社会治安较乱的片区，吴品德到任后，治服了这一片区的三个犯罪团伙，立即使该区成为全市先进治安区。

1989年，吴品德被任命为黄峰派出所治安股股长，破获26起盗窃案、11起刑事案和一起全市轰动的凶杀案，被记三等功五次、二等功一次，黄峰派出所创下破案率百分之百记录。

1990年，吴品德被任命为黄峰派出所副所长，在一次围歼持枪歹徒行动中，身负枪伤，但仍同歹徒做殊死搏斗，使歹徒伏法，被记一等功。

1991年，吴品德任黄峰派出所所长，大抓片区治安联防网络建设，并同街道和企事业单位开展警民共建，打击犯罪，使黄峰派出所辖区由全市较落后的治安区，成为全市先进治安区，被授予省先进派出所。

1992年,吴品德破获全市有史以来最大一宗文物走私案,被授予基层先进派出所所长称号。黄峰派出所辖区无重大刑事案和恶性案发生,治安案件只发生5起,发案率为历史最低。

各方面反映,吴品德工作认真负责,对人随和,拒贿8次共计金额6000元。

这个调查令李大宝和林小山目瞪口呆。

"小山,我们有没搞错?"李大宝失去了自信。

林小山没有回答李大宝。他无法回答。

最后,林小山说:"再认真查查,从个人生活方面。"

调查材料很快也送了上来。吴品德无不良嗜好,一年前曾谈一女友,不久就分手。分手原因不明。生活方面也无不正常现象。女友为一家合资公司职员,同吴品德分手后,即辞去工作。现住在城市花园高级住宅区内,目前正在办理自费出国手续,同吴品德保持来往。女友于前一个月在市区富宫花园买下了别墅一幢,资金来路不明。

"很好,立即查查吴品德女友的材料。重点是她的收入情况,特别是购买别墅的费用来源情况,这可能能查到点有用的东西。"林小山兴奋地说。

吴品德女友叫张红,今年23岁。一般干部家庭出身。职高毕业后即被分进一家外资公司工作,年薪收入约6000元。一年前辞职后,无正常职业。曾在某歌厅坐台三个月,有卖淫和从事色情活动嫌疑,收入情况不明。其家庭经济状况一般,无海外关系,无其他经济来源,购买别墅花费100多万元,该款来路不明。申请自费留学,担保人为美国某公司董事长亨利特先生,在本市有投资,本市达芙妮娜化妆品公司为其独资公司。据了解,张红同亨利特先生并无交往和关系，亨利特先生为其提供出国经济担保，情况可疑。目前只了解到，中间牵线为达芙妮娜公司中方代理刘子诚。

"这可能是突破口！"林小山指着一百多万元的数额说，"一个二十多岁的女子，能拿出这个数额是不简单的。如果我没记错，前一个材料中说她正在办理出国手续，一个要出国的女子还投入这么多的钱购置房产，这很不正常。"

李大宝赞同地点点头。

"再查细点。"李大宝拿起了电话。

两天后，重要的线索出来了。市局出入境科反映。张红的自费出国手续全部是由吴品德一手办理。因有吴品德出面，已办好了全部手续，获准在一个月内出境。

"看来，在办理自费出国留学这方面也有文章。我们必须同达芙妮娜的刘子诚接触一下。"李大宝说。

林小山同意。

林小山和李大宝来到了达芙妮娜公司。该公司位置所处正好在黄峰派出所的辖区。

在一间装潢考究的会客室里，林小山和李大宝见到了刘子诚。

"刘先生，我们是市公安局的。"李大宝亮出了证件，"我们来是想了解一下关于为张红提供出国担保一事的。"

李大宝开门见山。

"这个……"刘子诚脸色一变，"这个，是我牵的线。有什么问题？"

"据我们调查，张红同贵公司的外方老板亨利特先生并无渊源。我们想知道是什么使刘先生促成此事。"李大宝说。

林小山在一旁认真地观察刘子诚的反映。

"我是受朋友之托。"刘子诚尽量说得很轻松。

"刘先生所说的朋友是否是指吴品德?"林小山单刀直入。

"是的……"刘子诚点点头,"在半年前,吴先生来找我,说他的女友想出国,但苦无外面的担保,希望我帮个忙。吴先生出面,我想有不少事也需要他的帮助。所以,就请示了老板亨利特先生,他知道在国内办企业需要一些关系,所以就答应了。"

"刘先生应该了解,这种担保是要负什么责任的。怎么亨利特先生会答应得如此爽快?"李大宝问。

"这……"刘子诚有些心虚了,"这里面当然有条件,因为吴先生说,在外的实际费用他来解决,并在他女友出国前将出国后的一切费用先打入公司账上。他只是按有关规定,需找一个担保人,这样方便一点,是变通来办。"

刘子诚的额上沁出了细密的汗珠。

"那么吴品德已转入贵公司多少钱?"林小山问。

"在一个月前,他按美元同人民币的比价,已向我公司交了二百万元人民币,约为二十多万美金。我们刚好资金周转出现了一点困难,他付的又是现金。"刘子诚用手帕擦拭着额头上的汗珠,"这个,时下有不少人这么做,对我们来说也不吃亏,所以……"

李大宝和林小山对视了一眼。

"好吧,刘先生,这件事我们就先到此为止。关于其中的违法问题,有关部门会来处理。我们今天只是查实一下,因为吴品德涉嫌一个重大案子。我们请您给予配合,暂时给予保密。希望刘先生能做到,不要再做违反我国法律的事。"

"一定,一定!"刘子诚说。

李大宝和林小山回到了局里。

"看来，我们可以对吴品德采取必要的行动，以巨额收入来源不明的名义。"李大宝说道。

"这么做，当然可以。只是……"林小山仍有些忧虑，如果吴品德拒不承认呢？

这时，监视吴品德的干警小组打来电话报告，吴品德开着一辆摩托，出现在城市花园张红的居所，身上携带手枪，请示如何处理。

"糟了！"林小山脸色一变，"我们要尽快赶去，他可能再次杀人灭口！"

林小山和李大宝赶到城市花园住宅区。

监视的干警报告，吴品德仍在里面。里面没发现有异常动静。

但是，此时，吴品德脸色苍白地出现在五楼的窗台前。

"我知道你们已围住了我。我也知道我可能逃不了。请林小山老师上来，我只许他一人上来，否则，除非你们炸了这幢楼！"吴品德高声地说。

"我必须上去！"林小山说。

"不行，吴品德是射击和擒拿的高手，在全市公安系统比武大会上，他连续三年保持全能冠军。"李大宝说道。

"我知道。正因为这样，我更必须上去！"林小山说。

"不行，我必须立即报告局里。"

李大宝用对讲机向局里紧急汇报。

林小山拿过了对讲机，说道："目前情况十分紧急，为了避免造成更严重后果，我请求局领导让我上去。"

局领导不同意，指示先围住吴品德，他们同防暴大队立即赶到。

林小山只能焦急地搓着双手。

不一会儿,吴品德再次喊话:"林老师,你若不敢上来,我们就开始吧。"

吴品德向外开了六枪。

李大宝命令回击,并指示干警保护好周围秩序,防止群众受伤。

"我必须上去!"林小山走了出去。

"等等!"李大宝知道已挡不住林小山,跟上来递上了自己的手枪。

"不必!"林小山回绝,对楼上喝道,"吴品德,我上来了!"林小山大步走了过去。

门虚掩着。林小山无畏地推门而入。

一支枪顶住了他的后背。

林小山站住了。

吴品德一只手迅速搜遍了他的全身。

一无所有。

吴品德也垂下了手枪,说:"你什么也不带?"

吴品德感到意外。

"我觉得没必要。我只想同你谈谈!"林小山转过身来,目光盯住吴品德。

"在学校,我最崇拜你。"吴品德说,"今天,我依然一样佩服你。"

"我上课时说过,一个正直的警察,只要有凛然之气,就是对罪犯最好的威慑!"林小山面无惧色地说。

"是的,也许只有你能做到。那天你打电话来,我去见你就感到有点虚。你问起案子,我就明白我已到了尽头,你不可能是来招生的老师,也只有你能使我的计划落空。"吴品德说道。

"我还说过,任何的有意识犯罪,不可能做到天衣无缝,因为犯罪都有原因和目的,罪犯都有一定的行为,都将留下蛛丝马迹。天网恢恢!"林小山说。

"你是个好老师。可能永远都是!"

"好老师不一定都教出好学生,你就是证明。"

"我很想成为你的好学生,也努力过,但最终没有实现。"

"究竟为什么?你本来可以成为一个好警察,你具备很多的素质。"

"是的,在学校你对我这么说过。我让你上来,就是要告诉你为什么。"

"你一点也不感到愧疚?你是个警察,你忘了自己的职责和道义?"

"我现在说什么也没用。林老师,您记得您在课堂上给我们说过,有时犯罪是因为一念之差,所以不能为罪犯平常良好的表现所迷惑,而处理这种案子,是最让人感到沉重的。"吴品德说。

"你究竟是因为什么?"林小山痛苦地问。

"为了钱!"吴品德大声地说,"这几天我一直等着你。你知道吗?我的女友,为了筹集出国留学的钱,她去卖淫,那天,她被我无意中抓住,我无法相信,但那是无法回避的事实。她一点也没有惭愧的感觉,反而责骂我没有本事,因为我什么都有,就是没有她需要的几万美金。我放了她,很多原因,我爱她,她本是个不坏的女孩,就是太虚荣了;另外,此事传扬出去,对我来说也是太丢脸的事了。我第一次违反了纪律。同时我第一次觉得警察的职责和道义是那么的脆弱和不堪一击……"吴品德眼中流下了两行眼泪。

"这不能成为理由。"林小山说。

"但对我来说，它是最充分的理由。一个优秀警察的女友为钱去卖淫，我想了很多，人生、爱情、事业，等等，我无法抹去心中的那个可怕的阴影。"

"好，不谈这些，我上来，是希望你还存有一点良知。"

吴品德突然哈哈大笑起来："我真会让你失望的，因为我相信良知也没用了。看来，在这点上，我无法成为你的好学生。"

"你……"林小山猛地挥手，给了吴品德一记耳光。

吴品德捂住脸，愣了一下，然后惨然一笑。"你打不醒我的。我早就明白我不可救药了。放走了那个贱货，我就知道我完了，我太爱她了。我同她分手，我自我解释，那是因为怕被人知道耻笑我。但是，实际上，我知道我还爱着她。我决定杀了她，但我想保持住作为一个警察的身份。所以，经过考虑，我制订了一个计划，就是帮助她出国，然后让她在出国前夕永远地从这个世界上消失而不引起人家的怀疑。但是，帮她出国需要钱，所以我开始犯罪，我找到王麻子，开始做起黑吃黑的事。我知道这是犯罪，是自取灭亡，但我不能自拔。我原想等这一次结束，等计划完成，我再做一个好警察。"

原来如此，林小山痛苦地看着自己曾经心爱的弟子。

"你已明白自己的处境和失败，就应该悬崖勒马。"林小山再次伸出挽救之手。

"来不及了！来不及了！"吴品德苦笑地摇了摇头，"你是不是还想知道王麻子的下落？我想你已经知道他已不存在了。你还想找到那些金条对吗？我卖了一部分，还有的全在床下的箱子里，包括一些现金。那个贱货我原想杀了她，但你终究是我的老师，又曾给我过许多关照，我知道你一定希望我不要罪孽太深，所以只将她击昏,她就在屋里的床上。还有,全部的犯罪经过我都已写了下来,就放在桌上。"吴品德长叹一声,把手枪对准自己的太阳穴。

"不要!"林小山大喝一声。

"没有用了,我罪有应得!"吴品德扣动了扳机,然后倒了下去。

李大宝在外听到枪响,带人不顾一切地冲进来,

林小山走上前去,从吴品德睁着的眼里,他发现了无限的忏悔,他用手合上了吴品德的眼睛。

有了结果,林小山决定离开南沿市。这个案子让他有一种沉甸甸的感觉,而没有一丝结案后的轻松。

临行的前一个晚上,崔莉莉突然到来。

"我知道你要走,所以我来。"崔莉莉幽幽地说。

"莉莉,这次很……"林小山才说到这,就被崔莉莉打断。

"我不是来听你抱歉的。我是想来告诉你,我之所以请求你的帮忙,是因为当时我肚子里已有了孩子。现在,我想通了,孩子也没了。我想告诉你,你在我的心目中更美好了。这是真心话。但愿你永远这么下去。这个社会太需要有像你一样的警察了。"崔莉莉说。

林小山这时才注意到崔莉莉的脸上透出几丝的憔悴。

"我很想去送你,但知道这对你不方便,就这样再见吧。"崔莉莉说完流着泪冲出了房间。

林小山没有追出去,他长叹了一下。他感到这次的南沿之行增加了他许多人生的沉重。当然,这已不仅仅是一个警察的沉重了。

原载《传奇故事》1998年第3期

后　记

我爱写中篇小说，这是我的中篇集子，原本是献给自己40岁生日的，不想被一家北京的文化传播公司忽悠了，弄了个假书号，等到明白时，我又到某机关工作，怕出书不妥，就一直耽搁下来。我又回归到文联系统工作，第一件事就是把它重新正式出版，作为献给自己即将50岁的生日礼物。而今再版，已届花甲。因时间一晃就过了近20年，书中所收的多是我早期发表在省级以上文学刊物的中篇作品，定然存在许多缺点和不足，在此希望有读此书的人予以谅解。

感谢著名作家杨少衡先生为本书作序，给我以热心扶持和鼓励；感谢我的前辈和老友卓三先生，他是诗人、翻译家，在百忙之中帮助我编校这本集子；感谢海峡文艺出版社房向东社长和吴昌钦先生，他们给了这本集子正式出版面世的机会。